黒鷹公の姉上 2

青蔵千草
Chigusa Aokura

RB
レジーナ文庫

登場人物紹介

オーベル

エスガラント国の
第二王子にして、
騎士団長も
務める生粋の武人。
黒目黒髪に褐色の肌を
持った精悍《せいかん》な美丈夫で、
「黒鷹公《くろたかこう》」と呼ばれている。
王位を継ぐため、あかりを
姉と偽り保護下に置く。

滝川《たきがわ》あかり

正体不明の腕に掴まれて、
異世界にトリップしてしまった女子大生。
この世界では王族にしか顕《あらわ》れない
黒目黒髪を持つせいで、
王宮内の政変に巻きこまれることに。
最近オーベルが気になり始めて……？

シロ

白銀の髪に
淡い青緑の瞳が特徴の、
「白の民」の生き残り。
自分を救ってくれた
あかりを慕っている。

ジュール
エスガラント国の第三王子。明るく純粋な性格で、オーベルこそが王位に相応《ふさわ》しいと考えている。
エスメラルダ
エスガラント国王妃。病に倒れた王に代わり、国の実権を握っている。実子のジュールを次代の王にするべく、王宮内で暗躍中。
レジナルド
王宮図書室の司書長を務める貴族。白の民を気にかけるあかりに反発心を抱いているようだが……？
サイラス
オーベルの乳兄弟。現在は侍従として、彼を支えている。時々老成した雰囲気を醸し出す、穏やかな笑顔の美青年。
ミランダ
サイラスの従姉弟で、あかり付きの侍女。しっとりとした大人のお姉さん。
リュシアン
エスガラント国の第一王子で、オーベルの実兄。享楽的なふるまいから、一見ただの優男に見えるが、実は深い知性の持ち主。

目次

黒鷹公の姉上2

第一章　雨の舞踏会

エスガラント国にある、王宮の離れの厨房《ちゅうぼう》。

瀟洒《しょうしゃ》な窓から柔らかな陽射《ひざ》しが差しこむその部屋で、私——滝川《たきがわ》あかりは、訪れる春の気配に胸弾《はず》ませながら石鹸《せっけん》を作っていた。

薄紅色《うすべにいろ》のドレスに白いエプロンを重ね、長い黒髪はリボンで緩《ゆる》やかに束ねている。動きやすく、それでいて王女に相応《ふさわ》しい服装だ。

今は、材料の植物油と灰汁《あく》をかき混ぜている最中。

鍋に入ったそれらは、今はまだ乳白色《にゅうはくしょく》のとろりとした液体だけど、こうして混ぜて型に入れると、四週間ほどでちゃんとした固形石鹸《せっけん》になるのだ。

日本で作っていた時と材料は違えど、色合いも似ていていい感じに見える。

「それにしても、まさかこうして王宮で石鹸《せっけん》を作ることになるなんてね……」

しかも王女の振りをした状態でだなんて、本当に人生って何があるかわからない。

泡立て器を握ったまま苦笑して、ここに来た日のことをぼんやりと思い出す。

大学四年の、就職活動中の冬。路地裏を歩いていた私は、暗闇から現れた謎の腕に引きずりこまれ、この世界――マージアにやってきた。

喉《のど》を掴《つか》まれ抵抗し、ようやく逃《のが》れられたと思った次の瞬間、目の前に広がっていたのは、異国情緒漂《ただよ》う王宮の美しい回廊。月明かりが差しこむその白い回廊は、これまで幾《いく》度《ど》か夢に見たものと同じ光景でもあった。

周囲を呆然《ぼうぜん》と眺めていた私は、駆けつけた兵士にあわや取り押さえられそうになった所を、この国の第二王子であるオーベルに保護されたのだ。

彼が言うには、私や彼のような黒髪黒目はこの国の王族にのみ顕《あらわ》れるものなのだとか。それ故《ゆえ》、王宮内で政権争いが起きている現状では、身柄を拘束されたり命を狙われたりする恐れがあるらしい。

そんな事情もあり、オーベルは私にひとつの契約を持ちかけた。

――「黒鷹公《くろたかこう》」と呼ばれる彼の姉の振りをして庇護《ひご》を得る代わりに、彼を王位に就かせるための協力をしないかと。

黒髪黒目のせいで、市井《しせい》で暮らせば攫《さら》われたり命を狙われたりする可能性の高い中、彼の姉になれば王宮暮らしとなり、安全で安定した生活基盤を得られる。

それはこの世界で身を寄せる当てのない私にとって、魅力的な提案だった。

彼は彼で、王位を継ぐために同意者——黒髪黒目を持つ王族の存在を欲しているのだという。

本来なら、現王が次期王を指名するのがこの国の習わしだ。だが現王グラハド陛下が長く病に伏せ、意識が回復しない今、例外的に彼以外の王族の同意を最も多く得た者を次の王にすると、元老院《げんろういん》が発表したのだ。

そんな中、現在王の代理として圧政を敷《し》くエスメラルダ王妃は、継子《けいし》であるオーベルではなく、自分の息子ジュール第三王子を次の王にすべく、手段を選ばない動きを見せていた。

オーベルによれば、私をこの世界に召喚したのも、彼女の可能性が高いという。

そしてもしジュール王子が王になった場合、幼い彼を傀儡《かいらい》にし、摂政《せっしょう》となった王妃が今と同様に実権を握るだろうことは目に見えていた。

これ以上非道な王妃の意のままにさせては国が疲弊《ひへい》していく。それを見過ごす訳にはいかないと、オーベルは自分が次の王になる道を選び、その同意者——つまりは姉として振る舞ってくれないかと私に契約を持ちかけたのだ。

いきなり異世界に来て、見ず知らずの男性——それも王子様の姉になるなんて、と初めは躊躇《ちゅうちょ》した。オーベルとは顔はもちろん似ていないし、そもそも王女らしい演技なんて一般庶民の私には無理だと感じて。

けれど、日本に帰りたいなら彼に協力すべきかもと思い直した。命を狙われ、生活に困窮《こんきゅう》する状況では、帰還方法を探すことなどままならないからだ。

そうして利害が一致した私たちは、姉弟《きょうだい》の振りをすることになった。

「思い返すと、本当に色々あった二ヶ月だったなぁ……」

特に、王妃に唆《そそのか》された祭司長から偽の返還の儀へ誘い出され、殺されかけた事件はまだ記憶に新しい。真白い満月が昇る晩、北の神殿にある泉に条件が整った状態で入ると元の世界に戻れる……という話に誘われてそこに行ったのだが、それは私を殺すための罠だったのだ。

それもなんとか、少年シロや白の民たちのお陰で危機を脱したけれど、もうあんな出来事は二度とあってほしくないなと思う。

シロは、長年迫害を受けてきた一族・白の民の孤児で、貧しい生活をしていた所を私が保護した少年である。彼を守ったことがきっかけとなり、彼の同胞《どうほう》である白の民たちが、意識を失った私とシロを助けてくれたのだ。

「……日本に帰る前に殺されるなんて、冗談じゃないものね。まだ同意者としての役目だって途中のままなのに」

そう、私は日本に帰ることをもちろん諦《あきら》めていないし、そのために私を召喚した犯人も見つけたい。けれど、今はそれ以上に、オーベルを王位に就けるべく、「黒鷹公《くろたかこう》の姉上」としてできる限りのことをしたいとも思っていた。

いつも民のことを真摯《しんし》に考え、幾度《いくど》も私を守ってくれたオーベル。

彼と共に過ごし、同時に王妃の圧政に苦しむ民の実情を知るにつけ、彼が次期王になるのがこの国にとって必要だと感じたから。

そして、その一助となりそうなのが、今私がしている石鹸《せっけん》作りだ。

市井《しせい》には獣脂《じゅうし》を原料とするひどい匂いの石鹸《せっけん》しか流通しておらず、さらにそれは肌を洗うのに適さないため、民の間では不衛生な状況が蔓延《まんえん》していた。

そのせいで病気や怪我が悪化し、命を落とす者も少なくないらしい。

だから、平民でも気軽に使える安価で良質な石鹸《せっけん》を作り上げ、流通させることができれば、彼らの生活がより良くなると考えたのだ。それは民たちだけでなく、きっとオーベルの助けにもなる。

そんな訳で、王女としての活動の空き時間に、気分転換も兼ねてこうして石鹸《せっけん》作りを進めていた。高校時代からの趣味だけあり、レシピも全て頭に入っている。

「うん！　絶対に形にしてみせる。それでいつかオーベルに……」

わくわくと呟《つぶや》きながら材料を混ぜていると、ふいに後ろから声が聞こえてきた。

「俺がどうかしましたか？」

「オーベル……！」

驚いて振り向けば、オーベルが戸口から歩み寄ってくる所だった。作業に夢中になっている内、いつの間にかやってきていたらしい。

やや癖《くせ》のある黒髪に、凛々《りり》しい黒い瞳。褐色《かっしょく》の肌の男らしく整った容貌で、程良く鍛えられた長身に、深藍色《ふかあいいろ》のゆったりとした王族の衣装が似合っている。金糸で刺繍《ししゅう》が施《ほどこ》されたその衣装は、肩にかけた美しい琥珀色《こはくいろ》の布も含め、飾りや意匠《いしょう》がどこかアラブの王侯貴族を思わせる。

彼は王子であると同時に騎士なので、騎士服を着ていることが多い。だけど、こういう服装をすると高貴な雰囲気が際立《きわだ》って、やはり王子様なんだなぁと思う。

前より見慣れたものの、それでも心臓に悪い精悍《せいかん》な美貌にやや動揺してしまう。

「ええと、この石鹸《せっけん》ができたら、貴方にも使ってもらえると嬉しいなと思って」

「ああ……石鹸《せっけん》を作られていたのですか」

すぐ隣で足を止めた彼は、私がかき混ぜている鍋の中をひょいと覗《のぞ》きこむ。

中にあるのは乳白色《にゅうはくしょく》の液状の物体だ。まだ固まっていないため、完成形とすぐに結びつかなかったのか、興味深げに尋ねてくる。

「出来上がるのはいつ頃なのですか？」

「大体四週間後かな。コールドプロセス製法って言って、熱をあまり加えないで作る方法だから、固まるまで時間がかかるの」

「そうですか……四週間」

しみじみと呟《つぶや》く彼に、不思議に思って尋ねる。

「どうかしたの？」

「――いえ。姉上が四週間後もここにおられるのだと思い、ただ嬉しくなっただけです」

見れば、オーベルは双眸《そうぼう》を細めてこちらを見ていた。

愛《いと》おしむように静かに紡《つむ》がれた言葉に、ついドギマギして視線を伏せる。

「そ、そう……ありがとう」

どうしよう、なんだか頬が熱くなってくる。彼は先日から時折こういうことを言うようになったので、すごく心臓に悪いのだ。

ふと耳に蘇《よみがえ》るのは、熱の籠《こ》もった男らしい声。

『姉上、いえ――アカリ。貴女は、俺の本気をもう少し思い知った方がいい』

彼はあの日、そう囁《ささや》いて私の髪にそっと口づけた。以来、こんな風に慈《いつく》しみの表情を見せるようになり、私はその度、狼狽《うろた》えてどうしたらいいかわからなくなる。

オーベルは、私を姉として大切にしてくれていると思う。でも、最近ではこうして、弟ではなく、まるで一人の男性として接するような態度が増えてきて――

もしかして、そういう意味で想ってくれているのかな……？

そうドキドキしながら思うが、いやいや自意識過剰《かじょう》だと、もう一人の自分がすぐに待ったをかけてくる。

だって私は表向きとはいえ彼の姉だし、さらに言えば、いつか日本に帰る異世界人だ。

それに加え、この世界の女性たちみたいに魅惑的な肢体《したい》を持つ訳でもなく、初めはオーベルに「小動物のようだ」と揶揄《からか》われていたほど色気のない女。

そんな私を、彼がまさか……と考えてしまう。

異世界人というハードルが高過ぎるだけでなく、そもそも本物の王族である彼と庶民の私とでは、差があり過ぎる気がするのだ。

ぐるぐると考えこむ私の髪を、オーベルがくしゃりと撫《な》でる。

「――失礼。姉上のお手を止める気はなかったのですが。どうぞ作業を進めてください」

「うん……」

大きな掌《てのひら》に優しく撫《な》でられながら、ああ、まだ……とぼんやりと思う。

私が考えこんで固まると、彼は察したように話の流れを自然に変える。だから、余計にわからなくなってくる。彼の――それに、自分の気持ちが。

初めは姉として、オーベルの力になれたらと思っていた。でも、今の私は、彼のことをどう思っているんだろう。彼になんて呼ばれたいんだろう。

姉上？　それとも――

気づけば私は、そっと彼を見上げ、思いのままに尋ねていた。

「……ねえ、オーベル」

「なんでしょう」

「もう、アカリって呼ばないの……？」

彼にもう一度名前を呼んでもらえたら、この胸にある感情が見えてくる気がした。

それに彼にそう呼ばれるのは、くすぐったいけれどどこか嬉しいような気もする。

だから、恥ずかしさで頬をかすかに染めながら、彼をじっと見つめた。

「姉上……」

息を呑んだオーベルが、次の瞬間、熱の籠《こ》もった苦しげな眼差しに変わる。

「貴女という人は、そうやって何度俺を……」

低い声で呟《つぶや》いた彼が、私へ手を伸ばしかけた時。ふいにミランダの声が響いた。

「アカリ様、お待たせ致しま――まあ、オーベル様！」

ミランダは、結い上げた栗色の髪に緑色の瞳が魅力的な侍女だ。

紺色《こんいろ》の侍女服が似合うたおやかな風情《ふぜい》の彼女は、私の護衛でもある。奥の部屋からあるものを持ってくるよう頼んでいたのだけれど、無事に見つけて戻ってきたようだ。

「ああ……ミランダか」

すぐに振り向いたオーベルが、切なげな吐息と共に、右手をぎゅっと握って戻す。

それに気づかず、恐縮したミランダは跪《ひざまず》こうとした。

「お越し頂いておりましたのに、ご挨拶もせず失礼致しました」

「いや、俺のことは気にしなくていい。ただ姉上のご様子を見に来ただけだ」

「ですが……」

「それより、今も作業中だろう。早く続きをするといい」

片手を振って促《うなが》され、ようやくミランダは肩の力を抜いた。

「お気遣いくださりありがとうございます。では、恐れながら……アカリ様、ご所望《しょもう》の品はこちらでよろしかったでしょうか」

「あ、ありがとう。ミランダ」

　空気が元に戻り、私はほっとしながら受け取った植物に視線を落とす。

　ミランダが持ってきてくれたのは、石鹸《せっけん》の材料に使う香草。香りの良いものを見繕《みつくろ》ってとお願いした通り、カミツレに似たその品種は清々《すがすが》しい香りだ。

　うん、これなら石鹸《せっけん》にぴったりだし、刻んで飾りとして載せても爽《さわ》やかな見た目になりそう。思わず、ぱっと顔が輝く。

「それも石鹸《せっけん》に練りこむのですか？」

　いつもの調子に戻ったオーベルに尋ねられ、私は微笑んで頷《うなず》く。

「そう。香りも良くなるし、肌への効能も増えるから。本当なら香草から抽出した搾り汁を油に混ぜるんだけど、とりあえず今回は刻んでそのまま使おうかなって」

　出来上がりがいい感じだったら、他にも色々試してみよう。作りたい石鹸《せっけん》の種類は、まだまだいっぱいあるのだ。

　わくわくしながら再び材料を混ぜていると、隣のミランダが目を細めて言った。

「これから雨季《うき》に入り、汚れ物も増えて参ります。アカリ様の石鹸《せっけん》が完成しましたら、民たちはきっと喜びますわ」

「雨季《うき》か……この国って、春に雨が多く降るの？」

「ええ。この王宮のある、国の中央付近はそうでもございませんが、南方では結構な量の雨が降るのです。一年で水が最も豊かになるので、皆、恵みの雨と呼んでおりますわ」

「へぇ。民にとっては嬉しい季節なのね」

つい窓の外に目を遣《や》る。今日は晴れ模様だが、確かにここ最近、雨の降る日が徐々に増えてきていた。もしかしたら、今後さらに天候が崩れていくのかもしれない。

オーベルが肩を竦《すく》めて口にする。

「土や田畑を潤《うるお》す雨は、どの季節でも有難いものです。ほどほどで収まれば、ですが」

「ほどほどで収まらない時もあるの？」

「ええ。ここ数年は、雨季《うき》の雨が強すぎる傾向にありまして。降ってくれるのは助かるが、土砂《どしゃ》崩れなどの被害が起こらないかとの懸念《けねん》もあります。土がぬかるむ程度なら馬の足が取られるくらいで済みますが、それ以上となると救援にも行けなくなる」

「ああ……オーベルの騎士団は馬で移動するから、雨の日は特に大変だよね」

彼のぼやきの意味を理解して頷《うなず》く。けれど、どんなに天候が悪くても、彼はきっと民を助けに行くのだろう。私の知るオーベルは、そういう人だ。

そんな風に三人で会話していると、やがて扉が控えめに叩かれた。

「失礼致します。アカリ様とオーベル様は……良かった、こちらにいらっしゃいましたか」

姿を見せたサイラスは、ほっと安堵《あんど》の色を見せる。

オーベルの乳兄弟《ちきょうだい》で侍従でもある彼は、亜麻色《あまいろ》の髪を顔の横で結わえた、清廉《せいれん》な雰囲気の美青年だ。翡翠色《ひすいいろ》の侍従服を着て、いつも物腰穏やか。一見すると落ち着いた学士風だけど、主《あるじ》であるオーベルのこととなると時々テンションがおかしくなる時がある。

ちなみにミランダとは従姉弟《いとこ》同士のため、風貌もどことなく彼女と似ている。

「どうした、サイラス」

「何かあったの？」

オーベルと揃《そろ》って視線を向けると、サイラスは胸に片手を当てて一礼した。

「お話し中、恐れ入ります。実は今程、お二方にお会いしたいと遣《つか》いが訪れまして」

「遣《つか》い？」

「はい。それが——王妃殿下の遣《つか》いなのです」

真剣な表情で顔を上げたサイラスに、オーベルが目を眇《すが》める。

「義母上《ははうえ》の……」

オーベルの母であるアーニャ正妃の死後、側室からのし上がり、オーベルの継母《ままはは》となったエスメラルダ王妃。彼女は、実の息子ジュール王子を次の王にすべく、オーベルとその同意者である私を疎《うと》ましく思っているようだ。祭司長を唆《そそのか》して私を殺そうとし、同時にオーベルを危険な戦地に追いやった人でもある。

それ以前も彼女とは色々といざこざがあったため、悪い意味で動向が気になってしまう。

「一体、なんの用事かしら……？」

心配げに目を伏せた私に、オーベルが安心させるように言う。

「たとえ悪い知らせだったとしても、向こうから正面切って来たのですから上々でしょう。裏で画策されるより余程いい。――サイラス、その遣《つか》いは書斎に通しておけ。俺もすぐに行く」

「畏《かしこ》まりました。それでは、失礼致します」

一礼したサイラスが足早に退室するのを見送ると、オーベルは私に向き直った。

「姉上もご同行頂いてよろしいですか」

「わかった。あっ……！　ちょっと待って、エプロンを外すから」

慌てて背に手を回し、エプロンの紐を解く。

石鹸《せっけん》作りが途中になってしまうが、これはもう後回しで仕方ないだろう。

ただ、固まる前の液状石鹸《せっけん》は触ると火傷《やけど》を負ってしまい危険なので、人の手が触れない場所に片づけておく必要があった。

すぐに察したミランダが進み出てくれる。

「アカリ様。ここは私が処理致しますので、どうぞお急ぎくださいませ」

「ミランダ……ありがとう。じゃあ、お願いするわね」

彼女なら、手順を把握しているからきちんと処理してくれるだろう。結んでいた髪も下ろし、ざっと身なりを整えると、私はオーベルの後を追ったのだった。


移動した先のオーベルの書斎。内装が琥珀色《こはくいろ》で統一された落ち着きある部屋には、サイラスの他、男が一人佇《たたず》んでいた。仕立ての良い侍従服を着た壮年の男性だ。

オーベルと私が歩み寄るや、彼は私たちの足元に跪《ひざまず》いて挨拶する。

「これは、第二王子殿下に秘された王女殿下。ご機嫌麗《うるわ》しく存じます」

「ああ」

「ええ、ご機嫌よう」

『秘された王女殿下』という呼ばれ方には、まだ慣れない。私は王家の血を引きながら、市井《しせい》に身を置いていた不遇の王女という設定になっているため時折こう呼ばれるのだが、まるで自分のことではないようでむずむずと落ち着かなくなるのだ。

そんな私の気持ちを余所《よそ》に、男は讃辞《さんじ》の言葉を述べた。

「お二方のご尊顔《そんがん》を拝謁《はいえつ》でき、恐悦至極《きょうえつしごく》にございます。これも王妃殿下の素晴らしいご治世と、天のお導きによるものでございましょう」

にこやかだがどこか空々《そらぞら》しい声で言う男に、オーベルは悠然と続きを促《うなが》した。

「義母上《ははうえ》からの遣《つか》い、ご苦労だった。それで、今日は一体何用だ」

「はい。つきましては彼《か》の方から、お二方にこちらをお渡しするようにとのことで……」

そう言って男が恭《うやうや》しく差し出したのは、象牙色《ぞうげいろ》の紙に豪奢《ごうしゃ》な金縁《きんぶち》の入った二通の手紙だった。

オーベルと一通ずつ受け取って封を開くと、中には短い文章が認《したた》められた文と、宛名入りのカードが二枚入っていた。

一枚には私の名前が、もう一枚には同伴者様という文字がちらりと見える。

「これは……？」

「そちらは、王妃様が二週間後に開催されるご予定の、仮装舞踏会への招待状でございます」

「仮装舞踏会？」

眉を顰《ひそ》めたオーベルに、男はしたり顔で頷《うなず》く。

「ええ。近々、恵みの雨の季節に入ります。雨乞《あまご》いの儀式はこの国でも時折行われますが、雨を喜ぶ祝祭などは稀《まれ》でございました。それ故《ゆえ》王妃殿下は、此度《こたび》華々《はなばな》しい舞踏会を催《もよお》すことで天への感謝の思いを形にし、同時に民への労《ねぎら》いにしたいとお考えで」

「それで、舞踏会を……」

私は手の中の招待状をまじまじと眺める。さしずめ、雨の舞踏会と言ったところか。

仮装と聞くと、なんとなく『オペラ座の怪人』の作中で開かれるマスカレードや、ヴェネツィアのカーニバルが思い浮かぶ。

この世界は、中世ヨーロッパにアラブの要素を足して二で割ったような雰囲気なので、衣装はもう少しアラブ寄りだろうけれど。

「ほう……。民を労《ねぎら》うために舞踏会を催《もよお》すか。その民の大半は町民に農民、王宮での舞踏会など縁遠い存在だろうに。義母上《ははうえ》も面白いことを仰《おっしゃ》る」

淡々と指摘したオーベルに、男は揉《も》み手をしながら作り笑顔で返す。

「いや、これは手厳しい。確かに舞踏会へ足を向けるのは下賤《げせん》の身には多少難しかりましょうが、こうした晴れやかな話題は耳にするだけで彼らの心も沸き立たせるに違いありません。娯楽に飢《う》えた下々《しもじも》の民にはそれでも過ぎた恵みであろうと、王妃殿下も仰《おっしゃ》っておられまして……」

平民を軽んじる気持ちを隠さない男――そしてこの場にいない王妃の言葉に、オーベルが目を眇《すが》めた。

「成程。王侯貴族が平民の血税《けつぜい》を使って饗宴《きょうえん》に耽《ふけ》る様《さま》を、指を咥《くわ》えて見ていろということか。相変わらず趣味のよろしいことだ」

「そ、それは、その……いやはやなんと申しますか」

オーベルにひやりとした眼差しを向けられ、しばしタジタジになっていた男だったが、これ以上は藪蛇《やぶへび》と思ったのか、慌てて話を切り上げようとする。

「と、兎《と》にも角《かく》にも！　こちらの招待状をお納めくださるようにとの、王妃殿下からの仰《おお》せでございました。そして、舞踏会の場に崇高《すうこう》なるお二方の姿もあれば、より場が華やぐというもの。是非ともご参加くださいませ」

「そうか。お前の用件はわかった」

それ以上はオーベルも追い討ちをかけようとはしなかった。招待状に再び視線を落とした彼は、やがてそれを迷いなく突き返す。

「――ならば、義母上《ははうえ》にはこう伝えてくれ。お誘い頂き大変光栄に思うが、俺は王族であると同時に騎士を本分とする身、この度は恐れながら参加を辞退させて頂くと」

彼の答えに、私は隣で、えっ？　と声を上げてしまった。

敵対関係にあるとはいえ、相手は王妃。国の最高位の人からの招待だから、オーベルも当然参加すると思っていたのだ。

だが、遣《つか》いの男もその答えは想定内だったのか、あっさりと頷《うなず》いた。それ所か安堵《あんど》した様子で機嫌良さげに声を弾《はず》ませている。

「承知致しました。まことに残念ではございますが、殿下の重責あるお立場を思えば致し方ないことにございましょう。では、王妃様にはその旨《むね》お伝えさせて頂きます」

「ああ、そうしてくれ」

そして遣《つか》いの男は、今度は私に真意の見えないにこやかな顔を向けてくる。

「王女殿下は王宮に来られてまだ間もないため、お悩みになる部分もございましょう。お返事は急ぎませんので、後ほどにでもお返事頂けましたら幸いです」

「え、ええ……。わかりました。遅くならない内にお返事差し上げたいと思います。ここまでの遣《つか》い、ご苦労でした」

なんとか王女らしく鷹揚《おうよう》な態度で告げると、男は深々と頭を下げた。

「温かいお言葉、恐れ多いことでございます。では、これにて失礼致します」

そして男は、返された一通の招待状を手に本宮へ帰っていった。

彼の姿が完全に消えたのを確認すると、私は隣に立つオーベルをそっと見上げる。

静謐《せいひつ》な空気が戻った書斎の中、窓からそよぐ風が、窓辺に立つ彼の深藍色《ふかあいいろ》の衣装と、肩にかかる長布をかすかにそよがせている。凛々《りり》しい眼差しで男の消えた方角を見据《みす》える彼は、それだけで王者のような風格を漂《ただよ》わせていた。

「ねえ、オーベル……舞踏会、本当に参加しなくて良かったの？」

王妃の誘いを断っては立場が悪くなるのではないだろうか。だが、そんな私の心配を余所《よそ》に、彼は落ち着いた声音《こわね》で口にする。

「確かに、現在国の筆頭である王妃からの招待は、常ならば何にも勝《まさ》り優先すべきことでしょう。ですが姉上、俺は王族であると同時に騎士でもある。第一に為すべきことがあるのです」

「為すべきこと？」

「ええ。王妃主催の舞踏会――つまりは国一番の規模の催《もよお》しですから、当日は参加者で溢《あふ》れ返ることでしょう」

「うん、国中から人が集まるんだものね。かなり賑やかになりそう」

「当然ながら近衛兵《このえへい》が配置されるでしょうが、恐らくそれだけでは警備の手が足りない。何しろ今回の催《もよお》しはただの舞踏会ではなく、仮装舞踏会。何者が入りこむかもしれない状況です」

オーベルの言葉に、それまで黙って脇に控えていたサイラスが静かに口を開く。

「そして近衛兵《このえへい》の手が足りぬとなれば、駆り出される可能性が最も高いのは、オーベル様率《ひき》いるヴェルダ騎士団でしょう。我が国にはもう一つ騎士団がございますが、そちらは国の外れに砦《とりで》を設けて国境警備にあたっているため、動かすことが難しいのです」

その説明に、ああ！　と納得する。

「オーベルは、王族として会に参加することよりも、騎士としてその場を守る方を選んだってことなのね。通常の舞踏会より危険が予想される仮装舞踏会だから」

成程、それでさっきは騎士としての本分を理由に断ったのか。確かに、王宮を守る公務が理由なら、王妃もそれ以上何も言ってこないだろう。

実際、仮装舞踏会ともなれば、入り口で招待状と顔の確認を行ったとしても、仮装の度合いによっては別人に成り済ませてしまう可能性がある。考えてみればなんとも危うい催《もよお》し物だ。

うーんと難しい顔で腕組みしていると、オーベルが冷静な口調で続ける。

「先日の戦《いくさ》でシグリス軍を退《しりぞ》けたこともあり、彼《か》の国をはじめ我が国に恨みを持つ者が入りこむ恐れもある。より一層警戒する必要があるでしょう。——それに、あの女の思《おも》惑《わく》に乗ってやる気は微塵《みじん》もありません」

「思惑《おもわく》？」

目を瞬いた私に、オーベルは獰猛《どうもう》な獣《けもの》のように笑って言った。

「ええ。もし俺がのうのうと舞踏会に参加し、その状況で何か騒ぎが起これば、あの女のことです。この国を守る騎士団――それも騎士団長は一体何をしている、無能めと、大勢の前で叱責《しっせき》する腹でしょう。そうなれば相手の思う壺《つぼ》ですから」

「ああ、そういうこと！　舞踏会で問題が起きたら、主催者の責任になるのが普通だと思うけど、王妃様なら確かにそれくらいしかねないかも……」

何しろ、時期が時期だ。次期王を決める議会の日が一ヶ月半後に近づいた今、あの王妃様なら、オーベルや私を陥《おとしい》れるために何でも利用しそうというか。

もしかしたらそれも視野に入れ、彼女は仮装舞踏会を企画したのかもしれない。より警戒が必要な仮装舞踏会を催《もよお》し、オーベルに参加を辞退させられれば、王妃様とジュール王子だけが参加者たちの注目を浴びることができる。

王を決める議会の直前に貴族たちの注目を集め、権力をアピールできる舞台は、王妃にとって格好の舞台だろうから。

いずれにせよ、彼女の望む――自分とジュール王子の名声を高めるか、もしくはオーベルの名を落とす方向へ運ぶことができるのだ。

そこまで考えて、ほうっと息が漏《も》れる。

「今更だけど、本当に王宮って裏を考えて行動しないといけないのね……」

招待されたからひとまず参加するか、みたいな浅慮《せんりょ》では、すぐに足元を掬《すく》われてしまうのだろう。現状から相手の出方を推測し、瞬時に最善の行動を選択していかなければ、きっと――

でも、それを自然にやってのけるオーベルはすごい。こういう時、彼はやはり王族なんだなと実感する。しみじみ感心していると、サイラスが穏やかに頷《うなず》いて言った。

「確かに、事あるごとに物事の真意を探らねばならないのは大変ですが、それにより相手の思惑《おもわく》が見えてくる部分もございます。今回の件も裏を返せば、衆目《しゅうもく》を集める機会を作らねばならないほど王妃殿下は焦っておられるということでしょう」

「それは、次の王を決める議会まで、あと一ヶ月半しかないから？」

「左様《さよう》です。加えて申し上げれば、アカリ様は白の民を助けたことと奇跡の生還を遂《と》げたことで、市井《しせい》の民から強い支持を得ています。また、それを受けてアカリ様を保護するオーベル様のもとに数多くの嘆願書《たんがんしょ》が寄せられました。その求めに応じて救いの手を差し伸べたことで、お二方は今や平民層から絶大な支持を受けております」

誇らしげに言ったサイラスに、オーベルが続ける。

「俺たちが町民や村民の支持を得たように、あの女も民――中でも貴族の支持を得ようとしたのでしょう。次の王を決めるのは王族の同意者の数とはいえ、現時点では何がどう作用するかわからない。手駒《てごま》となるものは多いに越したことはないと思ったとしても不思議はありません」

「そっか。今回は、ただでさえ例外的な王位の決め方なんだもんね。それで王妃様は、貴族の支持を集めようと、こんな華やかな舞踏会を……」

　確かにこの方法なら、目当てである貴族階級しか参加できない状況に持ちこめるし、仮装ということで、豪奢《ごうしゃ》な装《よそお》いを好む一部貴族たちにはさらに受け入れられやすくなるだろう。

　ただ――その場に私が参加すべきかどうかを考えると、これは微妙な所だった。

　宛名入りのこの招待状を持って参加すれば、どんな仮装をしていても、入り口でその正体が私だとわかってしまう。そうすれば王妃様が近づいてきたり、何か手を回してくる可能性がある。何しろ今回は、私の傍《そば》にオーベルがいないことが明白なのだ。

　私を自分の手の内に引き入れようと甘い言葉を囁《ささや》いてくるかもしれないし、前回みたいに、いっそ排除しようとしてくるかもしれない。オーベルが一緒なら参加する選択肢もあったけれど、彼が傍《そば》にいない状況では、ただ危険に足を踏み入れるだけになる気がした。

　舞踏会での王妃様の動向は気になるけれど、危険の方が大きいようなら、そこはやっぱり避けておきたい。

「そうね……。私も、今回は参加を辞退しておこうかな」

まだ少し悩みながらも言うと、オーベルが頷《うなず》いた。

「それが賢明でしょう。姉上は王宮に来てまだ二ヶ月しか経っていない。『お誘いは有難いが、王宮の暮らしに慣れず体調を崩しているため、またの機会に参加させて頂きます』とでも返事をすれば、波風も立たないはずです」

「うん……そうよね」

「――それに、また姉上を害しようと、あの女が何か良からぬ企《たくら》みを起こさないとも限らない。そんな場に、みすみす貴女を送ってやるつもりはありません」

私を失ったと勘違いしていた時のことを思い出したのか、オーベルの眼差しに静かな怒《いか》りが宿る。そんな彼に下手に心配をかけたくないと感じ、素直に頷《うなず》く。

「わかった。失礼のないよう、後でお断りの返事を送っておく」

そう話がまとまったところで、あれ？　と首を傾《かし》げた。

「そういえば、オーベルは私に何か用事があったんじゃないの？」

私の様子を見に来たとさっきは言っていたけれど、王子や騎士の仕事に忙しい彼のことだ、本当にただ石鹸《せっけん》作りを眺めにきた訳ではないだろう。

私がここに来た当初は、王女特訓の経過が心配だったらしく度々授業の成果を確認しに来た彼だが、今は私の振る舞いがだいぶましになったことと、彼の多忙さもあり、良い意味で放っておいてもらえるようになっていた。

不思議に思って尋ねると、オーベルが頷《うなず》く。

「ああ……用事というか、お時間があるならご一緒に散歩でもどうかとお誘いに上がったのです」

「散歩？　私はもちろん構わないけど……」

でも、オーベルの方が時間がないんじゃないのかな。

そう口にするより、彼が歩み出す方が早かった。

「では、少しだけ俺に時間をください。――こちらです」

「あ、うん。じゃあサイラス、ちょっと行ってくるね」

念のため断りを入れた所、サイラスからやけに弾《はず》んだ声が返ってきた。

「承知しました……！　どうぞ夜までも朝までも、ごゆっくりお過ごしを。アカリ様、オーベル様はこう見えて純情一途《いちず》な方ですので、何卒《なにとぞ》よろしくお願い致します……！」

「う、うん……？　わかった。とにかく行ってくるね」

拳《こぶし》を握ったサイラスの勢いに押されつつも頷《うなず》く。

散歩に行くだけなのに、まるで選挙の応援演説みたいな熱い送り出し方だ。

前から時々あることだけど、彼は急にテンションが高くなるなぁ……などと思いながら、私はオーベルについていったのだった。


オーベルが案内してくれたのは、王宮の中庭を抜けた先にある、小さな庭園だった。

緑のアーチを潜《くぐ》り、両脇を緑に挟まれた小道を進んで、どこまで行くんだろうと思い始めた頃、急に視界が開《ひら》けた。そこにあったのは、優しげな橙色《だいだいいろ》の花が広がる風景。

緑の坪庭のようなこぢんまりとした可愛い空間に、淡い橙色《だいだいいろ》の花が一面に咲いていた。

ふんわりとした花弁が特徴的な、ダリアに似た花だ。

「わぁ、すごく綺麗……！」

隠れ家的な作りも相まって、まるで秘密の花園みたいで胸が弾《はず》む。

はしゃいで周囲を見渡しながら、私はオーベルに尋ねる。

「こんな素敵な場所があるなんて知らなかった。オーベル、これ、なんていう花なの？」

「『ルーメリア』――この国の古い言葉で、暁《あかつき》の空や燈《あか》りを意味する言葉です」

「燈《あか》り……私の名前と同じ」

「ええ。それで、貴女に一度お見せしたかったんです。この時期にしか咲かない花だからという理由もありますが、そうでなくとも貴女は花が好きだと言っておられた。俺が見るより余程花たちも喜ぶでしょう」

芝生に座るよう促《うなが》されながら、ごく自然に言われ、ほのかに頬が熱くなってくる。

だから、忙しい合間を縫《ぬ》ってここまで連れてきてくれたんだ……

相変わらず彼は、スマートに女性の心を揺さぶる行動をするなぁと思う。嬉しいけれど、同時に照れくさくなって、なんだか顔を上げられなくなる。

隣に座った私は、熱くなった頬を隠すように、近くに咲く花へ視線を向けた。

「ええと、ここってオーベルが作らせたお庭なの？」

「いえ、ここは亡くなった伯母《おば》が」

「伯母《おば》さんが？」

彼に伯母《おば》さんなんていたんだ、と興味深く思う私に、彼は見渡しながら口にする。

「ええ。父の姉です。植物を育てるのが好きな方《かた》で、この庭は若い頃に作ったのだと言っていました。俺が母を亡くした後、落ちこんだ俺をよくここに連れてきてくれたものです。母とは仲が良かったため、花を眺めながら彼女の思い出話を語ってくれて」

「そっか……オーベルにとって、ここは大事な思い出の場所なんだね」

もう亡くなってしまっているのは残念だけど、そんな人が彼の傍《そば》にいてくれて良かったなと思う。

そして、そんな大事な場所を教えてくれたことが静かに嬉しかった。

少ししんみりした空気を明るくしようと、私は顔を上げてそっと立ち上がる。

「あっ、オーベル、見て！　ここにも花が咲いてる」

すぐ傍《そば》に蔓草《つるくさ》みたいに花が巻きついた植えこみがあったのだ。私の視線の高さに咲く橙色《だいだいいろ》の花に手を伸ばしながら、オーベルに笑いかける。

「本当に綺麗ね。そうだ、これで花冠《はなかんむり》を作っても楽しそう……」

そう呟いて一輪摘《つ》もうとした時、花の内側からひょこっと這《は》い出てくる何かが見えた。

茶色くて、もじゃもじゃした——あれ、これって。

「け、毛虫……！」

思わず、ひっと叫んで後ろに飛びのく。

私は毛虫だけはどうしても駄目なのだ。見ただけでぞっと寒気《さむけ》がしてしまう。動揺のあまりそのままバランスを崩し、ずるりと後方へ足を滑《すべ》らせる。

あ、転ぶ——

「っ姉上！」

次の瞬間、ぎゅっと目を瞑《つぶ》った私は地面に倒れこんでしまった。だが、痛みはいつまで待ってもやってこない。それに、地面にしてはなんだか温かいような……

不思議に思って恐る恐る瞼《まぶた》を開けると、なんと私の身体はオーベルに抱き止められていた。

仰向《あおむ》けに倒れた彼の胸に抱きこまれている形だ。どうやら転んだ私の衝撃を受け止めるため、座っていた彼が咄嗟《とっさ》に下敷きになってくれたらしい。

「……！　ご、ごめん、オーベル！」

慌てて退《ど》こうとするが、なぜか彼に止められる。

私の後頭部をそっと右手で押さえたまま、彼は安堵《あんど》したように息を吐いた。

「俺ならば大丈夫です。貴女の軽い身体を受け止めるぐらい何のことはありません。それより、また急いで起き上がって転んでは危ない」

「うん……」

そう言われるが、やっぱり申し訳ないし、この体勢はどうにも落ち着かない。だって、彼の胸に抱き寄せられているのだ。

傍目《はため》にはすらりとして見えるのに、肌が触れ合う部分から形良い筋肉がついているのが感じ取れて、ああ、オーベルは逞《たくま》しい大人の男性なんだと意識してしまう。

「あの、やっぱり私、すぐに起き……」

急いで身を起こそうとしたが、動揺のあまり焦り過ぎた。ドレスの裾《すそ》を踏み、ずるりと今度は前のめりに転んでしまう。そして――上半身を起こしかけていたオーベルの額《ひたい》に、私の唇がちゅっ、とかすかな音を立ててぶつかった。

「…………」

その場になんとも言えない沈黙が落ちる。だって今、彼のおでこに――

赤くなって固まる私の前で、オーベルも呆然《ぼうぜん》とした様子で額《ひたい》を押さえている。

どうしよう、流石《さすが》にこれは恥ずかしい。というか、さっきから恥ずかしさと申し訳なさの連続で、もう平謝りしたくなってくる。

でも、謝るにしても、なんて言ったらいいんだろう。

さっきから変なことばかりしてごめんなさい、とか？

いや、もう少し王女らしい言葉遣いでちゃんと謝った方がいいのかも……

そう思い、私は動揺のままに思いついた言葉を紡《つむ》ぐ。

「オーベル、あの……ふ、ふしだらなことをして、ごめんなさい」

熱い頬を自覚したまま恥ずかしさに潤《うる》む目を伏せ、掠《かす》れた声で口にする。

するとオーベルは、なぜかさらに石のようにぴしっと固まってしまった。

「……あの、オーベル？」

　暫《しばら》く反応を待ったが返事が返ってこない。どうしたんだろうと、そっと見上げると、彼は私から視線を逸《そ》らすように目元を片手で覆《おお》い、深く息を吐いた。

「貴女という人は、本当に……」

　もしかして、だいぶ怒らせてしまったんだろうか。

　そう不安に思った瞬間、座ったまま彼に手首を握られ、ぐいっと腕の中へ抱き寄せられる。

「え――？」

　体重を受け止められただけのさっきと違い、今度はしっかりと抱き締められる体勢だ。驚きに、思わず声を上げてしまう。

「あ、あの、オーベル。どうしたの？」

「――今のは、どう考えても貴女が悪い」

「それは確かに、転んで迷惑かけちゃって申し訳なかったけど……」

　だからと言って、こうされる理由がわからない。というか、体温が近すぎてドキドキして落ち着かない。だが、言いかけた台詞《せりふ》は途中でオーベルに遮《さえぎ》られる。

「そうではなく、俺の前で無防備過ぎるのが悪いと言っているんです。――できるだけ貴女の歩みに合わせようと思っていたのに、貴女はすぐにこうして俺の余裕を奪っていく」

「よ、余裕って……」

反論しようと顔を上げた所で、彼の眼差しに目を奪われた。

熱の籠《こ》もった、凛々《りり》しくも精悍《せいかん》な眼差し。そして彼は低く掠《かす》れた声で耳元に囁《ささや》く。

「以前、貴女に言ったはずだ。――俺の本気をもう少し思い知った方がいいと」

――さっきまでとは違う、大人の男の色香が漂《ただよ》う瞳。

そして、私の頬に掛かった髪をさらりと撫《な》でる、男らしく節《ふし》くれだった手。

確かに言われたけど……待って、ちょっと待ってほしい。オーベルが急に纏《まと》い始めた艶《つや》めいた雰囲気に、頭がくらくらしてくる。そんな私に彼はなおも囁《ささや》く。

「貴女に口づけを与えられ、俺がどう思うか、何を欲するか……貴女は全くわかっていない」

そして彼は私の頬に手を触れ、そのまま身を屈《かが》めてくる。なんだか獰猛《どうもう》な獣《けもの》みたいだ。

気を抜くと、このままぱくりと一口に食べられてしまいそうな――

もしかしたら私の肩は、かすかに震えていたのかもしれない。決して彼が怖い訳ではないけれど、未知の感覚に心が震えそうになって。

すると、それを恐怖からの震えと捉えたのか、オーベルが動きを止めた。何かを堪《こら》えるように息を吐いた後、抱き締めていた私をそっと離す。

「オーベル……？」

「――貴女も少しは、俺と同じ気分になればいい」

同じ気分って何が？　そう尋ねようとしたが言葉にならなかった。立ち上がった彼が、私をそっと引っ張って立たせたかと思うと、額《ひたい》にささやかな口づけを落としたからだ。

本当にかすかに触れるだけの、紳士的な仕草。そしてどこか切なげな眼差しだった。

彼はそのまま、ふいっと視線を逸《そ》らすように身を離す。

「頭を冷やしがてらミランダを呼んできます。――どうかここから一歩も動かれませんよう」

そう言うと、彼は去っていった。

そんな彼の背を見送りながら、私は気づけばその場にへなへなとへたりこんでいた。全身に力が入らない。それに口づけられた額《ひたい》が熱を持ったように熱かった。

――そして、流石《さすが》に今の彼の様子を見たら、恋愛事に疎《うと》い私でもはっきりとわかってしまった。オーベルが、本当に私をそういう意味で想ってくれているんだって。

先日言われた言葉は、嘘でも私の勘違いでもなかったんだって。

「オーベルが、私を……」

そんなまさかと思う気持ちもあるけれど、そうでなければ、きっと彼はあんなことはしない。そして私もそのことがドキドキして、なんだか嬉しい気もして。

そう――嬉しかったのだ、私は。それはつまり、私も彼のことを……

自分の本心に思い至り、じわじわと顔が熱くなっていく。

「ちょっと待って。なんか知恵熱が出そう……」

まさか異世界で恋をするなんて。しかも、気づいた瞬間には両想いらしいって……なんだか、とてつもなく恥ずかしい。嬉しいのに、どうしたらいいかわからなくなる。

熱い顔のまま傍《そば》にある木の幹に力なく寄りかかった私は、向こうからやってきたミランダに何事かと驚かれたのだった。

翌日、私は寝不足のまま、ふらふらした足取りで廊下を歩いていた。

夜中眠れずにずっと考えていたのは、もちろん昨日のオーベルのこと。

もし本当に彼が私のことを想ってくれていたとして……私もそうだから嬉しいけれど。でも、私たちは姉弟《きょうだい》で。そんな二人がどうにかなれることってあるの？

そんな風に考え出したら、止まらなくなってしまったのだ。

ここにスマホかパソコンがあれば、私はきっと「異母姉弟《いぼきょうだい》　王族　恋愛」といったキーワードで検索をかけまくっていただろう。

そもそも私は、日本に帰るつもりでずっと生活していた。けれど彼を好きになってしまったこの状態で帰って後悔しないだろうかと、新たな葛藤《かっとう》も生まれてくる。

そんなことを考えて悩んだり、オーベルから言われた言葉を思い出して顔から火が出そうになったりしては、上掛けにぼふんと包《くる》まっていた。

絶対、侍女たちからは不審に思われていたに違いない。

でも、昨日の件は今まで男性と付き合った経験のない私にとって、それほどドキドキして混乱することだったのだ。

そして侍女の一人であるミランダから、やはりというか心配げに問いかけられる。

「アカリ様、大丈夫ですか？　やはり体調がお悪いのでは……」

「あ、違うの。ただちょっと、色々考え過ぎて寝不足なだけで」

今は王宮の本宮の方へ向かっている途中のため、ミランダが護衛としてついてくれていた。変に心配をかけてはいけないと、私は慌てて答える。

そうでなくとも、これからオーベルの執務室で書類整理の手伝いをする予定なのだ。

幸い彼は騎士団の仕事で不在なので顔を合わせることはないけれど、彼のいない穴を埋めるためにも、情けない所を見せていられない。

……うん、今はオーベルのことは極力考えないで、目の前のことに集中しよう。

ぶんぶんと首を横に振って頬に残る熱を振り払い、なんとか自分に言い聞かせる。

そうして執務室まで向かう途中、反物《たんもの》を腕いっぱいに抱えた商人らしき老齢の男が廊下の向こうを歩いているのが目に入った。同じく布の山を抱えた部下らしき男たちを引き連れ、どこか意気揚々《いきようよう》とした風情《ふぜい》だ。

「あれ、あの人たち、なんだか大荷物ね。綺麗な布地だけどすごく重そう」

興味を惹かれて眺めていると、ミランダが教えてくれる。

「彼らは、王妃様御用達《ごようたし》の仕立て屋ですわ。恐らく今から衣装をお作りになられるのでしょう」

「衣装を……？　ああ、そっか。きっと仮装舞踏会用の衣装を仕立てに来たのね」

舞踏会は二週間後と、もうすぐだ。

主催者だから、なおさら装《よそお》いに気合が入っているのだろう。

そういえば道中、王妃様への謁見《えっけん》に来たらしい貴族たちとすれ違ったけれど、彼らもそわそわした様子だったっけ。おかげで王宮全体がどことなく浮き足立った雰囲気になっていた。

雨を祝う舞踏会はそれだけ珍しい催《もよお》しなのだろう。不参加の私にはあまり関係のないことだけど、それでも無事何事もなく開催されるといいなと思う。

「当日は楽しい一日になるといいわよね……って、痛っ」

言いかけた所で、ぴりっとした痛みが左手に走り、思わず顔を顰《しか》める。

なんだろう？　服に擦《す》った部分がかすかに痛んだ気がしたけれど……

首を傾《かし》げて痛んだ箇所を確かめようとすると、ミランダが血相を変えて声をかけてきた。

「アカリ様、如何《いかが》なさいました？」

「あっ、大丈夫、なんでもないの。ただ少しぴりっとして」

だがミランダはその言葉では退《ひ》かず、すぐに真剣な顔で私の手を取って確認する。

「失礼ながら拝見させて頂きます。これは……まあ、火傷《やけど》のようですわね」

「火傷《やけど》？」

見れば確かに、左手の中指の付け根が薄《うっす》らと赤らみ、炎症《えんしょう》を起こしているようだ。

「ええ。小さな火傷《やけど》ですから、お薬を塗れば恐らくは二日ほどで治るでしょう」

ほっとした様子で言ったミランダに、私はますます不思議になって首を捻《ひね》る。

「でも、熱いものになんて触った覚えないのに……って、ああ！　そっか、石鹸《せっけん》か」

「石鹸《せっけん》？　あっ、もしやこの間の……」

気づいた様子のミランダに、私は苦笑して頷《うなず》く。

「そう。固まる前の石鹸《せっけん》液に触ると、火傷《やけど》みたいな症状が出ることがあるのよね。きっと、昨日の作業中にそれが飛び撥《は》ねちゃったんだと思う」

本来なら石鹸《せっけん》作りには劇薬《げきやく》の苛性《かせい》ソーダが必要なのだが、異世界であるここには当然ないので、木から作った灰汁《あく》で代用していた。

苛性《かせい》ソーダの役割をする灰汁《あく》は強いアルカリ性の特徴を持つので、素手で触れると皮膚が溶けてしまう。取り扱いには重々注意が必要なのだ。

できるだけ気をつけて作業していたつもりだったけれど、オーベルの言葉にどぎまぎしている内、手元が疎《おろそ》かになってしまっていたらしい。

「今度からは、肌につかないようにちゃんと手袋をしておかないと駄目ね」

何しろ、石鹸《せっけん》作りのような、いわば庶民のする作業をしたがる王族がこれまでいなかったので、王族が使える作業用の手袋がなかったのだ。

かと言って、侍女や侍従のものを借りようとすると、「王女殿下にそのようなお姿はさせられません！」と悲鳴を上げて断られてしまった。挙句、そのためだけに仕立て屋が呼ばれそうになったので慌てて止めて、結局そのまま作業していた。

高貴な立場というのも、何かと不便なんだなぁと思う。

「けど、結局それで怪我したら本末転倒よね……。こういう軽い炎症《えんしょう》でも何日かは消えないのに」

呟《つぶや》いた所で、ここに召喚された時のことをふと思い出す。

私が首にかけていた魔除《まよ》けのペンダントが当たったせいか、私をこの世界に引きずりこんだ手は火傷《やけど》のような傷を負っていた。思えばあれからもう二ヶ月ほど経つから、その傷痕《きずあと》はもしかして、もう消えてしまっているのでは――

ふと不安がもたげ、ミランダに尋ねる。

「ねえ、ミランダ。これくらいの火傷《やけど》なら二日で治るって言っていたけど、もっとひどい火傷《やけど》の場合ならどうかな」

「もっとひどい火傷《やけど》……と仰《おっしゃ》いますと？」

「ええと……そうね。例えば、手の甲全体に火傷《やけど》を負ってしまった時」

真剣に尋ねた私に、自分の経験でも思い出しているのか、彼女は考えこむ。

「そうですわね。患部が赤くなる程度の軽い火傷《やけど》でしたら数日で治りますが、水泡《すいほう》ができるほどのものでしたら二週間ほどかかるかと思いますわ。無論、適切に治療を行った上でのお話ですが」

「そう、二週間……」

「あとは、鍋に入った熱い油を被《かぶ》ったような重度の火傷《やけど》でしたら、回復には何ヶ月もかかりましょう。ただ、それですと肌が損傷していると思われますので、一生痕《あと》が残ってしまう場合もあるかとは思いますが」

「うん、そこまでの大火傷《やけど》ではない感じだったから……ありがとう、なんとなくわかってきた」

ミランダの話を鑑《かんが》みると、私を召喚した犯人の火傷《やけど》は、どうやら一ヶ月もかからずに回復してしまう火傷《やけど》のようだ。つまり、二ヶ月以上経った今では傷痕《きずあと》も完全に消えている可能性が高い。

これまでバタバタと色んなことがあり過ぎて王妃様の手をじっくり確認する余裕もなかった。動機から考えても彼女が犯人である可能性が最も高いのだけれど、その確たる証拠となるものがなくなった可能性があるのは地味に痛かった。

「それにしても、急にどうなさったのですか？　もしやお知り合いの方《かた》が火傷《やけど》でも……？」

案じる表情で尋ねてきたミランダに、慌てて首を横に振る。

私がこの世界に召喚されてきたこと自体は彼女にも話していたけれど、どんな風に召喚されたかまでは話していない。ただでさえ心配性の彼女を悩ませたくなかったので、今も言う気はなかった。

「あ、ううん。本を読んでたら火傷《やけど》の話が出てきたんだけど、それが少し特殊な怪我の仕方だったから、その場合だといつ治るのかなと疑問に思って」

「特殊な怪我の仕方？」

「そう。なんて言ったらいいのかな……。魔除《まよ》けのお札っぽいものに触れて、魔物が火傷《やけど》してしまった、みたいな状況で」

触れたのはお札じゃないし、そもそも相手は人間なのだけど、不可思議な状態のため他に上手く説明のしようがない。私の説明で納得してくれたらしいミランダが、ふふっと顔を綻《ほころ》ばせる。

「まあ……人ではなく魔物のお話だったのですね。でしたら、痕《あと》はきっといつまでも残っているかと思いますわ。古《いにしえ》の物語でも、聖なる杖《つえ》に触れて火傷《やけど》した魔物は生涯傷が癒《い》えなかったと伝わっていますから」

「生涯癒《い》えない？」

目を丸くする私に、ミランダが頷《うなず》いた。

「ええ。一見火傷《やけど》のように見えても、実際には違うもの――聖なるものの輝きや天の怒《いか》りに触れて負った傷だからということなのでしょう。そうでなくとも通常の火傷《やけど》の仕方と異なるのですから、同じ範疇《はんちゅう》に収まるとは思えませんわ」

「じゃあ、もしかしたら……」

王妃様の手には、今も火傷《やけど》の痕《あと》が残っている可能性がある……？

彼女に近寄る機会があれば、それを確認できるかもしれない。

――良かった、まだチャンスは消えていない。

胸にじわじわと希望が湧いてくる。

「本当にありがとう、ミランダ。色々と参考になったわ」

「いいえ。私でお役に立てるようでしたら、いつでもお尋ねくださいませ」

力をこめてお礼を言った私に、ミランダは不思議そうにしながらも嬉しげに微笑んだのだった。

第二章　王宮図書室の住人

その後、執務室での手伝いを終えた私は、王宮の離れに戻り軽い昼食を取った。

お腹も満たされてひと心地着いたので、午後からは護衛の兵士を連れ王宮の図書室へ向かう。

図書室は、離れから本宮への回廊を渡って西へずっと進んだ先にある。中庭を臨む回廊を歩いていると、柱の向こうで小雨がしとしとと花や緑を濡らしているのが見えた。

「あっ、雨……！　さっきまで降ってなかったのに」

いつの間にか降り始めていたんだなと、思わず足を止めて見上げる。

曇天《どんてん》の下に広がる、緑煙《けぶ》る中庭の風景。美しく刈られた緑の中、水色や薄紫《うすむらさき》の花が鮮やかに咲いていて、雨に濡れる様《さま》が綺麗だなと感じた。

こういう雨や曇《くも》りの日にこそ鮮やかに咲く花は、晴天の下で見るものよりなんとなく好きだ。誰も気づいていないような目立たない場所でも、凛《りん》と背筋を伸ばしているみたいに思えて。

「雨季《うき》って言ってたし、しばらくはこんな感じで降り続けるのかな……」

回廊の軒下《のきした》から雫《しずく》にそっと手を差し伸べながら呟《つぶや》くと、後ろを歩く護衛の兵士が答えた。

「恐らくこれから五週間以上はこうした天候が続きますでしょう。昨年は、ふた月ほど晴れ間が見えませんでしたから」

「そうなの。結構長いのね」

今の季節は春だけど、なんだか日本の梅雨《つゆ》みたいだなと感じる。ただ、梅雨《つゆ》に比べると空気に湿気というかべたつく感じがなく、過ごしやすいのが幸いだ。

同時に、これくらいの降り方なら農民たちにとっても大助かりなのではとも思う。

先程執務室で書類整理を手伝っていた際、報告書に、南方ではここ半年ほど日照りが続き、収穫物の量が大幅に落ちていると記載されていた。きっと今は天の恵みに胸を撫《な》で下ろしていることだろう。

そんな風に各地から寄せられた書類の中、ひとつだけ上手く読むことができない書類があったため、私はこうして図書室に向かっていた。

——この世界に召喚された際、白い腕に喉《のど》を掴《つか》まれた私。

その腕の持ち主——つまりは召喚した犯人の魔力が掌《てのひら》を伝って喉《のど》から注がれたこと

で、私はこの世界の言語を読んだり話したりできるようになったらしい。ただ、犯人の記憶と知識が元になっているため、犯人が理解している範囲の言語しかわからないそうだ。

召喚者は博識な人らしく、その知識の一部を受け取った私も大体の言語が読めるのだが、今回目にした文字はなぜか中途半端《はんぱ》にしか読めなかった。

それで気になり、よし！　調べてみようと思い立ったのだ。

図書室の入り口に辿《たど》り着いたので、後ろを歩く兵士に声をかける。

「じゃあ、少し本を読んでくるから、ここで待っていてもらって良いかしら」

「畏《かしこ》まりました。どうぞごゆっくりお過ごしくださいませ」

穏やかに答えた彼に頷《うなず》くと、私は中へ足を踏み入れる。扉を開けると、美しい彫《ほ》りの施《ほどこ》された飴色《あめいろ》の書棚が壁際にずらりと立ち並んでいた。どれも天井近くまで高さのある立派な書棚で、見上げた天井には一面、鮮やかな絵が描かれている。

茜色《あかねいろ》の空に女神たちが浮かび戯《たわむ》れる、美しくも荘厳《そうごん》な絵だ。傍《そば》に置かれた背の高い脚立《きゃたつ》が、まるで天に手を伸ばすために置かれたように見える。ここに来るのはもう五回目だけれど、芸術的な造りにいつも目を奪われてしまう。

見惚《みと》れながら奥へ進むと、洋墨《インク》や羊皮紙《ようひし》の香りがかすかに鼻をかすめ、思わずふふっと微笑んだ。

「なんだか懐かしいな。まるで学校の図書室みたいな香り」

古い木造図書館の香りというか、木に洋墨《インク》と埃《ほこり》のような香りが混ざり合った、なんとも落ち着く香りだ。幼い頃、わくわくしながら本を読んでいた時の感情を思い出す。

そういえば小学生の頃、何度も借りて読み耽《ふけ》ったお気に入りの本があったっけ。

確か、きつねの男の子が吊り橋《つばし》を渡って友達に花を届けにいく話。どこに惹かれたのか自分でもよくわからないけれど、なぜか繰り返し読みたくなる本があの頃はいくつもあった。今もふとした時に、その一幕が脳裏《のうり》に蘇《よみがえ》ったりする。

やがて奥にある棚に辿《たど》り着き、そこで目当ての本を探す。

「確か、言語関係の本はこの辺にあったと思うけど……」

背表紙の内容から見当をつけて一冊手に取り、パラパラとめくる。

何度か繰り返す内、ようやく半端《はんぱ》にしか読めない言語が書かれた本を見つけ出すことができた。別の言語で書かれた注釈によると、件《くだん》の言語はアゼリア語と呼ばれるもので、どうやら南の僻地《へきち》でのみ使われている特殊な言語らしい。

また、元々は身分の低い人たちの間で使われていた言葉のようだ。

「へぇ、そんな起源のある言葉なんだ」

念のため、そのアゼリア語で書かれている本文を声に出して読んでみる。

「太陽の……が……の怒《いか》りを買って……うーん、やっぱり駄目。ところどころ読めなくて、どうしても歯抜けになっちゃう」

まるで漢字が読めず、ひらがなだけ飛び飛びで読む小学生みたい、と顔を顰《しか》める。

他にも色々な言語の本を手に取ってみたが、やはり読めないのはこのアゼリア語くらいのようだ。私を召喚した犯人は、もしかしてこの言語を学んでいる途中だったのかな……？

そう首を傾《かし》げていると、かすかな衣擦《きぬず》れの音が後ろから聞こえてきた。

うん？　と思い視線を向ければ、そこには一人の青年が佇《たたず》んでいた。

年は二十代前半ほどで、髪の色は淡い金色。右目が長い前髪に覆《おお》われ、残る左目に片眼鏡《かためがね》をかけている。知的な印象はあれど表情が見えにくい。

冷たく整った容貌に加え、司書の詰襟《つめえり》の青い服が禁欲的なせいか、近寄りがたささえ感じさせる。こちらをじっと静かに見つめる彼に、私は少し驚きながら挨拶した。

「あ……こんにちは、レジナルド。お邪魔しています」

すると彼は本を手に持ったまま、流れるように礼の姿勢を取った。

「ご機嫌麗《うるわ》しく存じます、アカリ様。ここは貴女様の庭のようなもの、どうぞいつでも

ご自由に足をお運びになられればよろしいかと存じます」

そう淡々と素っ気ない声で言うや、彼はすっと踵《きびす》を返し、別の本棚の方へ行ってしまう。手に数冊本を持っている所を見るに、どうやら返却作業中だったらしい。

その後ろ姿に、相変わらず歓迎されてないなぁ、とつい苦笑する。

ここに通い始めて、司書長である彼――レジナルドと知り合ったのだが、彼は初対面からこんな感じだった。

一応丁寧な口調で挨拶程度は返してくれるものの、そこに好意や敬意といった感情は感じ取れない。これで会うのは三度目だけれど、笑顔は一度も見たことがなく、いつも無表情か、かすかに眉を顰《ひそ》めているかといった具合だ。

彼は侯爵位を持つ貴族でもあるそうなので、もしかしたら私のこれまでの行動を快《こころよ》く思っていない貴族たちの一人なのかもしれない。

――そう、平民層からの支持はあっても、貴族層からは受け入れられているとは言いがたいのが私の現状だった。

先日、白の民の少年シロを助けたことで平民に歓迎された私だが、逆に貴族たちの多くからは反発を受けていた。白の民は奴隷の歴史を歩んだ民。そんな穢《けが》れた者を側《そば》に置くとは何事か。王族――ひいては王族に仕える我々貴族の権威が落ちると、多くの貴族たちに言われたものだ。

白の民は身体能力に優《すぐ》れ、百里《ひゃくり》を駆けるほどの脚力と、岩をも持ち上げるほどの腕力を持っている。その力が良い兵力になると、古くから時の権力者に狙われ、次第に鎖《くさり》に繋《つな》がれて奴隷の扱いを受けるようになり、長く不遇の目に遭《あ》ってきたのだ。

そうした白の民を下賤《げせん》の者として貶《おとし》めて見る風潮は、特に貴族間で今も色濃く残っている。だから、そんな白の民を守ろうとする私の行動もまた、彼らにとっては眉を顰《ひそ》めるだけのものなのだ。

同様の理由で神殿に仕える祭司長からも厭《いと》われ、命を狙われた私だけれど、シロを助けたことについてはなんら後悔していない。

日本の道徳教育を受けてきた私に、この国に根づく外見による差別は受け入れがたいものだったし、できればそれをなくすきっかけになれたらと思う。

だって白の民もまた、この国の民なのだから。シロだけでなく、隠れて暮らす彼らもまた生きやすい世の中になってほしい。それは、先日行き倒れていた私とシロを助けてくれた白の民たちの姿を見て、改めて思い直したことでもあった。

——自由を求めて逞《たくま》しく生きる彼らは、決して迫害されていい存在ではない。

と、そこであることを思い出した。

「そうだ……そういえば、長老のお爺《じい》さんへの手紙、ちゃんと届いたかな」

私とシロを拾って助けてくれたお礼を伝えたくて、白の民の長老に手紙を送っていたのだ。

内容は、貴方がたから受けたご恩はいつか必ず行動で返すということ。そして私とオーベルは、白の民も生きやすい世の中になるよう、この国を変えていきたいと思っていること。

書くのは簡単でも実現するには一筋縄《ひとすじなわ》ではいかないことだが、諦《あきら》めるつもりは毛頭《もうとう》なかった。やがてオーベルが王位に就いた時、民が少しでも笑顔になれるような世の中にできたらと思う。

「……うん。そのためにも、もっとこの国についてしっかり学んでいかないとね」

この国に来てまだ二ヶ月、逆に言えばもう二ヶ月だ。かりそめの王女とはいえ、もっと王族としての知識を積み重ねていきたい。何がどこで役立つかわからないから。

そう思い、アゼリア語の本としばらく格闘した後、他に気になった本を何冊か読んでいく。

舞踏会の作法について書かれた本や雨季《うき》について書かれた歴史書など、最近耳にした類《たぐい》の情報が載った本を読んでいると、ふと奥にある閉架《へいか》書庫の扉が開く音が聞こえた。

閉架《へいか》は王族の他は司書しか入れない場所だから、もしかしてレジナルドだろうか？

そう思い顔を上げた所で、出てきた相手——黒髪に青い瞳の少年と目が合った。

「わっ……アカリ姉様！」

「あ、ジュール殿下。こんにちは」

そこにいたのは、少女と見紛う繊細な容貌の美少年、ジュール王子。オーベルや第一王子のリュシアンとは腹違いで、やや年の離れた弟だ。

青磁色《せいじいろ》の服に淡い水色の長布を合わせ、同色の手袋を嵌《は》めた彼は、一瞬驚いた様子を見せたものの、すぐにほっとした様子で微笑んだ。

「すみません、急に声を上げてしまって。とても静かだったから、レジナルドの他は誰もいないのかと思っていたんです。姉様も図書室に調べ物にいらしたのですか？」

「ええ。少し調べたい言葉があって。殿下も、閉架《へいか》書庫でお探し物を？」

微笑んで尋ねた私に、彼は小さく苦笑して肩を竦《すく》めてみせる。

「はい。それもありますが、息抜きをしたいのもあって。勉強自体は好きなのですが、次はあの授業だとあまりにも追いかけ回されるので、休憩と同時に少し抜け出してしまいました」

やんわりと言っているが、聡明で優しい彼が疲れて逃げ出すほどだから、きっと教育係の侍従たちは余程、口煩《くちうるさ》く言ったのだろう。実際、以前も神経質そうな侍従が彼を探し回っていたのを見た覚えがある。それを思い出しながら頷《うなず》き返した。

「たまには、一人でゆっくり羽を伸ばしたくなりますものね。何の本を読んでいらしたのですか？」

「昔の時代の衣装が載った本です。どんな種類があるのかなと気になって」

「あっ、もしかして、今度の仮装舞踏会で着られるご衣装を探していらしたのでは？」

ぴんときて尋ねた私に、王子が目を輝かせる。

「おわかりですか？　ええ、皆様趣向を凝《こ》らした姿で参加されるようだから、僕も変な格好はできないなと思って。そういえば、姉様はもうご衣装はお決まりに？」

「あ、いいえ。私は今回、残念ながら参加を辞退させて頂こうかと思いまして。体調もあまり思わしくないものですから、また次の機会にと」

「そうですか……お加減が悪いなら、舞踏会の人混みはお身体に毒ですものね。残念ですが、どうかご無理はなさらないでください」

「はい、ありがとうございます」

しゅんとしてしまった王子に申し訳ない気持ちになりながら、お礼を返す。

以前にも感じたことだが、母である王妃様と違って彼自身はオーベルや私に敵意を抱《いだ》いていないようだ。むしろ兄や姉として純粋に慕《した》ってくれるので、私も肩の力を抜いて会話を楽しむことができていた。私はさらに続ける。

「でも、皆様のご衣装は少し気になっていて。仮装舞踏会に参加したことがないので、どういった雰囲気なのかあまり想像がつかないんです」

実際、王妃様からの誘いでなければ、参加していただろうと思うほどには興味がある。仮面舞踏会なら仮面で目元を覆《おお》った紳士淑女《しんししゅくじょ》の姿がすぐ思い浮かぶけれど、今回は仮装というぐらいだし、参加者がどれだけ派手な装《よそお》いをしてくるのか正直想像がつかない。

すると、ジュール王子がぱっと笑顔になって身を乗り出した。

「なら姉様、一緒にさっきの本を読まれませんか？　参考になりそうな絵が沢山載っていたんです。きっとご覧になるだけでも楽しい気分になられると思います」

「へぇ……それは素敵ですね。では、一緒に拝見させて頂こうかしら」

「やった、そうこなくちゃ！」

微笑んで頷《うなず》いた私に、王子が嬉しそうに声を弾《はず》ませる。そのまま二人、閉架《へいか》書庫で本を読むことになった。

閉架《へいか》書庫の分厚い扉を開いて奥に進むと、天井の低い薄暗い空間が広がっていた。

灯りは高い場所にある小さな明かり採りから入るわずかな光だけ。今が日中だから、まだなんとか本を読めるといった有り様《あさま》だ。重要な書物を仕舞っている場所だけあって、古びた重厚な趣《おもむき》の背表紙がいくつも目に入ってくる。

進むほどに、洋墨《インク》と埃《ほこり》の混ざった古い書物独特の香りも濃くなっていく。

「姉様、こちらです」

先を歩いていたジュール王子が、ある書棚の前で立ち止まり、一冊の本を見せてきた。

それは、焦《こ》げ茶色の立派な表紙が張られた分厚く大きな本。しっかりとした装丁で、開くとどのページにも鮮やかな色彩の絵が描かれている。

手近にある席に腰を下ろし、二人で机に広げて眺めると、それは服飾関係の本ではなく、どうやらこの国の神話や伝承を集めた本らしかった。まじまじと眺めて尋ねる。

「殿下、こちらは神話の本ですか？」

「ええ。その中でも、特に妖精や精霊たちの姿が数多く描かれた本で……あっ、見てください、これは風の妖精フェリエ。楽器を奏《かな》で、美しい歌声を風に乗せて運び届けると言われています」

そう言って彼が指差したのは、萌黄色《もえぎいろ》の薄布の衣装に身を包んだ、美しい妖精の絵。

少女にも少年にも見える細い肢体《したい》を持ち、悪戯《いたずら》っぽい表情で楽器を奏《かな》でている。緑深い森の中、切り株に座る彼女の周りには、沢山の鳥が楽しげに飛び回っていた。

王子が、また違うページを開いて見せてくる。

「そしてこれは、火の精霊ジャガ。燃えるような赤い肌の大男で、軽い炎のひと吹きで城を燃やし尽くすほどの力があったそうです。今も、竈《かまど》の横にはジャガの絵が描かれていることが多いと言います」

こちらは、精霊というよりもまるで魔物みたいな姿だ。

眉の吊《つ》り上がった逞《たくま》しい半裸《はんら》の男が、厳《いか》めしい形相《ぎょうそう》で石造りの城に火を吹きかけている。どことなく、幼い頃に読んだ物語のランプの精を思い出させる造形だ。

「すごい……。皆さん、こうした格好で舞踏会に参加されるのですか？」

「ええ。神話の登場人物の姿をなさる方《かた》は多いと思います。見栄《みば》えがしますし、神秘的で仮装の醍醐味《だいごみ》も感じられますから。でも本当に人それぞれですよ。豪奢《ごうしゃ》な格好に飽きたからって逆に召使の格好で参加する人もいるし、動物の格好をする人だっています」

「動物の格好？」

もしかして、犬や猫などの着ぐるみを被《かぶ》るのだろうか。

目を丸くした私に、王子が何かを思い出した様子でくすりと笑う。

「そう。と言っても、全身獣《けもの》の姿になる訳ではなくて頭に被《かぶ》りものをするぐらいなんですが。――面白いんですよ、ロバ頭で襤褸《ぼろ》を纏《まと》った男が、豪奢《ごうしゃ》な衣装を着た人間を後ろに侍《はべ》らせていたりするんです。あれはたぶん、派手な衣装に飽きてロバ姿になった貴族が従者を従えて参加したんだろうな」

「まあ……なんだか、喜劇の一幕みたいですね」

想像し、つられてふふっと笑う。

本当になんでもありというか、ちょっと楽しそうな光景だ。

そうして二人で囁《ささや》き合いながら本を眺めていると、暫《しば》くして、入り口の方からレジナルドが声をかけてきた。

「お話し中失礼致します。ジュール殿下、どうやら廊下の向こうで侍従がお探しのようですが」

「ああ、もう見つかったのか……うん、わかった。今行くよ」

どうやら本宮に呼び戻そうと、教育係の侍従がまた追いかけてきたらしい。

しょんぼりしながら、王子が椅子から立ち上がる。

「姉様、いつも慌ただしくて申し訳ありません。お先に失礼させて頂きます」

「いいえ、こちらこそお時間を頂いてしまって。あっ、本は私の方で戻しておきますね。もう少し読んでみたいので」

「わかりました。では、よろしくお願いします」

そうして本を受け取ろうとした所で、彼の身に着ける薄水色の手袋が目に入った。

そういえば、彼は出会った時もこれを嵌《は》めていたなと、ふと思い出す。

同時に脳裏《のうり》に浮かんだのは、先程のミランダとの会話。

もしかしたら、私を召喚した犯人の手にはまだ火傷《やけど》の痕《あと》が残っているかもしれない。――もしそうなら、犯人はきっと手袋や包帯《ほうたい》などで隠そうとするだろう。

それに何より、現時点では王妃様が犯人だと確定している訳ではないのだ。もしかしたら、別人が犯人である可能性も――

考える内、いつの間にか胸の鼓動がどくどくと速くなっていた。

手袋を見つめたまま動かなくなった私に、王子がきょとんと首を傾《かし》げる。

「姉様、いかがされましたか?」

「あ……ご、ごめんなさい。とても綺麗な手袋だなと見惚《みと》れてしまって」

口籠《くちご》もった私を疑問に思う様子もなく、彼は嬉しそうに頷《うなず》く。

「ありがとうございます、僕も気に入っているんです。幼い頃、怪我で醜《みにく》い傷痕《きずあと》ができたことでつけ始めたのですが、今ではこれをしていないと落ち着かなくなってしまって」

「ああ、昔からつけていらしたのですか……」

なんだ、最近からじゃないのか。

思わずほっとした私に、彼は右手を翳《かざ》して見せる。すると、香でも焚《た》きしめてあったのか、薄荷《ハッカ》に似た爽《さわ》やかな香りが鼻に届いた。

「ええ。王族がそのような傷を見せるのはみっともないからと、母に手袋を嵌《は》めるよう勧められて。美しく誇り高い姿を見せるのも王族の……次期王になる者の務めだからと」

そういえば王妃様は、自分の産んだ息子が黒髪黒目でないことに焦りを感じていると聞いた覚えがある。

だから彼女は、王族の容姿として瑕疵《かし》あるジュール王子を補完するような、黒髪黒目の同意者を探しているのだと――。王族としての見栄《みば》えを重視する彼女なら、幼い王子にも、確かにそんなことを命じそうだ。

ジュール王子が長い睫毛《まつげ》を伏せ、消え入りそうなほど小さな声で呟《つぶや》く。

「……どうしてだろう。僕を王位に就けたって明るい未来なんてきっとないのに……」

「殿下……？」

どこか悲しげな、諦《あきら》めたような声音《こわね》だった。

結局彼はそれ以上口を開かず、代わりに顔を上げてかすかに微笑む。それは本心を呑みこみ、王族らしく振る舞うことに慣れた、切ない笑みに見えた。

「ああ……すみません、なんだか長々とお話ししてしまって。それでは失礼しま……」

「あの、待ってください、殿下」

そのまま去ろうとする彼を黙って見送るのが躊躇《ためら》われて、つい呼び止めていた。

「え？」

不思議そうに足を止めた彼に、私は呼び止めたもののどうしよう、と考える。

何か、ささやかでも彼を元気づけられたらと思ったんだけど、すぐにはいい言葉が浮かんでこない。――と、そこでふと目に入ったものがあった。王子が着ている青磁色《せいじいろ》の服。それが、さっき来る途中で見かけた水色の花と重なる。

あっ、これだ！

「殿下。申し訳ありませんが、少しだけこちらでお待ち頂いてもよろしいですか？」

「え？　ええ」

戸惑った様子で王子が頷《うなず》いたのを見るや、私は踵《きびす》を返して足早に図書室を出た。

「えっ、あの……姉様!?」

驚いたような彼の声を背に、図書室から先程来た回廊へ戻る。

回廊の切れ目から中庭へ出ると、そこに咲いていた水色の花を一輪、屈《かが》んで摘《つ》み取った。うん、思った通りいい色合いだ。ついでに何事かと慌てて追いかけてきた護衛の兵士に「ごめんなさい、なんでもないの」と謝ると、すぐに図書室へ引き返す。

そこには、先程以上に困惑した様子のジュール王子が待っていた。

「姉様、急にどうされたのですか？」

そんな彼に、私はわずかに雫《しずく》に濡れた水色の花を差し出した。

「突然すみません。こちらを殿下にお渡ししたくなって」

「僕に、これを……？」

目を見開く王子に、私は静かに口にする。

「はい。前に、少しお話ししましたよね。私が辛《つら》くなったり怖くなったりして周りが真っ暗闇に見えた時、暗がりに咲く花を探すようにしているって」

「ええ……仰《おっしゃ》っていました。心が明るくなるような何かを探すようにしているのだと」

困惑しつつも律儀《りちぎ》に答えてくれる彼に、私は微笑んで頷《うなず》く。

「それを今、思い出したんです。きっと人によってその花の色や形は様々で……なら、殿下の花は何色なのだろうと。そう考えた時、さっき見たこれが自然と思い浮かんだんです。貴方の花は、もしかしたらきっとこんな色をしているのではないかなって」

「僕の、花……」

掠《かす》れた声で呟《つぶや》いた王子に歩み寄ると、私は彼の手にそっと花を握らせる。

「そう、殿下の花です。きっとこんな風に、強い雨にも負けずに咲く、清々《すがすが》しい色の花」

儘ならないことがあっても挫けない、そんな花に——そんな大人になってくれたらいいなと思う。そしてきっと、彼にはその素地《そじ》がある。

ジュール王子は瞳を揺らしながら、おずおずとした仕草で花を受け取った。

「ありがとう、ございます……姉様」

それは彼が初めて見せた表情だった。いつもの天真爛漫《てんしんらんまん》な無邪気さとは違う、迷子の子供のような稚《いとけな》い面差《おもざ》し。一瞬躊躇《ためら》った後、彼は何かを言おうと口を開きかけ――

その時、神経質そうな壮年の男の声が辺りに響き渡った。

「ジュール殿下！　どちらにいらっしゃいますか!?」

彼の教育係の声だろう。さっき廊下に出た時はそれらしい人と擦《す》れ違わなかったから、もしかすると反対方向からやってきたのかもしれない。

何か言いかけた王子は結局、口を噤《つぐ》んで暇乞《いとまご》いの挨拶だけを告げる。

「……すみません、そろそろ行かなくては。では姉様、またお話ししてください。……お花、本当にありがとうございました」

そして礼儀正しく一礼し、彼は部屋を出ていった。その後ろ姿を見送りながら私は呟《つぶや》く。

「咄嗟《とっさ》にとはいえ、ちょっと突拍子もないことしちゃったかな……」

でも戸惑いつつも受け取ってもらえたし、きっと嫌がられてはいないはず、と前向きに捉えることにする。

それにたとえ拙《つたな》い方法だったとしても、彼を少しでも元気づけたかったのだ。

私が昔、落ちこんでいた時におばあちゃんの言葉に背を押してもらったように、何気ない他人の一言が、その人に大事な一歩を踏み出させたりすることがあるから。

そして私は椅子に座ると、さっきはどきっとしたなと、手袋のことを思い出す。

もしかしたら、ジュール王子が私を召喚した犯人なのでは、と一瞬考えてしまった。

以前、リュシアン王子が言っていた台詞《せりふ》が印象に残っていたせいもあるかもしれない。

彼は、「王宮には魔が潜《ひそ》んでいる」と言っていたから。

「だからって、流石《さすが》にジュール殿下ってことはないわよね」

呟《つぶや》きながら肩を竦《すく》める。

そもそも、彼が私を召喚する理由も思いつかなかった。ジュール王子を次期王にと画策する王妃様とは違い、彼自身は王座に座ることを願ってはいないようだったから。

そんな彼が、自分が王位に就くための手駒《てごま》となる、黒髪黒目の同意者を召喚するとは考えにくい。

もし王妃様が召喚者ではなかったとしても、犯人は少なくとも彼女と同じくらいには、ジュール王子が王位に就くことを望む人物だろう。

それは、自分の能力を分け与えるような危険な対価を支払ってでも、私を召喚したいと思うほど――そしてその結果、魔除《まよ》けのペンダントで手にひどい火傷《やけど》を負うほど、邪《よこしま》な思いを持つ人。

執拗《しつよう》に私を追ってきた不気味な白い腕を思い出し、静かにぞっとする。

「……とりあえず、今度から色々な人の手をもっとよく見るようにしよう。結局私にある手がかりは、犯人の右腕だけなんだから」

――うん、きっとそれが解決への一番の糸口だ。

そう考えをまとめると、私はまた机に向き直り、さっきの本を開く。

ややざらざらした羊皮紙《ようひし》の表面には、煌《きら》びやかな精霊の挿絵《さしえ》の数々。こんな格好をした人たちで舞踏会場は溢《あふ》れ返るのだという。

華やかな催《もよお》しで素敵だと思うが、それはオーベルが言っていた通り、招かれた貴族だけが楽しめるものだ。貧しい町民や村人、姿を潜《ひそ》めて暮らす白の民たちには縁遠い話。

特に白の民は、その容姿故《ゆえ》にどうしても目立ってしまうため、町の小さな祭りさえ見に行けない状況だ。差別や迫害がなくならない限り、彼らはそうして外界と離れて暮らし続けるしかないのだろう。

目を伏せて、ぽつりと呟《つぶや》く。

「どうやったら皆が……それに、白の民が生きやすい世の中にできるんだろう」

孤児である白の民の少年シロを引き取り、後見人《こうけんにん》になった私だけれど、だからといって白の民全てを同様に保護することは難しい。

そうではなく、何か別に良い方法があったら――

そんなことを考えていると、後ろでことりとかすかな物音が聞こえる。

ふと視線を向ければ、レジナルドが先程と同じように私を見据《みす》えていた。

――まるでこちらの思いを見透かすかのような、冷ややかな眼差し。

美しくも冷たい容貌のため、黙って彼に見つめられるとやはり妙な圧迫感がある。

どうやらジュール王子を呼びにきた後、そのまま扉近くで本の返却作業をしていたようだ。

「あ、あの……レジナルド、どうかした？」

もしかして、独り言が煩《うるさ》かっただろうか。

そう思い謝ろうかと口を開くと、彼は一礼し玲瓏《れいろう》とした声で話し出す。

「これは失礼致しました。僭越《せんえつ》ながら今の呟《つぶや》きをお聞きして、巷《ちまた》で流れている噂は真《まこと》だったのかと耳を疑ったもので」

「噂？」

「ええ。王女殿下が、白の民を――隠れるだけしか能のない者たちを救おうとなさっていると」

目を伏せてどこか皮肉気に口にした彼に、私は気を引き締めて静かに問い返す。

「私が白の民を助けたいと思っているのは本当のことだけれど……それがどうかしたの？」

「左様《さよう》ですか。……ではアカリ様。差し出がましいことを申しますが」

「何かしら」

目を合わせた私に、彼は淡々とした声で続きを紡《つむ》ぐ。

「そのお心根《こころね》は大変素晴らしいことと思います。虐《しいた》げられた者たちを救おうとする王族など、これまで一人も現れなかった。――ですが、彼らをただ守ろうとするだけでは、他の民たちの反発を招くだけかと」

「反発？」

怪訝《けげん》に思って尋ねた私に、彼は頷《うなず》いて続ける。

「ええ。今は弱者に手を差し伸べるという貴女様の行動を称賛《しょうさん》する民たちも、所詮《しょせん》は只《ただ》人《びと》。己《おのれ》よりも優遇される者を見続ければ、たちまち妬《ねた》みでその思いを変えるでしょう」

はっきりと告げる彼に、私は驚いて目を見開く。

レジナルドは片眼鏡《かためがね》越しに硝子《ガラス》のような青い瞳をこちらに向け、さらに続けた。

「奴隷の歴史を歩んだ者たちを保護する。それが一時的な保護であればまだしも、今後も続くようなら平民はどのように思うでしょう。変わらず貴女様の行動を称賛《しょうさん》する者がどれほどいることか。――失礼ながら、私には貴女様の行動が諸刃《もろは》の剣《つるぎ》であるように見受けられます」

「諸刃《もろは》の剣《つるぎ》……」

そこで思い浮かんだのは、貴族からの怒りの言葉。

これからもし対応を誤《あやま》れば、今は私を歓迎してくれている平民たちもまた、怒りの矛《ほこ》先《さき》を私たちに向けてくるかもしれないのだ。私だけであればまだ良いが、それがもし白の民やオーベルへと向かったら――

言葉を失う私の前で、彼は書棚に歩み寄ると、包帯《ほうたい》が巻かれた右手でそこにあった本を一冊抜き取った。あれ？　その手……と思いかけるが、すぐに本の表紙へと視線を奪われる。

その表紙には、玉乗りに失敗し無様《ぶざま》に転ぶ道化《どうけ》の姿が描かれていた。

「正義を掲げるのは結構ですが、ご自分の乗った玉を扱いきれぬような愚者《ぐしゃ》にはどうぞなられませんよう。――申し上げたいことは以上です。失礼致します」

冷ややかな眼差しを向けたレジナルドは、皮肉げに笑うとその本を持って何事もなかったように表の書庫へと戻っていった。私は彼の姿が見えなくなるまで、一人呆然《ぼうぜん》と佇《たたず》んでいたのだった。


図書室から離れの自室に戻ると、私は寝台の上に仰向《あおむ》けにぽすんと倒れる。

薔薇色《ばらいろ》で統一された美しい調度品が並ぶ部屋の奥、天蓋《てんがい》付きの広い寝台は、私の体重も溜息も難なく受け止めた。

「諸刃《もろは》の剣《つるぎ》、かぁ……」

考えるのはもちろん、さっきレジナルドに言われた台詞《せりふ》。

白の民を守ろうとする私の行動が目に余り、思わず口にしたくなったのかもしれない。これ以上貴族の――自分たちの反発を買うような行動は取るなと。

静かな皮肉がこめられた言葉に一瞬嫌な気持ちになったけれど、彼の言葉は的を射《い》ていた。

「……確かに、守っているだけじゃきっと駄目なのよね」

例えば私やオーベルが白の民を手厚く保護し、差別しないようにと周囲に命じたとして、果たしてそれは実現するだろうか。

だって相手は……民たちは皆、一人ひとり複雑な感情を持つ人間なのだ。

一部の民だけを大事に保護し続ければ反感を買い、かえって差別を助長させるかもしれない。なぜあの者たちばかりが優遇されるのかと。上手く立ち回らなければ、余計に問題を大きくしてしまう可能性があるのだ。

無意識に、髪をくしゃりと掻き混ぜる。

「難しいな。どうしたら皆の心の距離を縮められるんだろう……」

迫害されている人たちをなんとか守りたいが、守っているだけではきっと駄目で。でも……きっと、何か方法はあるはずなのだ。ただ私が気づいていないだけで。

なかなか良案は出てこないが、考え続けなければならないことだ。だってこれは――白の民の問題は、私が起こした行動から始まったことだから。難しいからって途中で投げ出すことなんてできない。何か良い方法が、きっとあるはずなんだけど――

「うーん……」

ただでさえ考えることが日々多くあり、王宮の陰謀に頭を巡《めぐ》らせることに慣れていない私は、今も時々頭がパンクしそうになる。まるで試験前日に、様々な教科を一度に頭に詰めこんでいるような状態だ。何かを頭に入れる度、大事な何かを忘れてしまっている気さえする。

「悩んでても駄目ね。……よし！　一回、私がしたいことを順序立てて考えよう」

むくりと上半身を起こし、指折り数えて考えをまとめていく。

まずは、オーベルを王位に就けることが一番大事。これは揺るがない。

その次になんとかしたいのが、白の民の差別問題。そして同時に行っていきたいのが、私を召喚した犯人を見つけ、元の世界に戻る方法を探すこと。

そう……この世界で「黒鷹公《くろたかこう》の姉上」としての役目を終えたら、私は日本に戻るんだ。

就職活動だってまだ途中だし、何よりこれ以上家族に心配をかけられない。

もしかしたら今だって、家族や知人たちは突如《とつじょ》行方不明になった私を探しているかもしれないのだ。

「そう、私はいつか戻る。……絶対に日本に戻るんだから」

噛み締めるように呟《つぶや》きながら思い出すのは、懐かしい日本の光景。

——なのに、それと重なって思い浮かんだのは、先日私を元の世界へ送り出そうとした時の、オーベルの表情だった。どこか切なげに私の手の甲に口づけ、彼は私を返還の儀へ送り出した。その時のことが、なんだかやけに頭から離れなくて。

そして返還の儀が偽物と判明し、祭司長に殺されたと思っていた私が生還した時、強く抱き締めてくれた彼の力強い腕。時折ふと、あの温度を思い出してしまう。

先日も彼は、逞《たくま》しい腕で当たり前のように私を守ってくれた。

温かくて、そのままその中にいたくなるような力強さがあって。もし、このまま本当に彼と恋人同士になれたとしたら――

そこではっとなり、慌ててぶんぶんと首を横に振る。

だって……そんなこと、あり得ないのに。いくら私が彼に惹かれていたとしても、それは訪れない未来だ。なぜなら私は、いずれ日本に戻るのだから。

第一、私はこの世界では彼の姉という存在だ。王の血縁でなければ彼を王位に就けるための同意者にはなれない。

そう――改めて考えなくても、そうなのだ。姉という立場でなければ、オーベルを次の王にすることができない。

もし私が、彼と何の血の繋《つな》がりもないただの女だとバレたら、同意者としての資格を失うだけでなく、王女を騙《かた》った不届き者として処刑されてしまうだろう。そうすればオーベルも、何らかの処罰を免《まぬが》れない。

だから、ただの女として彼の隣に立つ未来なんて、これから先もきっと来ないのだ。

「そっか……。そうなんだよね」

私はまた、ぽてんと寝台に背を預ける。いつの間にか目元を手の甲で覆《おお》っていた。

気づきたくないことに気づいてしまったなぁ、なんて思いながら。でも、自分が彼に馬鹿なことを言う前に気づけて良かったとも思った。だって、もし私が彼の告白に頷《うなず》いていたら、彼のこれからを滅茶苦茶にしてしまう所だった。

この国では異母姉弟《いぼきょうだい》の結婚はもちろん、恋愛だって認められていない。彼と恋人同士になるということは、必然的に彼の姉を辞めるということでもあったから。

もしも今の立場のまま陰でこっそり付き合ったとしても、私たちが結婚できる未来は当然ない。いずれオーベルは、他に妻となる女性を娶《めと》ることになるのだろう。

そうしたら私は、やっぱり彼の足かせになるだけで。

瞼《まぶた》に当てた拳《こぶし》を無意識にぎゅっと握る。

ここ最近オーベルと過ごした時のどきどきする気持ちや、ほわんと心が温かくなる感情を思い出す。緊張するのに、今まで感じたことがないほど甘くて……すごく幸せな時間だった。

ああ、私は彼に恋をしてるんだなって、くすぐったくも嬉しい気持ちになって。

――でも、それは私からは遠いものなんだ。同意者としての役目を終えたら、私はここを去る人間なんだから。そうしないと彼に迷惑をかけるし、私も恐ろしい未来を辿《たど》るだけ。だから……ちゃんと現実を見つめないと。

自分に言い聞かせるように、ぽつりと呟《つぶや》く。

「うん……もうおかしなこと考えるのは止《や》めよう。私は『黒鷹公《くろたかこう》の姉上』で、それ以外の何者でもないんだから、まずは姉としてできることからしていかなくちゃ」

気持ちを振りきるように、えいっと寝台から下りる。

まずできることと言えば、仮装舞踏会の招待状への返信だ。

参加を辞退すると決めたものの、完全には心残りが消えなくて、まだ返事を書けていなかった。だが、あまり王妃様を待たせるのもまずいだろう。

机に向かうと引き出しから便箋《びんせん》を取り出し、羽ペンで返事を書いていく。

「この度は、舞踏会へご招待くださり光栄に思います。大変嬉しく拝見しましたが、近頃体調が思わしくないため、恐れながら参加を辞退させて頂ければ幸いです……うん、こんな感じかな」

正直に言えば惜しい気持ちもあったが、これぱかりは仕方ない。

王妃様主催の舞踏会に参加しないということは、もし彼女がそこでまた何かこちらを陥《おとしい》れるような行動に出た時、それを阻止《そし》できないということだからだ。

祭司長をけしかけた時のように、また貴族の誰かをそれとなく唆《そそのか》すかもしれない。

それがもしオーベルに向いたらと思うと——

王妃に戦地へ追いやられ、傷だらけになった彼の姿を思い出してしまい、胸がぎゅっと締めつけられる。オーベルは王族であると同時に騎士だ。戦いが本分であることはわかっている。だが無闇《むやみ》に危険な場に追いやられ、彼が傷つくのを見るのだけは絶対に嫌だった。

だからもし可能なら、王妃様の動向を近くで見張れたらと思って。

それにさっきも考えたように、彼女の右手を間近で観察したいという思いもあった。

普段は接する機会のない彼女に近づくことができる舞踏会は、絶好の機会なのだ。

考えるほど残念に感じてきて、思わず小さく息を吐く。

「王族としてじゃなく、一貴族として目立たず参加できるなら行きたかったけど……流石《さすが》にそれは無理だものね」

招待状の予備なんて、もちろん持っていない。

それに、確実に舞踏会に招かれるほど高位の爵位を持っていて、王族の私がこっそり参加するのに力を貸してくれそうな、そんな奇特な知人だって……

そこで、ふっとある青年の姿が思い浮かんだ。

『アカリ。困ったことがあったらまたここにおいで。君がオーベルのもとにいる限り、僕は力になるよ。――たとえ君が何者でもね』

「あっ……リュシアン王子！」

私は思わず、ぽんと右手で左掌《てのひら》を打つ。

オーベルの実兄で、王位継承権を放棄し、現在は公爵として東の領地を治めている人。彼に事情を話せば、王族としてではなく、一貴族の同伴者として参加できるかもしれない。それに彼はオーベルの心強い味方であり私にも友好的なので、そういう意味でも事情を話すのにうってつけの人だ。

――うん、もしかしたらなんとかなるかもしれない。

道が開《ひら》けてきた気がして目を輝かせる。私は早速もう一通便箋《びんせん》を取り出すと、リュシアン王子宛てにせっせと手紙を書き始めたのだった。


リュシアン王子に手紙を送った翌日、私はそわそわと返事を待っていた。

従者が馬に乗ってその日の内に届けに行ってくれたけれど、返事の到着は恐らく明日以降になるだろう。それがわかっていても、やはり気になって窓の方を眺めてしまう。

何しろ舞踏会は、もう十日後。リュシアン王子の了承を無事に得ることができたら、すぐに色々と手配をする必要があった。

そんな風に落ち着かない気分で午前中の王女特訓を終え、今は午後二時頃。

私は少し休憩しようと離れの中庭に来ていた。

幸い今日は晴れ上がって清々《すがすが》しい天気だ。木の下に腰を下ろして風景を眺めていると、シロがやってきたので、彼とのんびり話しながら過ごすことにした。

シロはタルガという町の山奥で一人暮らしてきた孤児の少年だ。呪われし民と呼ばれる白の民であることが判明したため、迫害されないようにと私が保護してここへ連れてきた。今はオーベルの宮であるこの離れで共に暮らし、日々元気に過ごしている。

木漏《こも》れ日の下、隣に座ったシロが嬉しそうに淡い青緑《あおみどり》の瞳を向けてくる。

「アカリ！　おれ、今日、剣おしえてもらった」

「へぇ、すごいじゃない。どんなことをしたの？」

「木の剣で打ち合いした。おれ、ぜんぜん勝てなかった。でも、たのしかった」

言葉以上に無邪気に嬉しそうに、彼は言う。見れば、彼の白銀《はくぎん》の髪は汗で額《ひたい》にいく筋《すじ》か張りつき、服も若干《じゃっかん》汗ばんでいる。それだけ一生懸命打ちこんできたのだろう。

この王宮に来るまで一人孤独に暮らしていた彼は、ここで目にする全てが新鮮らしく、何かあるとこうして懸命に言葉を尽くして私に教えてくれようとする。その様子が年の離れた弟みたいに感じられて、なんだか微笑ましい。

そして彼は身体能力に優《すぐ》れた白の民らしく、武術や体術といった実技の吸収が目に見えて早かった。一度体術の授業をこっそり見に行ったことがあるのだけれど、まだ少年らしい細い身体のどこにこんな力があるのかと思うほど、体格差のある相手をあっさり投げ飛ばしていた。

基礎が身に着いたので、今度は剣術へ移ったのだろう。

「おれ、もっとがんばって、はやくアカリをちゃんと守れるようになる」

そうぐっと拳《こぶし》を握って、シロは宣言する。彼は今、私が後見人《こうけんにん》として保護する子供であると同時に、私の護衛見習いのような立場でもあるのだ。

というのも、白の民の隠れ里の存在を知り、仲間のもとへ送り返した方がいいのではと悩んだ時、シロが迷わずこう言ったからだった。

『おれ、ここにいたい』

でも、里に行けば、同胞《どうほう》である白の民たちと一緒にいられるんだよ、と口にした私に、彼はぶんぶんと勢い良く首を横に振り、曇《くも》りない眼差しを向けてきた。

『じいちゃんたちの所にいるのもたのしいけど、それだとアカリのそばにいられない。おれ、アカリを守りたい』

彼は以前、落馬して意識を失った私を運ぶ途中、自分も一緒に力尽きてしまったことをずっと悔やんでいたらしかった。そして、今度こそちゃんと私を守りたいと思ったのだという。

ここに残ると言ってもらえて、私も正直嬉しかった。そしてシロはここで少しずつ知識を学び、体術や剣術を身に着け始めたのだ。

でも、今日はいつもよりちょっと疲れたようで、楽しげに話してはいるがうとうとしている。動き続けた身体が休憩を欲しているのだろう。

放っておいたら木の根っこにもたれたまま眠ってしまいそうだ。そう思い、私は横座りした自分の膝をぽんぽんと叩く。

「シロ、私の膝に頭乗せていいよ」

「でも、アカリのきれいな服よごれる……」

「よごれないよ。それに、木の根を枕にするときっと首を痛めちゃうから」

ね？　と念を押すと、シロは頷《うなず》いて、恐る恐る横になり、私の膝にそっと頭を乗せた。

そして彼は、ふにゃっと笑う。

「ほんとだ。こっちの方がずっといい……」

そう言って、しばらくは私の膝の上で嬉しそうに頭をゴロゴロ移動させていたシロだが、やがてすや……と寝入ってしまった。本当にだいぶ疲れていたらしい。

そんな彼の白銀《はくぎん》の髪を梳《す》きながら、無防備な寝顔に微笑む。オーベルに加え、もう一人弟ができたみたいだなぁ、なんて思って。

それから三十分くらいした頃、オーベルも中庭にやってきた。

今日の彼の装《よそお》いは、詰襟《つめえり》も凛々《りり》しい黒い騎士服姿だ。

「あ、オーベル……」

一瞬どきっとするが、すぐに、私は姉、と心の中で言い聞かせる。

そう、昨日改めて確認したはずだ。私と彼は姉弟《きょうだい》で、お互いがどう思っていたとしても、これ以上変わりようがない関係。だから、これからもちゃんと姉らしくしようと。

「ああ、姉上もこちらに……」

だがそう言って歩み寄ってきた彼は、私たちの姿にぴたりと動きを止めた。

どうしたんだろう、あまり王女らしくない振る舞いが気に障《さわ》ったかな？　と首を傾《かし》げながら、シロを起こさないよう小声で返す。

「うん、シロとここで休んでたの。そうしてる内に、疲れてるシロが半刻ほど寝ちゃって……。オーベルも休憩の時間？」

「ええ。もう少ししたら、騎士団の稽古場《けいこば》に行くところではありますが……」

そう言いつつ、彼は私の膝の上で眠るシロからなぜか視線を逸《そ》らさない。

どうしたのかなと不思議に思っていると、シロがむにゃむにゃと寝言を言い、私のお腹に向けてごろんと転がった。丁度お腹に顔を埋《うず》めるような体勢になっている。

すると、目に見えてオーベルの眉根が寄った。

次の瞬間、彼はシロに一歩近づくと、張りのある声で迷わず声をかける。

「――おい、起きろ。戦士にも息抜きは必要だが、過ぎた休息は毒になる」

大声ではないがよく通る声に、シロがぱっと目覚めて上半身を起こす。

そして寝惚《ねぼ》けまなこを擦《こす》りながら、彼はきょとんとオーベルを見上げた。

「あれ、オーベル、いる……」

「ああ。お前が眠りこけている間、姉上をお守りする者が必要だろう。だからここに来たんだ」

抜け抜けと言うオーベルに、シロが目を見開いてばっと辺りを見渡した。

「アカリ、だれかにきずつけられた!?」

「いいや。だが、俺やお前が鍛錬《たんれん》を怠《おこた》ればいずれそうなるだろう。そうならないためにも早く特訓へ戻れ。講師の老人が探していたぞ」

「っ!　わかった、おれ、戻る!」

あっという間に飛び起きると、シロはぱたぱたと中庭の出口へと駆けていった。

相変わらず堂々として弁が立つというか、シロの扱いが上手いというか。私は感心半分、呆れ半分でオーベルを見返す。

「もう、せっかくシロ、気持ち良く眠ってたのに」

「半刻も眠れば十分でしょう。それに事実を言ったまでです。心地良い場所に慣れ過ぎると、戦士の牙はやがて脆《もろ》くなる。シロに今必要なのは、そこから離れて戦いの技を身に着けることでしょう。あれは、まだまだ強くなる」

そう言い、彼は気品ある仕草で私の隣に腰を下ろすと、ふいと視線を逸《そ》らして呟《つぶや》いた。

「――それに、俺でさえ貴女の膝に触れたことなどないというのに」

そのかすかな呟《つぶや》きに、一瞬心が揺れそうになる。まるで彼がシロに嫉妬《しっと》したような台詞《せりふ》にドキドキと嬉しさを感じて。でもすぐに、動揺しちゃ駄目だと思い直す。

だって私は姉だ。いずれ彼にもはっきり告げるつもりだけれど、きっとオーベルだって、私たちがどうなりようもない関係であることを理解しているだろう。

だから、私は話を逸《そ》らそうと慌てて口を開く。

「あの、オーベルの小さい頃もシロみたいな感じだったの？」

「俺ですか？」

「そう。あんな風に元気に動いて、沢山眠ってたのかなって」

「さて、動くには動いていたと思いますが。早々に騎士団に入り、無謀《むぼう》にも当時の騎士団長に挑《いど》んだりしていましたので、恐らく周囲には生意気な小僧と思われていたことでしょう」

「小僧って……」

オーベルの毒舌《どくぜつ》は幼い頃の自分にも向けられるらしい。ついくすりと笑ってしまう。

実際、今のように誰に対しても臆《おく》せず向かっていく少年だったのだろう。小さな身体に堂々とした風格を宿して。でもきっと、少し悪戯《いたずら》っ子な部分もあって。想像してふふっと微笑み、見てみたかったなぁと思う。きっとすごくやんちゃで、すごく可愛い。

そこで顔を上げ、いつの間にかオーベルに見つめられていたことに気づく。

私をじっと見つめていた様子の彼は、目が合った瞬間ふっと目を細めた。

「姉上、何を笑っておいでですか」

「ええと……」

どこか愛《いと》おしげな優しい声音《こわね》だった。私は慌てて俯《うつむ》き、どきどきと煩《うるさ》くなる心臓を抑える。

ちゃんと姉らしくしようと思っていたのに、オーベルといるとすぐに調子が狂う。

そんな私の様子に気分が悪いとでも思ったのか、彼がそっと頬に手を触れてくる。

「……姉上、ご気分でも？」

お願いだから、男らしい声音《こわね》で耳元に囁《ささや》かないでほしい。ただでさえいい声なのに。

オーベルといると、時々美形の攻撃力というか、破壊力みたいなものを思い知らされる。本人は何気なくしている動作でも、こちらの心臓を破壊しかねない威力があるのだ。

よくわからないけど、これ以上近づかれるとまずい気がする。

とりあえず離れた方がいいと判断し、私は彼からそれとなく身を離そうとする。

「あ、あの、オーベル。もうちょっと離れて座らない？」

「それはまたなぜですか」

「その、少し近すぎる気がするっていうか」

慌てて言うと、オーベルの目が獰猛《どうもう》な光を帯びた。

「――ほう。あの小僧は膝の上に乗せておいて、そのようなことを言いますか」

「だ、だってシロはなんだか眠そうだったし……」

もにょもにょと言い訳すると、さらにオーベルの声が低くなった。

「成程。眠そうならば良いと」

「それはまあ、私でも、ちょっとした枕代わりにはなるかもしれないし……」

「ならばその枕、暫《しば》しの間俺にもお貸しください」

「え？」

どういうこと？　と聞き返そうとした次の瞬間。オーベルが迷いなく横になり、私の膝に頭を乗せた。膝の上に、シロの時よりもしっかりとした重みを感じる。

「あの、ちょっと、オーベル……!?」

予想外の展開に思わず慌てる。重くはないんだけど、シロの時と違ってなぜか無性に恥ずかしい。

だがオーベルに止《や》める気はないようで、そのまま機嫌良く瞼《まぶた》を閉じてしまう。

「昨日は一睡《いっすい》もしていません。ならば、貴女の膝をお借りする権利は俺にもあるでしょう」

「それはそうかもしれないけど……もう」

心地良さそうに目を閉じた彼の様子を見ているとなんとなく怒れなくなって、結局私はそのままにしてしまう。実際、彼の顔に疲れが滲《にじ》んでいるのが見て取れたのだ。

そう……考えてみれば、今の彼には休みらしい休みがなかった。

十日後に迫った舞踏会に間に合わせようと、彼は騎士の人員の確保に動いているらしい。

それには、民からの嘆願書《たんがんしょ》の要請に応えるため各地に放っていた騎士たちを呼び戻す必要がある。そうなればもちろん、従事していた作業が途中になってしまうから、そのフォローをする必要もあって、騎士団長である彼の作業はきりがない。

加えて言えば、彼は王子としての政務も行っていて、その空き時間にはさらに私を日本に帰す方法も調べ続けてくれているはずだ。

オーベルが私と契約したのは、「彼が王位に就くための手助けをする代わりに、彼が私を守る」というもので、厳密には私を日本に戻すことまでは含まれていない。

だが、黒髪黒目の私が陰謀渦巻くこの王宮に居続けるのは危険なため、いざという時すぐに私を元の世界に戻して守れるよう、その方法を探してくれているのだ。それが私を同意者に選んだ自分の当然の役目であるからと。

彼はそうやって、いつも私や民の前に力強く立ち、当たり前のように守ろうとしてくれる。

こうして眠る時間もないほど日々の仕事に追われているのに、それを感じさせない自信に溢《あふ》れた態度と落ち着いた眼差しをして。

そう思うと、もっと頼ってくれたらいいのにな、と密《ひそ》かに切なくもなる。

もう少し、彼の背負った荷物を私も一緒に背負うことができたら――

思いながら見下ろす先には、彼の褐色《かっしょく》の容貌。鼻筋が通っていて、男らしさと気品を感じさせる、いつ見ても整った顔立ちだ。

一瞬風がそよぎ、彼の癖《くせ》のある黒髪がふわりと宙に浮いた。それを抑えようとそっと撫《な》でつけると、オーベルが私の手を捕まえた。

目を開けた彼が、私の右掌《てのひら》を握ったままじっと見つめるので、気になって尋ねる。

「オーベル、どうかしたの？」

「――いいえ、姉上の手に傷がないかと」

以前北の神殿で私に魔力を注いだ時もそうだったが、どうも彼は私の手を見ると観察してしまう癖《くせ》があるようだ。つい思い出し、ふふっと笑って答える。

「傷なんてないよ。だって、いつもオーベルが怪我する前に助けてくれるじゃない。だから私は大丈夫。むしろ、貴方の方が怪我していないか心配……」

話している途中で、いつの間にか掌《てのひら》ではなく私自身の目を彼に真《ま》っ直《す》ぐに見つめられていることに気づく。凛々《りり》しい、熱の籠《こ》もった眼差し。

思わず固まると、手を放した彼は私の膝に頭を乗せた体勢のまま、傍《そば》にある私の長い髪をさらりと指で梳《す》きながら囁《ささや》く。

「男が怪我をした所でそれは些細《ささい》なものです。それどころか勲章《くんしょう》のようなものでしょう。――貴女を守ったことで負う傷ならいくつあってもいい」

そして彼は髪をひと房手に持つと、そのまま口元に持っていき、自然な仕草で口づける。

静かで、それでいて甘さの滲《にじ》む仕草だった。

「オーベル……」

胸がかすかに締めつけられる。甘くて苦しくて、でも……どこか幸せな痛みた
とこうしていられたらいいのに、なんて仕様のないことを思ってしまう。

でも――それはきっとできないから。

私は気持ちを閉じこめるように一度ぎゅっと瞼《まぶた》を閉じる。そして瞼《まぶた》を開けて顔を上げると、努めて明るく口にした。

「そうだ、疲れてるでしょう。ちょっと眠っててもいいよ。私、膝疲れないし」

できるだけお姉ちゃんぽく言ってみたのだが、オーベルにさらりと返される。

「わかりました。ではお言葉に甘え、明日まで存分にお借りしましょう」

「明日!?」

まさか本気でここで眠る気？　とぎょっとした私に、オーベルがふっと笑う。

「冗談です。そのようなことをしては、いずれ二人揃《そろ》って雨に降られてしまう。何より、貴女の膝に負担をかけるような真似はできません」

「もう……オーベルっていつも堂々と言うから、あんまり冗談に聞こえない」

ちょっと膨れて言うが、姉らしい態度で返せたことにほっとする。それに、私はいつ

も彼に守られてばかりで、こんな風に彼を休ませてあげられた覚えがなかったから。

——でも、できることなら私も彼を守りたい。

剣や刃《やいば》を振るうのではなく、私なりの方法で。

そしてそれは、自分から踏み出すことできっとできるはずだ。

舞踏会に参加して王妃様の動向を探ったり、私を召喚した犯人の証拠を見つけたりすることで、彼の手間を——背負った荷物を減らして軽くすることはできるだろう。

うん、私にもできることはきっとある。あとはそのために行動を起こすだけだ。

心の中で静かに決意を固めていると、オーベルに不思議そうに尋ねられた。

「姉上？　如何《いかが》されましたか」

「ううん、なんでもない。……今は眠っていて、オーベル。少ししたら起こすから」

そして、私なりの方法で貴方の力になるから。

そう胸の中で呟《つぶや》き、私は舞踏会へ参加する気持ちを再度固めたのだった。

間章

本宮にある、王妃エスメラルダの宮。

今そこには、豪奢《ごうしゃ》な布地や宝石が数えきれないほど広げられ、煌《きら》びやかに絨毯《じゅうたん》を彩《いろど》っていた。螺鈿細工《らでんざいく》の椅子に悠然と座るエスメラルダを、老齢の仕立て屋が揉《も》み手をしながら窺《うかが》うように見上げる。

「王妃様、こちらが先日採寸させて頂きましたご衣装です。如何《いかが》でございましょう」

「ほう……悪くはないのう」

エスメラルダが満足げに眉を上げる。仕立て屋の隣で侍女たちが恭《うやうや》しく広げて見せたのは、ふんだんに飾りをつけた華麗なドレスだった。

上質な絹繻子《きぬしゅす》を惜しげもなく使い、宝石を砕いた貴重な紫色の染料《せんりょう》で生地を染めている。豪奢《ごうしゃ》な金糸の刺繍《ししゅう》が全面に施《ほどこ》されている他、黄玉《こうぎょく》や紫水晶《むらさきずいしょう》が至る所に縫《ぬ》いつけられ、ちりばめられていた。これ一着を仕立てる金で、民一人が軽く一年は食べていけるであろう代物《しろもの》だ。

エスメラルダは、これならばまあ良いだろう、と満足げに頷《うなず》いた。

何せ、来たる舞踏会では最も美しく絢爛《けんらん》な姿を見せねばならないのだ。主催者たるもの、招待客の誰よりも華やかでいなければならない。それも王妃であり王代理という気高い立場なのだから、わずかでも手を抜いた格好などできようはずもなかった。

誰が今この国に君臨し、そして次の王位を得るかを、この機会に知らしめねばならないのだから。

——無論、次の王になるのはエスメラルダではなく、息子であるジュールだと理解している。だが、ジュールが王になるということは、自分が後見になるということでもある。

特にジュールはまだ齢《よわい》十三と幼いのだから、自分がついて支えてやらねばならない。それすなわち、実質的に自分が国を動かし続けるということでもあった。

そのために、王を決める議会の日が迫った今、改めて自分とジュールの存在を貴族たちに知らしめておくのも悪くはない。そう思ったが故《ゆえ》の十日後の仮装舞踏会だった。

何しろオーベルやあのアカリという小娘ときたら、小癪《こしゃく》な動きで自分の邪魔ばかりしようとする。特にアカリは、罠に嵌《は》めて殺したと思ったのに、どうやったものか一週間後に生還を果たし、それがさらに「奇跡の王女」と民衆に歓迎される始末で——

胸に蘇《よみがえ》ってきた忌々《いまいま》しさに、エスメラルダは鼻に皺《しわ》を寄せる。

だからこそ、平民などにもてはやされている彼らとの間に差異を作るため、貴族たちに自分の存在を知らしめねばならないのだ。高貴な自分がわざわざ臣下の機嫌を取るなど癪《しゃく》に障《さわ》るが、これ以上こちらの旗色《はたいろ》が悪くなる状況は見過ごせない。

エスメラルダの表情に、機嫌が思わしくないと察したのか、同席していた宝石職人も、猫なで声でにこにこと媚《こび》を売ってくる。

「王妃殿下、こちらのご衣装に合わせる宝飾品でしたら、このデッィラ産の紫水晶《むらさきずいしょう》がよろしいかと存じます。ここで採れる石は、輝きと色鮮やかさが他とは段違いでして。王妃様の美しさと高貴さを存分に引き立てることでしょう」

彼の後ろでその弟子たちが掲げて見せたのは、美しい石が多く収められた布張りの箱。黒い布地の中、鮮やかな紫が輝いている。

確かに、色といい大きさといい、自慢の逸品《いっぴん》を持ってきたらしい。

「ふん……良いではないか。ならば、その石で首飾りと指輪、それに腕輪を揃《そろ》いで作るが良い。量を惜しまず、ある分だけの宝石を使え。金銀細工の飾りも怠《おこた》るでないぞ」

「ははっ！　有難きお言葉にございます」

ほくほくと機嫌良さげに宝石職人が頭《こうべ》を垂れる。

すると、先程から脇に控えて物言いたげな視線を送っていた宰相《さいしょう》が遠慮がちに口を開いた。

「その、王妃殿下。僭越《せんえつ》ながら申し上げたきことが……」

「なんだ」

鬱陶《うっとう》しげな視線を向けたエスメラルダに、宰相《さいしょう》が手布《ハンカチ》で脂汗《あぶらあせ》を拭き拭き口にする。

「大変お伝えしにくいことではございますが、財政が逼迫《ひっぱく》しております故《ゆえ》、あまり華美なご衣装はお控え頂ければと……」

「ほう、妾《わらわ》にみすぼらしい姿で臣下の前に出ろというのか」

冷ややかに睨《ね》めつけたエスメラルダに、宰相《さいしょう》が身を縮こませる。

「い、いいえ、滅相《めっそう》もございません……！　ただ、お使いになる宝石の量を少しばかり減らして頂ければと」

「ふん、申しておるのは同じことであろう。金銀宝石の輝きもない衣装など、飾りのない麻や綿も同じ。妾《わらわ》がそのような無様《ぶざま》な姿を見せられるはずがないというに」

エスメラルダは一段と声を低める。氷の刃《やいば》を喉《のど》元にひたりと突きつけるような鋭い声だった。

「次に下手な口出しをすれば……わかっておろうな。そなたの代わりなど幾人《いくにん》もおるのだぞ」

「そ、それは……」

一瞬で顔色を青くした宰相《さいしょう》が、がくりと頭《こうべ》を垂れる。

「……御無礼を、申し上げました。平《ひら》に、平《ひら》にお許しを」

そして彼は悄然《しょうぜん》と肩を落として壁際へと身を引っこめる。

その様を見て、エスメラルダはふんと鼻を鳴らし、後はもう視線に入れようとさえしなかった。

そう、不愉快なものなど、目に入れる価値も記憶に留めておく価値もない。

自分のすることに口出しせず、愛想《あいそ》良く頷《うなず》く男だからと宰相《さいしょう》に取り立ててやったものを――こうして口を挟んでくるようになったのなら、そろそろあやつも切り時かもしれない。

次期宰相《さいしょう》と目《もく》されていた男を閑職《かんしょく》に追いやってまで取り立ててやったというのに、まったく恩を仇《あだ》で返すとはこのことよ。

……まあ良い、自分の命令に従順に従う者はまだ数多くいる。中にはそれこそ、あのような老いぼれではなく見目麗《うるわ》しい若者だとて控えているのだ。その方が美しい自分に余程相応《ふさわ》しいだろう。

「第一、財源が足りないだなんだと……それを算段するのが政治というものであろうに」

エスメラルダは嘲《あざけ》るように口にした。

財政が逼迫《ひっぱく》していることぐらい、エスメラルダとて知っている。民というのは口煩《くちうるさ》く我儘《わがまま》で、あれもしろこれもしろと要望にきりがない。一つ一つの願いを叶えていたら、金などいくらあっても足りないのだ。

だから耳を貸さぬ所は貸さぬ、使う所は使うと決めたまで。

民の目を気にして遠慮していては、王や王代理の権利など何も使えぬようになるのだから。

それに、こうして衣装を揃《そろ》えるぐらいのささやかな楽しみなくして何が誉《ほま》れある王族よ。そう思い、エスメラルダはまた鮮やかな布地に目を向ける。

この不愉快な気分を癒《いや》すには、あと一、二着は新たな衣装が必要だろう。

「他にもっと美しい布地はないのかえ？　柘榴石《ざくろいし》に合う赤紫《あかむらさき》の煌《きら》びやかな衣装は」

「それでしたら王妃様、こちらに大変素晴らしいものが……」

嬉々《きき》として、仕立て屋が弟子に新たな品を持ってこさせる。

その様を、廊下の向こうから静かに見つめる一対《いっつい》の視線があった。

視線の主《ぬし》――レジナルドは、片眼鏡《かためがね》の奥から感情の見えない青い瞳を向ける。

「仮装舞踏会か……隠れて動くには丁度良い。この機会、王妃殿下に感謝申し上げねばなるまい。たとえ彼女が私を……」

そこで彼は何かを思い出すように右手を見つめ、ぎゅっとその掌《てのひら》を握る。そこには包帯《ほうたい》が幾重《いくえ》にも巻かれていた。

「いや……思い出しても詮《せん》のないことだ」

呟《つぶや》いた彼の瞳に、一瞬憂《うれ》いの色が宿る。

だが、すぐにいつもの無表情に戻ると、彼は静かにその場を後にした。

止《や》まない雨が窓を叩く中、商人や侍女たちの賑々《にぎにぎ》しくも空虚《くうきょ》な声だけがいつまでも辺りに響き渡っていた。

第三章　花の精霊

数日後、リュシアン王子から手紙の返事が届いた。とりあえず話を聞くよ、との文を見て、私は準備を整えるやいなや、数人の護衛と共に馬車へ乗りこんだ。

リュシアン王子の領地までは、馬車で二時間ほど。彼は王族ではあるが、王位継承権を放棄してからは公爵として東にある領地を守っているため、彼に会うには若干《じゃっかん》の遠出が必要になる。

ちなみにオーベルには舞踏会の件を話していない。視察を兼ねてリュシアン王子の領地に寄ってくるとだけ伝えてある。不思議そうにしつつも、オーベルが深く尋ねてくることはなかった。

——そして、馬車に揺られること二時間。

辿《たど》り着いたのは、周囲を美しい緑に囲まれた美術館のように瀟洒《しょうしゃ》な屋敷。従者に案内されて広間に入ると、リュシアン王子が飄々《ひょうひょう》と出迎えてくれた。

「やあ、よく来てくれたね。アカリ」

彼は一言で言えば、麗《うるわ》しさと享楽的《きょうらくてき》な雰囲気を併《あわ》せ持つ美青年だ。

長い黒髪をゆったりと三つ編みにして顔の横に流した彼は、いつもながら粋《いき》な着こなしで、青紫《あおむらさき》の染めの服や肩にかけた長布が、麗《うるわ》しい容貌をさらに引き立てている。

「ええ。またお会いできて光栄です、リュシアン殿下」

そんな私の今日の服装は、薄水色のドレス。小雨の降る中、爽《さわ》やかな色合いが気分を盛り上げてくれそうな気がして袖《そで》を通してみた。ちなみに肩にかけた長布は青みがかった若草色《わかくさいろ》で、ドレスと合わせてこちらも美しい濃淡に見えるよう気を使っている。

そんなドレスの裾《すそ》を持ち、できるだけ優雅な態度で挨拶した私に、王子が残念そうに言う。

「折角《せっかく》なんだから、そこは兄上と呼んでほしいなぁ。妹君とのまたとない逢瀬《おうせ》なんだから」

「ですが……」

「今日は煩《うるさ》いオーベルもいないことだしね。ほらほら、兄上って呼んでみて」

はしゃいだように言われ、相変わらず明るくてノリが軽いなぁ、と思わず苦笑してしまう。

彼はどうやら、私が王家の血を引いていないと気づいている風なのに、初対面の時から気さくな調子なのだ。

それは以前聞いた彼の台詞《せりふ》に鑑《かんが》みて、私がオーベルの傍《そば》にいるから——つまりはオーベルの味方をしている間は素性《すじょう》を見逃《みのが》してくれているのかなと、なんとなく理解している。だから、そんな彼の態度に有難さは感じても、馴《な》れ馴《な》れしく兄と呼ぶことまではできないなと思う。

「あの、リュシアン殿下。それで手紙にも書いた用件なのですが」

あくまで呼び方を変えようとしない私に、王子は少しの間ぶーぶー言っていたが、やがて諦《あきら》めたらしくひょいと肩を竦《すく》めた。

「わかったよ、それはまた次の楽しみに取っておこう。——とりあえず、こちらについておいで。場所を移してゆっくり話そうじゃないか」

案内されたのは、趣味の良い調度品が並べられた広い客間。勧められるまま長椅子に腰を下ろすと、向かいに座った王子が尋ねてきた。

「さて、先日の文には王宮の舞踏会に同行させてほしいと書いてあったけど、一体どういうことなんだい？　君にも招待状は届いているはずだよね」

「はい、実は……」

そうして私は、仮装舞踏会を辞退しようとした経緯から、やはり王妃の動向が気になり別の方法で参加しようと思い至ったことを説明する。

全て聞き終えると、王子はうーんと眉根を寄せた。

「確かに僕の所にも招待状は来ているし、出席するつもりだよ。それに僕はいつも使用人の仔猫たちを連れているから、当日仮装した君を連れていっても、彼女たちだと思われる可能性は高いだろう。王族としてではなく貴族の同伴者として参加すれば、君の言う通り王妃の目を逃《のが》れるのもきっと難しくない」

「それなら……！」

身を乗り出した私を、王子は片手で制した。

「うん、目のつけ所は悪くはないと思うけどね。――でもアカリ。それはオーベルもちゃんと知っていることなのかい？」

落ち着いた声音《こわね》で静かに尋ねた彼に、私は首を横に振る。

「いいえ。オーベルは舞踏会当日も私が王宮の離れに留まっていると思っているはずです。彼に今のことを話したら、きっとすごく心配されるし、止められると思います。でも……そうやって彼が守ろうとしてくれる気持ちは嬉しいけれど、それに甘えているのは嫌で。私も守られるだけでなく、自分のできることがあるなら動きたいと思ったんです。だから、オーベルには秘密のまま王妃様の動向を探りたいと思っています」

思っていることを、一つ一つ考えながらさらに言葉にしていく。

「王位を決める議会まで、あと二ヶ月を切りました。そんな中、これまでの王妃様の行動を思うと、きっとまた良からぬ行動を起こされそうな気がします」

「まあ、あの人ならやりそうだよね。どうにかして君やオーベルを亡き者にしたいようだし」

「ええ。……だから、その時になって慌てて対処するのではなく、できることなら今から彼女の動きを把握しておきたいんです。それは自分の身を守る術《すべ》でもあるし、ひいてはオーベルの身を守ることにも繋《つな》がると思うから」

胸の前で腕組みしたリュシアン王子が、じっと私の顔を覗《のぞ》きこむ。

「動かずにいることが、最大の防御とは考えないのかい？」

「はい、それも考えました。少しでも危険があるなら、近寄らない方が賢明かもしれないと。でも、こうも思ったんです。大人しく守られている方が正解な時もあるけれど、動くことで誰かを守れる場合もあると。――私は、今回は後者だと判断しました」

「ふうん、そうか。それで？」

「それで殿下のお力をお借りし、一貴族の同伴者として参加できればと思いました。そうすれば王妃様の目に留まることもなく危険を回避できます。それに……」

「それに？」

ゆっくりと首を傾《かし》げて聞き返してくる王子の目を、真っ直《ます》ぐに見つめて告げる。

「それに――何よりオーベルの役に立ちたいという気持ちは、殿下ならきっと一番理解してくださると感じたから。貴方の行動の基本には、いつも弟のオーベルの存在があるように思いました」

私の言葉を聞き、王子がかすかに目を見開く。

そして次の瞬間、彼は愉快そうにくつくつと笑い出した。

「あ、あの、殿下？」

戸惑う私に、彼は横を向いて笑いを収めようとしながら答える。

「ああ、いや、ごめん。オーベルが君に弱い気持ちが、なんとなくわかったような気がしてね」

「オーベルの気持ち……ですか」

「うん。にしても……いやぁ、そうか。僕なら気持ちを理解できると思ったからね。――やれ、全く君は僕の痛い所を突いてくる」

ようやく笑いを収めた王子は、やがて口元に片手を当てて目を伏せ、何か考え始めたようだ。

こうしていると、いつもの飄々《ひょうひょう》とした仕草が嘘のように、理知的な王族らしい風格を覗《のぞ》かせる。しばらくして、考えをまとめた様子の彼が顔を上げた。

「よし……仕方ないね。可愛い妹の頼みだ。僕が君を舞踏会場へ連れていこう」

「……！　ありがとうございます、リュシアン殿下！」

顔をぱっと輝かせた私に、すぐに王子はやんわりと釘を刺す。

「ただし、くれぐれも危険な行動は取らないと約束すること。僕が一緒に行くとはいえ、つきっきりでいるのは流石《さすが》に難しいだろうからね」

「はい、わかりました」

「それから、王妃の動向を探るのも良いけど、少しでも異常を感じたらすぐに引き返すこと。君に何かあれば、僕はもちろん、オーベルが心を痛めることになる」

「はい……お約束します」

真剣な面持ちで頷《うなず》く。もちろん私自身、オーベルに心配も迷惑もかけたくない。だから、慎重に物事を運ばなければとなおさら気を引き締める。

私の答えを聞き終えると、王子はよし、と機嫌良く頷《うなず》き、膝を叩いて立ち上がった。

「そうと決まればさっそく君の衣装を決めなくちゃだ。――ルルー、アジャンタ、出番だよ」

彼の呼び声に応え、奥にある扉からすぐに二人の女性が進み出てくる。

王子の使用人で、以前も顔を合わせたことのある、しっとりと妖艶《ようえん》な雰囲気のお姉さんたちだ。

ルルーさんが赤髪を結わえたお姉さんで、アジャンタさんが長い金髪のお姉さん。

揃《そろ》いの少し露出のある衣装にしゃなりとした仕草が、二人の色っぽさをさらに際立《きわだ》たせている。

私たちの傍《そば》まで来ると、二人は優雅にお辞儀した。

「リュシアン様、畏《かしこ》まりましてございます」

「アカリ様、ご衣装ならば、わたくしどもにどうぞお任せくださいませ」

「あの、こんにちは、ルルーさん、アジャンタさん。大変有難いのですが、その……今から選ぶんですか？」

思い立ったが吉日とはいえ、流石《さすが》に急すぎる展開だ。そもそも衣装は当然自分で用意するつもりでいたのだが……

戸惑う私の背を、リュシアン王子は意気揚々《いきようよう》と押す。

「いいから、ほら行くよ、アカリ」

どうやら彼は同伴者の衣装は己《おのれ》が用意するものと思っているらしい。そのままあれよという間に、衣装部屋まで連れていかれてしまう。

そして急遽《きゅうきょ》、三人による私の衣装選びが始まったのだった。

通された衣装部屋もまた、趣味の良い空間だった。

棚や壁にはすでに衣装が山と飾られているが、それ以外にもルルーさんたちが奥から煌《きら》びやかな衣装をいくつも持ってきてテーブルに並べてくれる。

二人が選んでくれたのは、総じて今彼女たちが身に着けているような、どこかしどけない衣装だった。飾りや刺繍《ししゅう》が見惚《みと》れてしまうほど綺麗なデザインだけれど、まるで夜《よ》着《ぎ》のような薄さとスリットの際どさにぎょっと怖気《おじけ》づいてしまう。

「あの、素敵な衣装ですが、私には色っぽすぎて似合わなそうというか……」

「そうかい？　綺麗で良いと思うけど」

「ええ、きっととてもお似合いになりますわ」

リュシアン王子に続き、ルルーさんとアジャンタさんがそれぞれ両手を合わせて目を細める。お世辞ではなさそうだけど、どう考えても彼女たちの方が似合っている。

それに、私がこれを着たら――

「お気持ちは嬉しいですが、これだとルルーさんたちじゃないとすぐにばれると思います」

がっくりと肩を落として言った。

何せ、彼女たちと私とではスタイルがだいぶ違う。

女性らしく出る所が出た魅惑的な肢体《したい》の二人と違い、私はかつてオーベルに「十四、五の少女のようだ」と言われたやや残念な体型だ。こんな風に身体のラインが出る上、布地面積の少ない服を着たら、すぐに別人とばれるだろう。

私の言わんとしたことを察したらしく、リュシアン王子がかすかに苦笑した。

「まあ確かに、これだと君とルルーたちの違いが見えてしまうか。……それに僕も、オーベルに殺されたくないしなぁ」

頬を掻いて最後に小さくぼやくと、彼は今度は棚から衣装ではなく本を取り出し、ぱらぱらと捲《まく》りだす。なんだろう、衣装のデザイン集だろうか。

「そうだねえ。他にアカリに似合いそうな……ああ！　これなんかどうだろう」

彼が顔を輝かせて見せてきたのは、一人の少女が描かれた挿絵《さしえ》だった。

どうやらデザイン集ではなく、挿絵《さしえ》入りの寓話集《ぐうわしゅう》のようだ。

描かれている少女の姿は、薄布のような服を纏《まと》っているからか、先日ジュール王子と図書室で見た本に載っていた、風の精霊にどことなく雰囲気が似ていた。

長い深緑《しんりょく》の髪に赤や淡い橙色《だいだいいろ》、薄紅色《うすべにいろ》などの美しい色彩の花を沢山挿《さ》していて、薄緑のグラデーションがかかった美しい花弁みたいな衣装にもとりどりの花がついている。

とても可憐で、清楚《せいそ》な姿だ。

「あ、可愛い……！」

これなら髪や体型を花で隠せそうだし、何より着てみたいと一目で気に入った。

目を輝かせて眺めていると、リュシアン王子が横から教えてくれる。

「これは花の精霊グリナーダ。闇の化身《けしん》が恋した精霊だよ」

「花の精霊？」

どうやらこの少女も神話の登場人物の一柱《ひとはしら》だったらしい。

「そう。あるところに、グリナーダという名の花の精霊がいた。野に花を咲かせるのが好きな優しくも明るい精霊でね。彼女を一目見て、闇の化身《けしん》が恋をした。彼は彼女を恋しく思っていたけれど、闇の凝《こご》った自身の醜《みにく》い姿を明かせない。だから時に鳥に、時に獣《けもの》に姿を変え、彼女を守ったたっていう話さ」

「へぇ……なんだか素敵なお話ですね」

ロマンチックで、最後はハッピーエンドになるといいなと思ってしまう。

私と挿絵《さしえ》を何度か見比べて、王子が満足げに頷《うなず》いた。

「これなら深緑《しんりょく》色の鬘《かつら》を被《かぶ》るから、元の黒髪が多少覗《のぞ》いてもわかりにくいし……うん、いいかもね。他にも何かと都合がいいし……」

後半の楽しげな呟《つぶや》きはよくわからなかったけれど、私も良いデザインが見つかった嬉しさから、微笑んで頷《うなず》く。

「はい！　是非この格好で参加したいと思います」

「了解、なら決まりだね。舞踏会の日までに君にぴったりの衣装を仕立てて準備しておくから、楽しみに待っておいで」

口元に人差し指を当て、とびきりの内緒話をするようにリュシアン王子が囁《ささや》く。

そうして思わぬ後押しを受ける形で、私の舞踏会行きの準備は進んでいったのだった。


リュシアン王子の屋敷で話が弾《はず》んでしまったため、王宮に戻ってきた時には夕方になっていた。

王子の協力は無事取りつけることができた訳だけど、やはりオーベルにも事情を話しておいた方がいいのではと、帰宅を伝えるついでに、彼にそれとなく話しかけてみた。

「あの、オーベル。一週間後にある舞踏会のことなんだけど……」

「ええ、如何《いかが》しましたか」

今は、夕陽の差しこむオーベルの執務室に二人きり。彼の部下である騎士たちもいないので、肩の力を抜いて話すことができた。

「やっぱり私、参加してみようかなと思って」

「……参加？」

すると、怪訝《けげん》な眼差しと低い声が即座に返ってきた。

それにややたじろぎながらも、私は努めて明るく返す。

「うん。ほら、王妃様がどういう行動を取るのか情報収集ができるし、行くのも悪くないかなって」

「――ほう。姉上がのこのこやってきたと知れば、迷わず蛇のように一呑みにするだろう毒女のもとへ、情報収集ですか」

オーベルが獰猛《どうもう》な獣《けもの》のような笑みを浮かべながら口にする。

相変わらず、彼の王妃様評は辛辣《しんらつ》だ。実際それだけのことをしている女性なので同情はしないけれど、こと彼女の話題が出た時のオーベルは、正直に言うと少し怖い。油断するとぱくりと食べられてしまいそうな、大型獣みたいな気迫がある。

気圧《けお》されながら、私はなおも続ける。

「で、でもほら、今回はあくまで雨を祝う祝祭としての舞踏会だし。そんな公《おおやけ》の場で大胆な行動に出てくる可能性は低いかもしれないいじゃない」

「あの女が、聖なる神殿における返還の儀を、貴女を殺す舞台に利用したことをお忘れか」

「それはもちろん、忘れてはいないけど……」

オーベルは反対するかもとちらりとは思っていたけれど、彼の反対は予想以上に強固だった。どんどん眼差しが鋭くなっていく。

でも私も、彼の役に立てることがあるなら動きたいし、それに、今回はリュシアン王子の協力を得て上手く危険を回避できる手段もある。

だから私は、彼を見つめ返して口にした。

「王妃様が手段を選ばない人だっていうことはわかってる。貴方に守ってもらえて有難いとも思ってる。でもオーベル、私にもできることがあるならしたいの」

しかし、彼の返答はにべもない。

「お気持ちだけで十分です。俺には、貴女が傷つけられる方が耐えがたい」

「傷なんて……」

「つかないと仰《おっしゃ》るか。貴女が祭司長に刃《やいば》を向けられ、馬から落ち、挙句一週間も意識を失っていたと聞いた時は、心臓が止まるかと思いました。――貴女に何と思われようとも、俺は貴女に少しでも危険があるなら参加には了承しかねる」

「オーベル……」

どうやら彼にとって、私が王妃様に近づくことは、思っていた以上に鬼門《きもん》になっているようだ。こちらに向ける凛々《りり》しい眼差しには言葉以上に甘さがなく、まるでこれから斬り合う敵を見据《みす》えるかのような容赦ない鋭さだ。

話の続きをどう切り出そうと暫《しばら》く見つめ合っていたのだが、そこで扉を叩く音が響いた。

「オーベル様、新しい資料をお持ちしました……と、これはお話し中失礼致しました」

見れば、オーベルの部下である騎士の青年だ。

私たちの様子に戸惑った視線を向けている様子からして、緊張で張り詰めた空気に、喧嘩しているとでも思ったのかもしれない。

オーベルが片手を振って彼の入室を促《うなが》した。

「いや、もう話は済んだから気にしなくていい。――姉上、この話はこれで終わりです。どうかおかしな考えは持たれませんよう」

これ以上この話を続ける気はないらしく、最後にもう一度こちらを見据《みす》えてそう言うと、オーベルは会話を切り上げようとする。

「オーベル……」

きっと、それだけ私のことを心配してくれているのだろう。私が傷つかないよう、身体にも心にも少しの傷も負わないようにと。でも、そうやって彼の気持ちに甘えてばかりいては、いずれ私はただのお荷物になってしまう気がした。

彼が絶対に守ってくれるから動かなくていいやと、王宮でぬくぬく王女様ごっこをしているだけの女性。そんな風に真綿で包《くる》まれて過ごすだけの女に、一ヶ月半後に迫った議会で何ができるだろう。

——私は、オーベルの役に立ちたい。そして、彼に王になってもらいたい。

今の時期は、その前哨戦《ぜんしょうせん》だ。敵である王妃様の出方を窺《うかが》い、事前に対処しなければならない。陥《おとし》れられないよう、議会で存分に戦えるように。

うん……決めた。そのためなら、オーベルの言葉に一時的に逆らう形になったとしてもやっぱり私は動きたい。自分で決めたことを最後までちゃんとやり遂《と》げてみせる。

そう決心し、私はオーベルたちにそっと暇乞《いとまご》いの挨拶を告げると、執務室を後にしたのだった。


それからの一週間は、オーベルに勘づかれないよう、こっそり舞踏会の準備を進めた。

彼に隠しごとをするのは正直心苦しかったけれど、理解を得られない以上話し合っても平行線だ。お互いに相手を思っているからこその意見の齟齬《そご》で、そこがまた難しい。

そんな訳で、衣装はリュシアン王子のもとで密《ひそ》かに準備を進めてもらっているとはいえ、私の方の他の準備はまだまだだ。

だから、王女としての視察活動などをこなしながら、空き時間に仮装舞踏会のマナーや予備知識をできる限り頭に叩きこんでいく。

ちなみに今日読んだ仮装舞踏会に関する本には、『明らかに顔を出している人以外は、身上《みのうえ》を詮索したりしないこと。その上で語らいを楽しむこと』と書いてあって、かなりほっとした。

相手の正体を詮索しないのが基本的なマナーなら、身元を暴《あば》かれる確率はぐっと減る。

そんな忙しい日々の中、白の民の長老から手紙が届いた。

私は嬉しくなって、いそいそと手紙を開く。

「ええと、なになに？　そなたからの文《ふみ》、嬉しく拝見した……」

書いてあったのは、次のような内容だ。

『そなたからの文《ふみ》、そしてそこに書かれてあった思い、我ら一同嬉しく拝見した。我らが協力者も、そなたらの動向を気にしておられる様子。もしそなたが彼の方《かた》を見つけることが叶った際には、声をかけられるがよろしい。彼《か》の方の惑《まど》い悩める心もいくらか落ち着くであろう』

前半はともかく、後半はなんとも謎めいた書き方だ。

「協力者……？　ああ、そういえば、白の民に協力している貴族がいるって前に言ってたっけ」

つまり、その人を見つけたら声をかけてほしいということらしい。

書き方からして、悩みを抱えている人なのだろうか。どんな人かはわからないけれど、どこか繊細そうな人の姿をイメージした。白の民にひっそり手を貸していることといい、心優しい人なのかな、となんとなく思う。

そんな風に手紙の内容に思いを馳《は》せつつ、毎日は慌ただしく流れていく。

「アカリ様。近頃、どこか落ち着かないご様子に見受けられますが……」

ミランダに不思議そうに話しかけられ、慌てて首を横に振る。

「ううん、なんでもないの。ちょっと考えごとをしていて」

彼女にも舞踏会の件は打ち明けていない。余程言おうかと思ったけれど、もしオーベルに知られたら、彼女の立場が微妙なものになってしまうと思い直した。

ミランダは現在は私の専属侍女だが、元々はオーベルの家臣だ。もし後で彼がそれを知ったら、「なぜ自分にそのような重要事項を知らせないのか」と彼にミランダが叱責《しっせき》される恐れもある。

オーベルは家臣に無体《むたい》な扱いをする人ではないし、公平な判断をする人だとも知っているけれど、今回は猛反対を受けたため、いざという時どうなるかわからず、慎重に動くことにしたのだ。

だから私は、それとなく話を逸《そ》らす。

「そういえばミランダ、この間はありがとう。塗ってくれた火傷《やけど》の薬、すごく効き目が良かったみたいで綺麗に痕《あと》が消えたの」

咄嗟《とっさ》の話題転換とはいえ、それは本心でもあったので、私は微笑んで左手を見せる。

数日前にあった小さな火傷《やけど》の痕《あと》は、見事に消えていた。

それを見て、ミランダが嬉しそうに口にする。

「それはよろしゅうございました。マレバの葉から作った薬があれば、数日と言わずすぐにお傷を治すことができたのですが、お恥ずかしいことに切らしておりまして。代わりに特製の軟膏《なんこう》を塗らせて頂きましたが、お肌に合ったようでほっと致しました」

「マレバの葉？」

「ええ。とても清々《すがすが》しい香りのする葉で、火傷《やけど》の際の良い治療薬として重宝されているのです。ただ高価なだけでなく貴重な葉のため、なかなか市場に出回っていませんで」

「へぇ……珍しい植物なのね」

市場に出ないということは医療関係者にのみ流通しているものなのかもしれない。なんにせよ私の火傷《やけど》はごく軽いものだったし、今後もお世話になることはなさそうだ。

そんなことを思いながら、来たる舞踏会への期待と緊張を胸に日々を過ごしていく。

——そしてとうとう、舞踏会当日がやってきた。


当日は朝から生憎《あいにく》の雨模様だった。

だが今日は雨の恵みを祝う舞踏会なのだから、むしろこれで良かったのかもしれない。

一週間前に比べると雨の勢いも強まったため、馬車に乗っている間は良いけれど、降りる時はドレスの裾《すそ》に気をつけなければならないなと気を引き締める。

ちなみに私は、今日は表向き体調不良ということになっている。療養のため、緑美しい場所へ出かけることになっており、ミランダにもそう告げて王宮を抜け出してきた。

やはりと言うか彼女にはかなり心配され、ついていきたいと言われたけれど、私が留守の間の宮を守っていてほしいとお願いし、なんとか留まってもらった。

実際、今から訪ねるリュシアン王子の屋敷は緑深く、気分を癒《いや》すには格好の場所である。

「オーベルに気づかれた様子もないし……出だしは上々ね」

ぐっと拳《こぶし》を握って一人呟《つぶや》く。

オーベルは数日前から騎士団の稽古場《けいこば》に詰めていた。サイラスの話では、今日も朝から騎士たちと共に行動しているという。夜に行われる舞踏会に備え、最後の打ち合わせをしているのだろう。

口の堅い護衛の兵士とともに馬車に乗り、揺られること二時間。

ようやく目の前に瀟洒《しょうしゃ》な屋敷の玄関が見えてきた。すぐに家令《かれい》が出てきて私の到着を告げに行き、数分後にはリュシアン王子が広い玄関ホールの階段を下りて出迎えてくれた。

「アカリ、よく来てくれたね。さあ、時間がない。さっそく準備だ」

「はい、お願いします」

そのまま彼に連れられ、すぐに衣装部屋へと押しこめられる。

当然ながら、着替えを手伝ってくれるのはアジャンタさんやルルーさんら女性の使用人たち。そうして私が着替えている間に、王子も別室で着替える手はずだ。

アジャンタさんたちは、私の着ていたドレスを流れるような動きで脱がせると、花の精霊の衣装に着せ替えていく。

完成品を見るのは初めてだが、繊細で美しい衣装だ。淡い緑に染めた薄布は、まるで繊細な花弁か朝露《あさつゆ》に濡れた若葉のよう。身に着けた所で、胸元や腰の絞りを調整され、服や髪に花が飾られていく。三十分後、私の姿は華やかに仕上げられていた。

「まあ……！　とてもお似合いですわ、アカリ様」

「ええ、想像していた以上に可憐で、よくお似合いです」

私の髪に薄紅色《うすべにいろ》の花を挿《さ》したアジャンタさんが言えば、ルルーさんも声を弾《はず》ませる。

前にある姿見には、深緑《しんりょく》色の髪に美しい花を幾《いく》つも挿《さ》した花の精霊――私の姿が映っていた。

衣装は、儚《はかな》げなほど淡く綺麗な緑色。薄く染めた緑がいくつも折り重なり、裾《すそ》に行くほどにじわじわと色が薄くなっている。動くとさらりと布が繊細な動きを見せ、ただ歩いているだけで、本当に精霊のような軽やかな足取りに見えてくる。

さらには上質な鬘《かつら》を用意してくれたらしく、緩《ゆる》やかにウェーブがかった深緑《しんりょく》色の髪はまるで本物みたいに艶《つや》やかだ。その髪に挿された花は、まるでランタンの灯りのように、赤や橙《だいだい》、薄紅と温かくも美しい濃淡を描いて私の姿を彩《いろど》っていた。

「すごい、綺麗な衣装……」

感嘆《かんたん》する私に、別室からひょこっと戻ってきたリュシアン王子が楽しげに尋ねてくる。

「気に入った？」

「はい！　こんなに素敵な衣装をご用意頂けて……すごく有難いです」

それに彼は、衣装に合わせて花で飾った扇《おうぎ》まで作ってくれていた。明るい場所にいる時はこれで顔を隠していれば、きっと私だと気づかれないはずだ。リュシアン王子は装《よそお》いをまとめるのが上手いだけでなく、小物選びのセンスもいいんだなとしみじみ思う。

本当に、彼を頼って正解だったようだ。

「地毛《じげ》の髪色を見せてはいけない、瞳の色から視線を逸《そ》らすものを配置しなければならない。そういう制約があると、逆に面白味《おもしろみ》が出て衣装作りも捗《はかど》るんだよ。デザインした僕もそうだけど、実際に作った仕立て屋も楽しそうだった。だから、僕からも君にお礼を言っておくよ」

そう飄々《ひょうひょう》と笑う彼は、吟遊詩人《ぎんゆうしじん》のような格好をしていた。

三つ編みをいつもよりさらにゆったりと結んでいるせいか、どことなく湯上《ゆあが》りのような艶《つや》があり、男の色気が増している。身に纏《まと》うのは楽師《がくし》の服装。手に楽器こそ持っているが、溢《あふ》れ出る気品のせいか、ただの流浪《るろう》の楽師《がくし》には見えない。

歌声と共にその麗《うるわ》しい姿で旅先の姫君の心を奪っていきそうな、傾国《けいこく》の吟遊詩人《ぎんゆうしじん》という感じだ。

そして彼は髪を染めず、黒色のままで参加するらしい。

じっと見つめる私の視線に気づいたらしく、王子が三つ編みを持ち上げて肩を竦《すく》める。

「僕たちの黒髪はどうしたって目立つからね。それに君と違って貴族中に容貌が知れ渡っているから、下手に色を変えたぐらいではすぐに正体を悟《さと》られてしまう。それなら堂々と見せた方がいい。それに、そんな僕の隣にいれば、自然と君が僕の仔猫たちの一人だと思われるだろうからね」

「ああ、それで……ありがとうございます」

色々思案してくれた上で、この仮装になったらしい。

「いいや、僕も楽しんでやっているからね。——さあ、準備は万端《ばんたん》だ。行こうか、可憐な花の精霊のお嬢さん」

「はい……！」

気取った仕草で私の手を取って一礼した王子に、意気ごんで頷《うなず》く。

そんな私たちを、アジャンタさんとルルーさん、それにずらりと並んだ使用人たちが、恭《うやうや》しくお辞儀しながら見送ってくれた。

こんな風に多くの人たちに協力してもらったのだから、なおさらこの機会を上手く活かしたい。

そう思いながら、私は王子と共に馬車に乗りこんだのだった。

現在の時刻は、空の色合いから見て、大体午後六時頃。

強い雨の降る中、到着した王宮の玄関は、常よりも煌《きら》びやかな灯りで彩《いろど》られていた。

華々《はなばな》しい催《もよお》しをいっそう盛り立てるため、ただでさえ荘厳《そうごん》な王宮の入り口に、今は美しい飾りが施《ほどこ》された燭台《しょくだい》が数多く置かれ、揺らめく炎が辺りを照らしている。

そして、それに相応《ふさわ》しい装《よそお》いの参加者たちが、続々と馬車に乗ってやってきていた。

どれも装飾に凝《こ》った美しい馬車だ。中から壮麗な衣装に身を包んだ紳士淑女《しんししゅくじょ》が降り立ち、一組、また一組と玄関の奥へと消えていく。

私たちも王宮の入り口に馬車を止め、その一連の流れに加わった。

入り口には物々《ものもの》しい姿の衛兵が立ち、侍従と共に招待状の確認をしている。

彼らは相手がリュシアン王子であるとすぐにわかったようで深々とお辞儀をしたが、私が王女だと気づいた様子はなかった。

ただなぜか少し意外そうな目を向けられたけれど、横からリュシアン王子が、「彼女は、僕の新しい仔猫の一人でね」と私を引き寄せて視線を逸《そ》らしてくれたお陰で事なきを得た。それに加え、私が扇《おうぎ》で顔を隠していたことが上手く働いたのか、すぐに衛兵の視線は後ろに並ぶ参加者へと移っていった。

何はともあれ、第一関門突破だ。胸を撫《な》で下ろして玄関の先にある廊下を進んでいく。

しばらく歩いたその先には――

「わぁ、すごい……！」

薄暗い廊下を抜けた先には、煌《きら》びやかな光景が広がっていた。

会場である大広間は今、人間と言わず動物と言わず、様々な姿の人々で溢《あふ》れ返っている。

あれは図書室の本で見た、風の妖精フェリエだろうか。萌黄色《もえぎいろ》の薄布を纏《まと》い、背中に硝子《ガラス》細工のような美しい羽を生やした姿の女性がいる。

その横を通り過ぎたのは、どうやら赤毛の巨人のようだ。ニスでも塗ったのか、赤黒い肌の筋骨逞《たくま》しい男性が、獣《けもの》の皮だけを一枚腰に巻いて厳《いか》めしい表情で歩いている。

壁際を見れば、紺色《こんいろ》の侍女服を着た慎ましやかな女性が、誰かとひそひそと楽しげに囁《ささや》き合っていた。見れば相手は、山羊《やぎ》の頭の被《かぶ》り物をした男性。首から下は貴族のような豪奢《ごうしゃ》な上着を纏《まと》い、手には洒落《しゃれ》た杖《つえ》まで握っている。山羊《やぎ》紳士と侍女の秘密の逢引《あいびき》といった様相《ようそう》だ。

呆然《ぼうぜん》と見惚《みと》れていると、紫の紗《うすぎぬ》で顔を覆《おお》った妖艶《ようえん》な踊り子が、跳《は》ねるような足取りで目の前を横切っていく。彼女の手首につけられた幾《いく》つもの細い金の輪が、軽やかな動きに合わせ、しゃらんと鳴った。

そんな彼女の向こうには、洋燈《ランプ》が灯《とも》された異国情緒漂《ただよ》う豪奢《ごうしゃ》な大広間が見えた。

美しい灯りが数え切れないほど灯《とも》され、人々の姿や磨き上げられた床を艶《あで》やかに照らしている。

思わずほうっと溜息が漏《も》れた。

「なんだかまるで、別世界に紛《まぎ》れこんだみたい……」

身分も職種も生き物の種別も、それどころか現世と寓話の境目《さかいめ》さえなく、全てがごった煮のごとく混じり合っている。おまけに、誰もがどことなくアラブ風の飾りや刺繍《ししゅう》の施《ほどこ》された衣装だから、エキゾチックな雰囲気がさらに増していた。まるで千夜一夜物語の中に入りこんだような気分だ。

リュシアン王子が人混みの少ない位置まで私をエスコートし、口を開く。

「みんな、ここぞとばかりに着飾っているからね。何せ今日は、王妃主催の公的な舞踏会だ。自分の裕福さを示すにも、趣味の良さを誇示《こじ》するにも絶好の機会なのさ」

「仮装で誰が誰だかわからないのに、ですか？」

きょとんとした私に、彼は楽しそうに返す。

「そう、当日はお互いにお互いがわからない。ところが、後でしっかり話題になるんだ。皆それとなく自分とわかるようなヒントを残して仮装しているから。あの時素晴らしい精霊の姿をしていたのは侯爵の何々様だった、真に趣味のよろしい方《かた》だ、って感じでね」

「へぇ……そうしてお互いに認め合ったり、競《きそ》い合ったりしているんですね」

感心する私に、王子が肩を竦《すく》める。

「くだらない矜持《きょうじ》の張り合いさ。だが、だからといって馬鹿にもできない。それをきっかけに新たな人脈ができたり、商売の話に繋《つな》がったりもするからね」

「商売、ですか？」

なんで仮装が商売に繋《つな》がるんだろう、と首を傾《かし》げた私に、王子は歌うように口にする。

「そうさ。趣味がよろしいと評判の侯爵様にこの布で誂《あつら》えた服を着て頂ければ、たちまち流行するだろう。そう考えた布商人や仕立て屋が恭《うやうや》しく声をかけてきたりしてね。それでまあ、仕上がった服を着て流行の最先端ともてはやされる貴族を見て、別の貴族が負けていられないとまた奮起《ふんき》したりする訳だ」

どうも貴族というのは、張り合っていないと落ち着かないらしい。いつもそんな感じで疲れないのかなと、余計な心配をしてしまう。

「なんだか大変なんですね……。オーベルはそういうの、器用にこなしながらも内心で呆れていそう」

なんでもスマートに行えるくせ、内心ではそういう貴族たちを得意の毒舌《どくぜつ》で一蹴《いっしゅう》していそうというか。つい零《こぼ》した私に、リュシアン王子が楽しそうに声を上げて笑う。

「あはは、確かに目に浮かぶようだ。まあ、あいつもああ見えて爵位持ちの貴族でもあるんだけどね」

「えっ、そうなんですか？」

それは初耳だ。驚きの目を向けると、彼はあっさりと頷《うなず》いた。

「うん、亡くなった伯母《おば》から譲られただけだから、厳密には違うんだけど。ファダル伯《お》母《ば》って言って、僕たちの母ととても仲が良かった人でね。まだ幼いオーベルが母を亡くして衝撃を受けていた時も、心を痛めて傍《そば》にいてくれた優しい人なんだ」

「伯母《おば》様というと、あの小さな坪庭を作られた……？」

先日のオーベルとの会話を思い出して口にすると、リュシアン王子がおやと片眉を上げた。

「もしかして、あいつから聞いていた？」

そして彼は、遠い昔を思い出すかのように目を細めて続きを口にする。

「そう、その伯母《おば》上さ。愛する人を亡くしたことで生涯独身を通し、晩年は公爵として与えられた領地を守りきった人でね。彼女は死の間際《まぎわ》に、自分の所有する物はオーベルに使ってもらいたいと言って、爵位はもちろん土地も財産も、全てあいつに譲るという言葉を遺《のこ》したんだよ」

そこで彼は、ああ、とつけ足す。

「もちろん爵位は国に帰属するものだから、王族である伯母《おば》とはいえ、一個人が自由に他人に譲渡《じょうと》することは許されない。爵位の継承には明確な順序が決められているからね。でも彼女の場合は、生前に本人たっての希望があったことと、他に色々と看過《かんか》できない騒動があったんだ」

「騒動ですか？」

「うん。子供のいない彼女が亡くなったことで、伯母《おば》の遠縁の親戚たちが家督を継ぐのは自分だと争い始めたのさ。それがなかなか収まらなかったもんだから、僕たちの父上が悩んだ挙句、一時的に爵位をオーベルに預けると宣言したんだ。オーベルは彼女の実の甥《おい》であり王子でもある。これには親戚たちも黙るしかなかったな」

「それに、オーベルなら領地を私利私欲のために使ったりしないと、国王陛下に信頼されていたから……？」

自分なりの考えを口にした私に、リュシアン王子が破顔《はがん》する。

「そういうこと。まあそんな訳で、一時的とはいえ爵位も領地もオーベルの所有になったんだけど、あいつは一向に使う様子を見せない。自分は預かっただけだからって頑《かたく》なにね」

「そうだったんですか……」

「伯母《おば》本人の望みなんだから、使ってあげたらいいじゃないかと言ったんだけど、『本当に困った時まで取っておきます』の一点張り。まったく、何であぁも頑固な男になっちゃったんだか」

「なんだか、オーベルらしいですね」

おどけたように言う王子の言葉に弟への愛情が透《す》けて見えて、ついくすりと微笑む。

そしてその様子を温かく見守っているところが、リュシアン王子らしい。

きっとオーベルは本当に、最後の最後まで彼女の遺産に手をつけるつもりがないのだろう。いつも自信に溢《あふ》れた彼がどうしようもなく困る、その時が訪れるまでは——

その時、会場の中央の方でわっと歓声が湧いた。余興でも始まったのかもしれない。

それをきっかけに、王子が声の方向へちらりと眼差しを向ける。

「さて、お喋《しゃべ》りはここまで。そろそろ僕たちも今夜の目的を果たそうか」

「ええ、そうですね」

頷《うなず》き合い、私たちは人混みの中へと足を踏み入れていく。

——そう、これからが今夜の本番だ。

いつものリュシアン王子の連れらしく見えるよう、顔を扇《おうぎ》で隠しながら彼にしなだれかかるような体勢で進んでいくと、やがて奥の壇上《だんじょう》にいる王妃様の姿が見えてきた。

普段以上に豪奢《ごうしゃ》な紫色のドレスに加え、溢《あふ》れるほどの宝石で身を飾り、椅子に腰を下ろしている。

目元に小さな仮面をつけているけれど、すぐに彼女とわかる出で立ちだから、元より正体を隠すつもりはないのだろう。あのドレス一着に、一体いくらの税をつぎこんだのだろうと、心配してしまうほどの豪奢《ごうしゃ》さだ。

じっと見つめていると、リュシアン王子に耳打ちされる。

「――アカリ、あまり見つめない方がいい。彼女の護衛に勘づかれる」

「あ、はい」

言われてみれば、確かに彼女の傍《そば》には厳《いか》めしい姿の男たちが数人控え、辺りに物々《ものもの》しい視線を送っていた。少しでもおかしな様子を見せたら、どこかへ引っ張られていきそうな雰囲気だ。

さらに場内を見渡せば、大広間の端《はし》にちらほらと騎士の姿も見える。以前見たヴェルダ騎士団の団員と同じ騎士服姿だから、あれがオーベルの部下たちなのだろう。

王妃様付きの近衛兵《このえへい》とは違い、彼らは参加者に不躾《ぶしつけ》な視線を寄越さず、あくまで紳士的かつスマートな佇《たたず》まいで辺りを注視していた。だけど、そんな部下たちがいるからには、当然ながらオーベルもこの会場のどこかにいるはずで。なおさら気を引き締めていこう、と心に決める。

「じゃあ、僕は少し知人と立ち話してくるから。君は主《あるじ》の長話《ながばなし》に暇を持て余して舞踏会を散策する侍女として、らしく振る舞うんだよ。そして様子を見終わったら、すぐ僕のもとに戻ること」

ウインクして歩み出した王子に、私は頷《うなず》き返す。

「はい、わかりました。それでは」

打ち合わせ通りの指示だったので、そこで一旦彼と別れることにした。

会場に入る時は王子と一緒の方が怪しまれないけれど、入ってからは彼と一緒にいると人に囲まれて動きづらくなる。それに、隣に彼がいる状態では王妃様に多少なりとも警戒されそうだから。

私は王子のもとを離れ、他の参加者たちに紛《まぎ》れてこっそりと会場を歩いていく。自然な足取りで、けれど確実に王妃様の傍《そば》へ近づけるようにと。

やがてあと数メートルという所まで近づいた時、彼女と会話する男たちの声が聞こえてきた。様々な姿をした三、四人の壮年男性たちだが、ここにいるということは彼らも貴族なのだろう。

「王妃殿下、今宵《こよい》はかような素晴らしい舞踏会にお招き頂きありがとうございます」

頭に布を巻いた商人姿の男が恭《うやうや》しく言うと、王妃が鷹揚《おうよう》に頷《うなず》く。

「なに、そなたたちの忠誠心に多少なりとも報いたいと思ったまでのこと。いつも苦労をかけておるからな」

「おお、なんと慈悲深《じひぶか》いお言葉にございましょう……！　女神や慈母《じぼ》とは、王妃殿下の御為《おんため》にあるお言葉に違いございません」

「如何様《いかさま》。誰より気苦労が絶えずお疲れでいらっしゃいましょうに、なんと御心《おこころ》の深いこと」

その隣にいる魔術師風の裾《すそ》長の衣装の男や、盗賊の首領のように金貨をごてごてと首に飾った髭面《ひげづら》の男も同調する。

賛辞を浴びせる彼らに、満更ではない様子で王妃が愉快げに笑った。

「やれ、そのように褒《ほ》めるでない。何せ世間では、あの黒髪の小娘の方が慈愛《じあい》の王女などと呼ばれているらしいからの」

——私のことだ。

まさか本人がすぐ傍《そば》にいるとも知らず、仮装姿の貴族たちは渋面《じゅうめん》で口々に悪口を言い募《つの》る。

「いやいや、滅相《めっそう》もございません。確かに彼《か》の方も平民の心は奪っておられましょうが、所詮《しょせん》は下層の民相手。下々《しもじも》の者にもてはやされたとて、それが一体何になりましょう」

「国を動かすのは、気高き王族の方々――中でも王妃殿下であり、それに連なる我ら貴族。それがおわかりにならないとは、恐れながら若さ故《ゆえ》ということかもしれませんな」

「真に。何分、長く市井《しせい》におられたそうですからな。我々とは物の考え方が違っておられるのでしょう。高貴な美酒《びしゅ》よりも、泥水に親しみを感じられる方《かた》と申しますか」

締め括《くく》りに、彼らは目を合わせて含み笑いする。

本人がいないからって言いたい放題だなぁと、少し苦笑する。でも、私が貴族にあまり良く思われていないのは知っていたから、これぐらいの非難で済むならまだマシな方だろう。それに、人の耳のある場所で言えるくらいだから、むしろ裏の意味などない単純なものだと思えた。

私への批判が耳に心地良い様子で、王妃が扇《おうぎ》を揺らしながらくつくつと笑う。

「まあ、そう言うてやるでない。見当違いとはいえ、あの娘はあの娘で努力しておるのだろうよ。それに貴族の中にも、そなたらのように先見《せんけん》の明《めい》を持つ者がおるのがわかった故《ゆえ》、妾《わらわ》も安心というもの。のう、ジュールや？」

呼びかけられ、隣に座る少年――ジュール王子は諦《あきら》めたような微笑を返した。

豪奢《ごうしゃ》に着飾った母に比べると、彼の方はまだシンプルに見える装《よそお》いだ。だがそれでも上等な仕立てであることはこの距離からも見て取れる。深青色の服に透明感のある水晶のような宝石をちりばめていて、まるで静謐《せいひつ》な夜空のような衣装だ。

「ええ……皆さんのように頼れる方々がいらっしゃらなければ、我が国は立ちゆかなかったでしょう。僕からも是非お礼を言わせてください」

やんわりと微笑んで言った王子に、周りの貴族たちがまた大仰な口振りで返す。

「いや、これは有難きお言葉。身に余る光栄にございます」

「それにしても、王妃殿下のお美しさは無論のこと、ジュール王子の聡明さもまことと国の宝で……」

貴族たちの賛辞はまだまだ続きそうだ。

その様子をしばらく陰から眺めている内に、どうやら王妃にその場を動く気配はなさそうだとわかってきた。

壇上《だんじょう》の椅子に座る王妃とジュール王子のもとへ貴族たちが入れ代わり立ち代わり挨拶に行き、それに王妃が機嫌良く言葉を返すことの繰り返し。

彼女の後ろで仁王立《におうだ》ちする護衛もまた、どっしりと構えて動く様子がなかった。

どうやら今日の会は本当に、自分たちの存在を貴族に誇示《こじ》するためだけに開催したようだ。私やオーベルを陥《おとしい》れる企《くわだ》てをする様子はなさそうなことに、心からほっとする。

とりあえず、彼女にすり寄る貴族たちの顔を覚えておけば今後何かの役に立つだろう。オーベルにも同様に甘い言葉で近寄ってきたら、すぐに寝返りそうだと判断できる。

あとは……そう、王妃様の手に火傷《やけど》があるかの確認ができたら――

だが、これは少々難しかった。彼女は豪奢《ごうしゃ》な衣装を纏《まと》っているため、それに合わせて手首の飾りもまたじゃらじゃらと豪奢《ごうしゃ》なのだ。指輪と腕輪が鎖《くさり》で繋《つな》がったデザインの装飾具のせいで、手の甲が隠れてよく見えない。

「うーん……残念。今日なら見られると思ったのに」

痕《あと》を隠そうとしてあえてじゃらじゃらとした飾りをつけているのか、それともただの趣味なのか、判別できないのが難しい所だ。

仕方ないので、他の貴族の情報でも集めようと、辺りに視線を向ける。色々な人の手を見ていく内に、王妃様以外にも、「あれ？　怪しいぞ」と感じるような人が出てくるかもしれない。

しかし、これもまた捗《はかど》らなかった。仮装舞踏会とはいえあくまでフォーマルな場のため、手袋や豪奢《ごうしゃ》な腕輪などをしている人が多く、手の甲が見えづらいのだ。さらには夜の開催だけあって、灯りの下を出られてしまうと、手元の判別が途端に難しくなる。

三十分ほど目を凝《こ》らして観察し続けたが、次第に目が疲れてきたので一旦壁際に寄ることにした。

「夜って、こういう時不便よね……」

いや、そんな薄暗い夜だからこそ、私も正体がばれずに済んでいるのだけれど。

ほうっと溜息を吐き、なんとなく辺りを見渡せば、視線の先でリュシアン王子が知人らしき男性と話しこんでいるのが見えた。

だが、すぐに私の視線に気づいた様子で、こちらへウインクを返してきたから、どうやら私の位置をちゃんと把握しながら会話に興《きょう》じてくれているようだ。

そんな彼の軽快《けいかい》な話し振りに引き寄せられるように、何人もの貴族が集まってくるが、王子は上手くあしらっている。オーベルを王位に就けるため、彼は彼で貴族間の情報収集に余念がないのだろう。

数歩先では、侍従姿の男性がドレス姿の若い女性を熱心に口説《くど》いているのが見えた。

舞踏会はこんな風に恋の鞘当《さやあ》ての場でもあるんだなと感心して眺めていると、横から杯《さかずき》の載った盆《ぼん》を持った別の侍従に声をかけられる。

「お嬢様、よろしければこちらをどうぞ」

流れるように飲み物を差し出す慣れたその仕草を見るに、どうやら彼は仮装ではなく本当の侍従らしい。なんというか……色々と紛《まぎ》らわしい。

毒見のいない場で下手なものは口にできないため、それとなくお礼を言って飲み物を断ろうとした時、ふと一人の少女の姿が目に入った。

——それは、目を奪うほど白い髪の少女だった。

年は十歳くらいで、儚《はかな》げにも見える細い身体をのびのびと動かし、会場の隅《すみ》のかすかな灯りの当たる場所で楽しげに踊っている。

顔の下半分を紗《うすぎぬ》で覆《おお》った踊り子のような格好で、面立《おもだ》ちははっきりとはわからない。だが、布に隠されていない白銀《はくぎん》の髪と淡い青緑《あおみどり》色の目だけ見れば、それは完全に白の民の容姿だった。

どうやら周りの人々は彼女の姿を仮装だと思って気にしていないようだが、実際に白の民と接したことのある私にはそれが地毛《じげ》に見えて驚く。

ここが、白の民が容易《ようい》に入れるような場所ではないと知っていたから。

「どうしてこんな所に……？」

貴女は本当に白の民なの？　だとしたら、一体どうやってここへ？

色々と聞いてみたいことが湧き出てきて、自然と彼女のもとへ足を向ける。

しかしあと数メートルという位置まで近づいた所で、彼女は私を見てなぜか目を見開いた。そして、弾《はじ》かれたように身を翻《ひるがえ》す。まるで、いけないことをしていたのを見咎《とが》められたといった風な動きだ。

「え!?　あの、ちょっと待って……!」

慌てて彼女を追う。

見つめ過ぎて怖がらせてしまったのだろうか。でも、危害を加えるつもりなんて私には全くない。誤解を解きたい気持ちも加わり、さらに急いで彼女の後を追う。

舞踏会場から廊下へ出て曲がり角を曲がると――良かった、あの少女がいた。

だがどうやら、通りかかった二十代くらいの男に足止めされている様子だ。酔客《すいきゃく》らしい貴族服を着たその男は、彼女の手首を掴《つか》んで顔を覗《のぞ》きこんでいる。

「おお、なんだなんだ、ここに白の民がいるぞ!」

男が楽しい見世物を見つけたように愉快げに声を張り上げると、少女が怯《おび》えたように身を縮こませる。細い肩がかすかに震えているのが見て取れた。

「いやしかし……こりゃ見事な仮装だ。なんでまあ、わざわざこんな格好するんだかな。小さなお嬢ちゃん、いいですか?　貴女がしているそれはね、奴隷の格好なんですよ」

呂律《ろれつ》の回らない口調で、男は小馬鹿にしたようにしたり顔で諭《さと》し始める。

「穢《けが》れた血が流れていて、鎖《くさり》に繋《つな》がれているのがお似合いの人間たちなんだ。そんな格好するなんて、まったくどんな教育を受けてきたんだかなぁ」

男の言葉にショックを受けた様子で、少女が目を見開き、否定するようにぶんぶんと首を左右に振った。しかし、男はそんな彼女を気にした様子もなく、肩をそびやかして続ける。

「まあ、あれだ。古い時代の白の民の女たちみたいに金持ちに囲われたいってんなら、この俺がしてやっても……」

言いながら少女の細い肩を無理やり抱き寄せようとする。

それ以上見ていられず、私は足早に近寄り、二人の間に割って入った。

「すみません、少しよろしいですか」

「うん？　なんだ、あんたは」

怪訝《けげん》そうな表情の男を、私は真《ま》っ直《す》ぐに見据《みす》えて口にする。

「彼女はまだ幼い少女です。もうそろそろ家《うち》に帰らねばならない時間でしょうから、どうかその手を放して差し上げてください」

「なんだって？　急に出てきたかと思えば、なんとまあ気の強いお嬢さんだな」

ふんと鼻を鳴らしながら、男は私の姿を上から下までじろじろと眺める。なんだかねっとりとして嫌な視線だ。できるだけ気にしないようにしつつ、私はさらに言い募《つの》る。

「それに、彼女は男性に慣れていない、きちんとしたお家《うち》のお嬢さんなのでしょう。可哀想に、今も怯《おび》えているようです」

男が少女に放った暴言《ぼうげん》を言外《げんがい》に否定してみせた私に、男がちらりと怒《いか》りを覗《のぞ》かせる。

「おやおや、本当にはっきり言うお嬢さんだな。まあ、そういうのも俺は嫌いじゃないがね」

そう言うと、男は少女から手を離して私に向き直った。

今がチャンスだと私は少女に目配せする。少女は一瞬逡巡《しゅんじゅん》した様子を見せたが、私が再度頷《うなず》いたのを見ると、ばっと身を翻《ひるがえ》して駆け出した。この分なら、無事会場へ戻れるだろう。

それを見届けてほっとしながら、私は男にまた視線を戻した。

「貴方もだいぶお酒を召されたご様子ですから、早く会場に戻りましょう。それか、お水を飲んで少しでも酔いを醒《さ》ました方が……」

だが男はゆらりとした動きでこちらに近寄ると、今度は私の手首をぐいと握った。身体だけでなく顔の距離まで詰めてくる。予想外の彼の行動に、驚いて見上げた。

「あ、あの？」

「別に戻らなくたっていいじゃないですか。どうです、俺と踊ってくれませんかね。あんたみたいにはっきり言う女も、たまにはいい」

怒らせたかと思ったのだが、何か別のスイッチを押してしまったらしい。いつの間にかどろりとした熱情を浮かべている彼の目に、危険を感じて慌てて押しのけようとする。

「いえ、私は連れがいますので……！」

「またまたご冗談を、今だって一人でいたじゃないですか。よし、危険ですから、俺がエスコートしましょう。ええ、それがいい」

男が機嫌良く言うが、手首を握る力は徐々に強くなっていく。怖くなり、私ははっきりと告げた。

「あの、本当に結構です。急いでいますので」

「なんだぁ？　優しく言ってやれば、図に乗りやがって。俺がついていてやると言ってるんだ、素直に身を任せればいいだろうが」

苛立《いらだ》たしげに吐き捨てると、有無《うむ》を言わさず私を抱き寄せようとする。

先程の少女に対する言動から見ても、女性を下に見て、自分の言うことを聞かせないと我慢ならないタイプの男なのだろう。まさかこんな厄介《やっかい》な男に捕まるとは思わなかったが、こういう状況になってしまった以上、なんとかして切り抜けるしかない。

男がしなだれかかるようにさらに身を寄せてくる。

「なあ、いいだろう？　なんならこのまま二人でそこの部屋に行こうか。ここが暗いせいか、あんたの目はまるで黒みたいに見える。こんな綺麗な色、俺は今まで一度も見たこと……」

「ちょ、やめ……！」

抱き寄せようと腕を伸ばす男を押しのけると、舌打ちした彼が私の両手首を壁に縫《ぬ》い止め、そのまま押さえこもうとしてくる。

まずい……！

だがそこで、ふいに男の動きが止まった。え？　と顔を上げれば、男が怪訝《けげん》そうに後ろを振り返っている所だった。見れば男の片腕は、新たに現れた人物に握られている。

そこに立っていたのは、異形《いぎょう》の男だった。

鳥に似た長い嘴《くちばし》が突き出た仮面は、昔世界史の教科書で見たペストマスクに似ている。

違うのは、その仮面だけでなく男の全身が真っ黒に彩《いろど》られていることだ。

瀟洒《しょうしゃ》な飾りのついた紳士的な装《よそお》いなのに、その色と異形《いぎょう》の仮面をつけているせいで、不気味さの方が際立《きわだ》つ。仮面の男は、揺るぎない力で酔っぱらい男の動きを止めていた。

片手だけだというのに、すごい力だ。

「な、なんだお前は……！」

男がぎょっとした様子で叫ぶ。

「──彼女に触れるな。お前のような外道《げどう》が触れていい人じゃない」

異形《いぎょう》の男は低い声で言い、酔っ払い男の腕をさらに捩《ね》じり上げる。

「痛っ……は、離せ！　この俺を誰だと……！」

「どこの誰かは知らないが、舞踏会で女性を手籠《てご》めにしようとしていたと知れれば、お前の名も大層高まることだろう。もうこの王宮に足を踏み入れられないくらいにな」

静かな怒りと皮肉がこめられた声音《こわね》に、男が途端に動揺を見せる。

「なっ、ち、違う……！　俺はただ、この女の具合が悪そうだから介抱《かいほう》してやろうと……!!」

「──ほう。そんなに酒の匂いを漂《ただよ》わせて、素面《しらふ》の女性を介抱《かいほう》か。それも、無理矢理自由を奪って。これ以上は言わん、早々に立ち去れ。俺もお前のような小物に剣は抜きたくはない」

そう口にする異形《いぎょう》の男の腰には剣が佩《は》かれていた。使いこまれた風情《ふぜい》の立派な剣だ。体術に慣れた動きから、それがただの飾りではないと悟《さと》ったのだろう。酔っ払い男がひっと引き攣《つ》った悲鳴を上げる。

「お、俺は……知らねぇ!!　そんな女……！」

そう捨て台詞《ぜりふ》を吐くや、大慌てで逃げ出していった。

ようやく辺りに静寂が戻る。廊下のあちこちに飾られた燭台《しょくだい》の灯りに照らされてもなお、男の姿はやはり不気味な迫力があった。

私は驚きながらもほっと息を吐き、お礼を言わなければと彼を見上げる。

「あの、ありがとうございました。貴方は……？」

すると、男が盛大に溜息を吐き、着けていた仮面をすっと外す。

そこには、見慣れたオーベルの凛々《りり》しい容貌があった。

「オ、オーベル……!?」

なんとなく聞き覚えのある声だとは思ったけど――なぜ彼がここに？　それに、どうしてそんな姿で。だって彼は、騎士服姿で今もこの会場を守っているはずなのに。

動揺する私に、彼は獰猛《どうもう》な獣《けもの》のような眼差しを向ける。

まずい、どう見てもかなり怒っている、と思った矢先、彼の雷《かみなり》が落ちた。

「まったく貴女という人は――なぜそう風のように動き、じっとしていられない！」

「ご、ごめん……！」

思わず首を竦《すく》めて謝る。

「しかも、そのような姿で……今は未遂で済んだが、拐《かどわ》かされでもしたらどうするおつもりか」

苛立《いらだ》ちが収まらない様子で彼は着ていた黒い上着を私の肩にかける。

確かに布の薄い衣装だけど、最初にリュシアン王子が提案してくれた服ほど色っぽいものではないし、そこまで危うい格好ではないはずなんだけど。むしろ、子供と勘違いされて誘拐される方がまだ考えられるというか。

そう思いながらも私は再度謝った。

「本当にごめんなさい。でも、そこまで子供に見える訳じゃないから、流石《さすが》に誘拐されたりは……」

「――貴女はご自分の状況をまるでわかっていない。このような愛らしい格好をしておきながら」

「だから、ごめんって……え？」

「惑《まど》わすのは、どうか俺だけにして頂きたい。あのような男に貴女が言い寄られるなど、考えただけでも腹に据《す》えかねる」

オーベルが吐き捨てるように言った内容に、私は一瞬固まった。

なんか今、愛らしいとか言われたような……

思わずかあぁっと顔が熱くなり、狼狽《うろた》えてしまう。

彼に可愛いなんて言われたのは、初めてのことだったから。

だが、照れている場合じゃないと、はっとした。会場を守っているはずのオーベルがここにいるのはまずいんじゃないだろうか。私は私でリュシアン王子に心配をかけないように、早く戻らなければならない。

「あ、あの、とりあえずオーベル、向こうに……」

だが、それ以上続けることはできなかった。眇《すが》めた目を遠くへ向けたオーベルに、急に腕の中に抱き寄せられたからだ。突然の行動に驚いて彼を見上げる。

「えっ、あの、オーベル⁉」

「――しっ、暫《しばら》くじっとしていてください。近衛兵《このえへい》がこちらを見ている。どうやら怪しまれているようです」

そう言うや、彼は私の顔を周囲から隠すため、守るように抱き寄せた。

彼の鋭い眼差しの先を見遣《みや》れば、そこには確かに近衛兵《このえへい》の姿。

どうやら先程の男が逃げ出した際、近衛兵《このえへい》に何か言ったのか、揉《も》めごとが起こったのではと様子を見に来たらしい。オーベルが耳元で囁《ささや》いた。

「姉上。もう少し俺の方に寄りかかってください。参加者同士話しこんでいるか、逢引《あいびき》でもしていると思わせた方がいい」

「う、うん。わかった」

オーベルの言う通り、仲の良い友人同士や、恋人たちの逢瀬《おうせ》の振りをするのが一番だろう。実際、そういう感じのカップルは会場にちらほらいたし。

絡んできた酔っ払い男を追い払ったのは正当防衛だとしても、釈明《しゃくめい》のために近衛兵《このえへい》に間近で顔を見られるのもまずい。髪の色はともかく、目の色はどうしたってごまかせないのだから。

頷《うなず》いた私は、もう少し親密そうに見えるよう、オーベルの胸にそっと身を寄せる。

さらに、近衛兵《このえへい》に向いたままの彼の視線をこちらに向けようと声をかけた。

「オーベル、もっと顔をこっちに向けて」

「ええ」

うん、これなら角度的に、オーベルの顔もあちらから見えないだろう。あとは、もう少し近づいた方がそれっぽく見えるかも……

そう思い、私は彼を見上げてそっと口にする。

「オーベル。あの……お願い、もっと抱き寄せて」

「…………はい」

なんで返事に間が空いたんだろう。不思議に思いつつも、私は恥ずかしさに頬を染めながら必死にお願いした。近衛兵《このえへい》がもう一人現れ、二人でこちらを見ながら何事か話し

合っている様子が横目に見えたからだ。

オーベルの服の胸元をぎゅっと握り、縋《すが》るように告げる。

「そうじゃなくて、お願い、もっと強く……」

「……なんでここは舞踏会場なんだ」

オーベルがなぜかこの世を呪うような忌々《いまいま》しげな声で呟《つぶや》く。

ここが舞踏会場だから恋人の振りをしないとまずいんだよ、と私は焦りながらさらに頼みこむ。私だって恥ずかしいけれど、ここは協力してもらうしかない。

「ほら、オーベル。早く」

「──わかりました」

諦《あきら》めたように溜息を吐き、彼は私の髪をそっとひと房取って口づける。

どこか悔しげに、そして愛《いと》おしげに。

「貴女の願いならば、俺はどうしたって叶えない訳にはいかなくなる。……仰《おお》せのままに、姉上」

「ええと、あの……」

彼の言葉が演技なのか本気なのかわからず、そわそわと落ち着かない心地になる。

そんな私を、近衛兵《このえへい》の視線からだけでなく、他の何者からも守ろうとするかのように彼は逞《たくま》しい腕で抱き締める。やがて近衛兵《このえへい》二人は問題なしと判断したのか、首を横に振って何事か会話した後、廊下の向こうへ消えていった。

そうしてなんとか危機を逃《のが》れた私たちは、続いてその場を後にしたのだった。

——三十分後。

とりあえず、私をこのまま会場にいさせる訳にはいかないと言うオーベルに連れられ、私はいつもの王宮の離れへと戻っていた。

オーベルの書斎に着くや、彼は私にこんこんと説教を始める。

隠しごとをしていたことよりも、少女を助けるためとはいえ私が自《みずか》ら危険に突っこんでいったことが、彼の心配と怒りを大いに刺激したらしい。

それから衣装についても再度、「そういう格好は俺の前でだけなさればよろしい」と言われた。よくわからないけど、怒りながらもこの衣装を気に入ってくれたらしいことはわかった。

そんな私たちの様子を、一緒についてきたリュシアン王子が、背後からどこか楽しそうに眺めている。

「なんかこういうのもいいねぇ。衣装が二人の関係をまさに体現してるっていうか、作った甲斐《かい》があったっていうか。いやぁ、面白いなぁ」

「――兄上。面白がっている場合ではありません。そもそも、どうして姉上から目を離されたりしたんですか」

据《す》わった眼差しを向けたオーベルに、リュシアン王子が肩を竦《すく》める。

「いやだって、お前が血相変えて追いかけていったのが視界の端《はし》に見えたし。腕っぷしの強いのがすぐに駆けつけるなら、非力な僕じゃ、かえって足を引っ張るだけじゃないか」

二人の会話に私は、うん？　と首を傾《かし》げた。

リュシアン王子の口振りは、まるでオーベルが仮装をして会に参加していたのを知っていたかのようだ。それに今思い出したが、そもそも不思議なのはオーベルの格好。

騎士服の上にただ布を被《かぶ》るような簡単な変装ならともかく、彼の衣装は仕立ても意《い》匠《しょう》も凝《こ》っていて、一朝一夕《いっちょういっせき》に用意できる代物《しろもの》ではなかったからだ。

だから、疑問のままに尋ねる。

「オーベル、心配をかけて本当にごめんなさい。でも、どうしてこんな格好で会場にいたの？　貴方は、騎士として会場を守っていたはずなんじゃ……」

「ええ、舞踏会が始まってすぐの時は、確かに騎士としてあの場を警備していました」

「開かれてすぐ？」

きょとんとした私に、彼は頷《うなず》く。

「以前も言いましたが、俺は王族であると同時に騎士としての本分を持っています。故《ゆえ》に、騎士団長として部下たちに指示を与え、あの場を守る義務があった。ですが、貴女と兄上が入場したのを見て、部下たちに断りを入れて急遽《きゅうきょ》今の姿に着替えました」

「ええと……なんでそんなことを？」

驚いて尋ねる私に、彼は息を吐いた。

「俺とて、初めはそんなことをするつもりはありませんでした。――ですが、数刻前に兄上の遣《つか》いが来た折、貴女方が舞踏会に参加する話を聞き、同時にこの衣装を受け取ったことで事情が変わりました」

「事情？」

「ええ。貴女がいるのなら、俺も守りに行かない訳にはいきません。だが、貴女がせっかく変装しているのに、俺が普段の姿で傍《そば》に行けば、王妃に正体を怪しまれるでしょう。それに、騎士服のままでは騎士団長としての責務を放棄していると取られかねない。――それでは、貴女が不測の事態に巻きこまれた際すぐに対処できませんから」

溜息と共に言われ、私はようやく納得する。つまり誰にも足止めされずに私をすぐに守れるようにするため、一時的にあの異形《いぎょう》の衣装に着替えて駆けつけてくれたらしい。

そうか、リュシアン王子に聞いて……

そこで、ん？　と引っかかり、私は驚いて尋ねる。

「ちょ、ちょっと待って、リュシアン殿下に私が参加するって聞いたの？」

いや、確かにはっきりと口止めしていた訳ではないけれど、オーベルには内緒にする方向で話が進んでいたのでは、と混乱する。

すると、王子が悪びれない様子で片手を上げて謝ってきた。

「うん。ごめんね、アカリ。でも、君に頼まれるずっと前にオーベルからも頼まれごとをしていたもんで、悩んだ末に先に受けた約束を優先させてもらったよ」

「オーベルに頼まれたって……」

「ほら、君がオーベルに連れられて、初めて僕の領地に来たことがあったじゃない。その時にちょっとね」

そういえばあの時、オーベルとリュシアン王子は二人だけで席を外して相談ごとをしていた様子だった。つまりオーベルは、私が何かおかしな行動を取った際、すぐ自分に知らせるようにリュシアン王子に頼んでいたということだろうか。

それで王子は悩んだものの——本当に悩んだのかは怪しいが、舞踏会の直前にオーベルに連絡し、それを受けたオーベルが、私を守れるよう急遽《きゅうきょ》今の衣装を着て参加者に紛《まぎ》れることにした、と。

まさか、オーベルが兄にそんなことを頼んでいただなんて……

用意周到《しゅうとう》というか、それだけ私が危なっかしいと思われていたというか。……後者のような気がひしひしとするのが悲しい。

「でも、オーベル。自分の招待状を返しちゃったから、参加者としては入場できなかったんじゃないの？」

騎士の姿で会場にいたとはいえ、一度退出して着替えて戻れば、入り口で招待状の提示を求められるのだ。そこでどうしたって彼であることがばれるだろう。それに、彼が爵位持ちでもあるとはいえ、わざわざ名義を分けた招待状が届くとも思えない。

すると、リュシアン王子があっさりと言った。

「そこはほら、僕に来た招待状を一枚渡したから」

「リュシアン殿下の分を？」

でも、王妃様から送られたのは、招待された本人とその同伴者の二人分の招待状のはず。そしてその二枚は、もちろん私とリュシアン王子で使ってしまったと思うのだが。

問おうとした時、オーベルが私の疑問を解消してくれた。

「兄上は、こうした催《もよお》しの際には常にルルーとアジャンタの二人を両脇に侍《はべ》らせて参加するので、兄上への招待状は、大体三人分送られるのが王侯貴族間での暗黙の了解なんです」

「そういうこと。それを一枚オーベルにあげたって訳」

「そうだったんですか……」

聞いてみると納得というか、リュシアン王子が美女を両手に侍《はべ》らせているのがどれだけ有名な話なのかと、驚きつつも呆れる話だ。でも確かに、思い返せば彼は、自分はよくルルーさんとアジャンタさんを連れて参加している、と言っていた。

それに、入り口で衛兵に意外そうな目を向けられたけれど、あれは「今日は一人だけしか連れていないのか」という意味での視線だったらしい。

ともあれ、この兄弟の阿吽《あうん》の呼吸を甘く見ていた、と内心でがっくりする。

リュシアン王子が弟思いなのはよく知っていたし、オーベルはオーベルで普段は遠慮ない言い方をしていても、根っこの所では兄を深く信頼していることはわかっていたはずなのに。

うう……用意周到な美形兄弟なんて嫌いだ。

がっくりと肩を落とした私に、リュシアン王子が慰《なぐさ》めるように言う。

「まあそう落ちこまないで、アカリ。こんな流れではあったけど、この衣装は本当に君に似合っていたよ。だからオーベルの衣装を考える時もすごく楽しくてね」

「オーベルの衣装？」

そういえば、彼の姿は結局なんの仮装なのだろう。

不思議に思って目を向けると、オーベルが肩を竦《すく》めた。

「これは、闇の化身《けしん》の姿なのだそうです」

「アカリが扮《ふん》した花の精霊グリナーダを守ったという、闇の化身《けしん》だよ。時に鳥に姿を変え、時に獣《けもの》に姿を変えて彼女のもとへ……ってね。ね？　ぴったりだっただろう？」

得意げに胸を張ったリュシアン王子に、オーベルが嘆息《たんそく》する。

「だからと言って、ここまで全身真っ黒にする必要はないでしょう」

「だって、お前の容姿はどうしたって目立つじゃないか。髪も目も肌の色まで特徴的で、すぐにそれとわかるんだから。濃い色味《いろみ》でごまかさないと」

「否定はしませんが、暗闇に紛《まぎ》れ過ぎて五度ほど人にぶつかられ、悲鳴を上げられました」

兄弟のそんな軽快《けいかい》な応酬《おうしゅう》を聞きながら、私は自分の姿を見下ろす。

そうか、これ、オーベルの衣装と対《つい》になってたんだ……

だからさっきの近衛兵《このえへい》も、私たちが揃《そろ》って参加した二人組と疑わなかったのだろう。

あの時だけは、私たちも神話の恋人たちのごとく一枚絵のように見えていたのかなと思うと、なんだかくすぐったい心地になる。たとえ衣装だけのことだとしても――

次いで、そういえばと思い浮かべたのは、踊り子の衣装を着ていた少女のこと。

「それにしてもあの子、どうしてあそこにいたんだろう……？」

「あの子？」

すぐに尋ねたオーベルに、頷《うなず》いて事情を話す。

「うん。さっき、私の前に酔っ払いに絡まれていた女の子がいたって話はしたわよね」

「ええ、確かに聞きましたが」

「その子の容姿が少し特殊というか……白の民の姿をしていたの。染めたとは思えないような白銀《はくぎん》の髪に、淡い青緑《あおみどり》の瞳で」

「白の民の少女が、王宮の舞踏会に……」

考え深げに呟《つぶや》いた後、オーベルは首を左右に振る。

「彼女は本当に貴族でしたか？　もしその髪や目の色が元々のものだとしたら、そのような令嬢がいるなどという話は聞いたこともない」

リュシアン王子も理知的に輝く眼差しを伏せて言葉を継ぐ。

「僕もそんな容姿の少女が貴族社会にいるって話は一度も聞いたことがないねぇ。まあ、もしそんな子が本当にいたら、すぐに話題になるんじゃないかな。良くも悪くも目立つからね」

「そうですよね……」

ということは、やっぱり本物の白の民の少女が、参加者に紛《まぎ》れてこっそり入りこんだということだろうか。確かに、白の民の長老は王宮に協力者がいるとは言っていたけれど、そんな目立つことをして何になるのだろうと首を傾《かし》げてしまう。

「うーん、王宮の舞踏会が物珍しくて、どうしても来てみたかったのかしら？」

でもそのために、協力者とやらが貴族でもない人物を会場に入れる危険を冒すというのも考えにくい。それも、年端《としは》もいかないようなまだ幼い子を。

しばらく考えたが、それらしい答えは思い浮かばなかった。

とりあえず、いつまでも仮装のままではまずいだろうと、私はそっと話題を変える。

「そうだ、私、そろそろ着替えてくるね。折角《せっかく》の衣装を皺《しわ》にしてもいけないし」

「俺も王宮の大広間に戻らねばならないので、一旦失礼します」

「オーベルは会場の護衛があるもんね。足止めしちゃって本当にごめんなさい……」

反省する私に、だが彼は今度は怒らなかった。

「それに関してはお気になさらず。王族である貴女を守ったということは、同時にあの場を守ったも同じです。加えて言えば、部下たちには場を離れる間の指示も事前に伝えてある。俺が不在の間も抜かりなく動いていたことでしょう。――頼れる部下たちです」

そう言い、彼は安心させるように私の髪をくしゃりと優しく撫《な》でた。

「では姉上、今夜はもうこの離れを出られませんよう。失礼します」

「うん……」

なんだかんだ言ってもオーベルは、いつも最後は私の心を軽くしようとしてくれるんだなぁ、とぼんやり思う。ついでに髪を撫《な》でられ、嬉しいような切ないような心地になって、私は触れられた場所を自分の手でそっと撫《な》でる。

そんな風に小さな謎と切ない気持ちを胸に、私の舞踏会の一夜は終わったのだった。

第四章　祈りの架《か》け橋

結局、仮装舞踏会は私たちが退席したあとも、ヴェルダ騎士団と近衛兵《このえへい》の厳重な警備のお陰で、大きな問題もなく無事終わりを迎えたとのことだった。

後から聞いた話では、他国の間者《かんじゃ》と見られる怪しい男が刃《やいば》を手に王妃様に近づこうとしたという一幕もあったそうだが、騎士姿で会場に戻ったオーベルが動きに気づいてすぐに取り押さえたことで、王妃様の思惑《おもわく》とは逆に、彼とヴェルダ騎士団の株が大いに上がる結果に終わったらしい。

――離れの王女特訓用の部屋。私に授業をしているサイラスが、休憩時間に、数日前の舞踏会の詳しい顚末《てんまつ》を教えてくれた。

「これは、その場にいた侍従仲間に聞いた話なのですが……男を取り押さえたオーベル様が貴族たちに称賛《しょうさん》を向けられたことで、王妃殿下はオーベル様に余計な真似をするなと忌々《いまいま》しげに仰《おっしゃ》って会場を出ていかれたそうです」

「危ない所を助けてもらったのに？　そんな、一歩間違えたら怪我どころか命を落としていたかもしれないのに……」

驚く私に、サイラスは微苦笑して頷《うなず》く。

「ええ、正しく危ない所でした。取り調べの結果、捕まった男は、隣国《りんごく》シグリスから潜《もぐ》りこんだ間者《かんじゃ》だったそうですから。王妃殿下は祖国ビラードとの交易を重視するあまり、絹をはじめとするシグリスとの交易をいくつか断《た》っています。それが原因で破産した商家の者らしく、牢屋でも恨み言を吐き続けているとか」

「シグリスから……そうだったの」

まさか本当に他国の間者《かんじゃ》が入りこむなんて。

もちろん現在の外交問題の悪化を思えばあり得ない話ではない。でも、告知から二週間という短期間で招待状や衣装など必要な物を全て整え、隣国《りんごく》の舞踏会への侵入を果たしたことが、驚きであり恐ろしくもあった。

それだけシグリスとの関係がこじれているということであり、そのように王代理の暗殺を狙う他国の人間の侵入を簡単に許すほど、王妃様から心が離れた貴族が国内にいるという証拠だ。

サイラスが物憂《ものう》げに目を伏せて口にした。

「ただ交易を断《た》っただけならばまだ良かったのでしょうが、王妃殿下は『シグリスの絹の質が悪いため、これ以上は交易する価値なし』と公言し、その上で交易を取り止《や》めています。そのせいでシグリスの絹商人は他国からも商品価値を下に見られ、商売が立ちゆかなくなる者が多く出ているとのことでした。その恨みで有《あ》り金《がね》を積んで招待状を手に入れ、舞踏会に潜入したのだと」

「そんな事情があったのね……。シグリスの絹は、本当にそんなに質が悪いの？」

「いいえ、むしろ他国に比べて安定した質を保っています。優品《ゆうひん》とまではいかずとも、良品といったところでしょうか。王妃殿下は、自身のビラード贔屓《びいき》を周囲に責められぬよう、シグリス側に原因があるという風に見せたかったのでしょう」

「それで恨みを買って、今回命を狙われた訳ね……」

実際、自身の祖国のためにビラード以外の国を貶《おとし》めるなど、エスガラント王妃として許されることではない。シグリス側はたまったものではなかっただろう。ただ、今回の件は流石《さすが》にやり過ぎにしても、これは王となる人全てにつき纏《まと》う問題だとも思った。

たった一つの何気ない行動が、誰かの暮らしを破綻《はたん》させ、同時に自分の命を狙う刃《やいば》として返ってくる。その時にオーベルのように即座に動いてくれる人が傍《そば》にいなければ、いくつ命があっても足りないだろう。

そして自《みず》ら問題を起こした上、助けに入った人に感謝を向けられない所が、王妃様の器《うつわ》の程度を如実《にょじつ》に示している気がして暗澹《あんたん》とした心地になる。

自分が守られるのは当然で、守ってくれた人でも、日頃厭《いと》っている相手なら、感謝よりも忌々《いまいま》しさを感じて叱責《しっせき》する。そんなことを繰り返していては周囲の心が離れていくだけだろう。

同じように思ったのか、サイラスも小さく頷《うなず》いて口にする。

「グラハド陛下は思慮深く素晴らしい方《かた》ですが……だからこそなぜあのような女性を娶《めと》ったのかと、他国では今、批難の声が囁《ささや》かれていると聞きます。シグリスに限らず、この数年で王妃殿下が心ない扱いをなさった国は他にもいくつもございますから」

彼は、さらに慎重に言葉を選んで続きを紡《つむ》ぐ。

「もちろん、ビラードとの関係が深まることで生まれる利点もございます。彼《か》の国は美術工芸品の生産に優《すぐ》れた国。技の秀《ひい》でたそれらを、我が国は安価に仕入れることができるのですから。ですが……」

サイラスの言わんとすることがわかり、私は後を続けた。

「利点よりも、不利益の方がずっと多いということよね。シグリスを敵に回し、他にも潜在的な敵を他国に着々と作り続けているんだから」

それに、結びつきの強い国を一国だけに絞るのは色々と危ういだろう。もしビラードに背を向けられたら、他に何も残らなくなってしまう。

「……ええ。そして、それが国王陛下への心証にも如実《にょじつ》に関わってくるのが問題なのです。今は人事不省《じんじふせい》に陥《おちい》られている陛下が奇跡的に回復されたとして、僭越《せんえつ》ながら以前と同じ評価を他国から受けられるとは思えません。それほどまでに此度《こたび》の問題は大きい。王妃という存在もまた、王という存在を形作る重要な要素の一つなのでしょう……良い意味でも、悪い意味でも」

静かに締め括《くく》ったサイラスの言葉が、印象深く耳に残った。

それは特訓が終わり、自室に戻ってからも心から慣れなくて、私は窓の外を見つめながらぼんやりと思い耽《ふけ》っていた。窓の外は今、激しい雨に叩かれ、灰色に煙《けぶ》る風景が広がっている。

「王妃の重要さ、かぁ……」

それはいずれオーベルにも降りかかってくる問題なのだろう。

他国の王女といった身分だけでなく、性格もきちんとした女性を娶《めと》らなければ、オーベルまで低く評価されてしまうのだ。そのためには、彼に相応《ふさわ》しい女性に妻になってもらう必要がある。美しく、聡明な眼差しで先を見据《みす》えられるような女性に——

オーベルの隣に立つ女性の姿を思い浮かべ、胸がぎゅっと締めつけられる。

でも、オーベルならきっと、自分に相応《ふさわ》しい女性を見つけられるだろう。彼のようにこの国をしっかり見つめて、一緒に守っていけるような人を——

私も姉として、そんな彼らをちゃんと祝えるはずだ。

「だって私は、『黒鷹公《くろたかこう》の姉上』なんだから……」

力をこめて呟《つぶや》いたはずなのに、その声は消え入りそうなほどかすかだった。

なんだかこのままではあてもないことを考えてしまいそうで、私は無理やり思考を切り替える。思い浮かべたのは、舞踏会場で出会った白銀《はくぎん》の髪の少女のこと。

サイラスたち侍従や侍女にも彼女の特徴を言って尋ねてみたけれど、そんな少女を知っている人は誰もいなかった。やはり彼女は、本当に隠れ住む白の民の一人なのだろうか。

「本当にどうやってあの場に入りこめたのかしら……？」

貴族でなければ、あの場には入れないはずなのに。

これも白の民に手を貸しているという、まだ見ぬ貴族の仕業？

もしそうだとしても、目的がわからなかった。舞踏会に幼い少女を一人参加させ、好きに踊らせることで出てくる利点が全く思い浮かばない。

世の中には、解けない謎がいっぱいだ。

「それにしても雨、かなり強くなってきたわね……」

窓際《まどぎわ》に歩み寄り、外の風景を見上げて呟《つぶや》く。薄暗い空からは止めどなく雨が降り続けていた。その雫《しずく》が窓硝子《ガラス》を叩き、見る間に幾筋《いくすじ》もの線を作って目の前を流れ落ちていく。

舞踏会から数日経った今、雨は日ごとに強さを増し、地域によっては豪雨《ごうう》の域にまで達していた。この王宮がある中央はまだ軽い方だが、南方では突如《とつじょ》増した雨量に川が氾《はん》濫《らん》した所もあると聞き、大丈夫だろうかと心配になってくる。

実際、南方の状況を伝える使者が王宮へ駆けこんできたりと、最近では慌ただしい中に不穏な空気が入り混じって感じられた。

「雨の恵みを感謝する舞踏会が終わってすぐに、雨が強すぎて各地で被害が出てくるなんて、なんだか皮肉よね」

自然の気紛《きまぐ》れはどうしようもないことだけれど、と思いながらぽつりと呟《つぶや》く。

――南方の町ネルガシュの領主が王宮に駆けこんできたのは、そんなある日のことだった。

その日、王宮の廊下を護衛と歩いていると、向こうから騒がしい声が聞こえてきた。

「……？　どうしたんだろう？」

どうも楽しそうな様子ではなく、悲痛な感じに聞こえて首を傾《かし》げる。

最近慌ただしく使者が行き交う様子はよく目にしていたが、今日はいつも以上に騒然としている。

引き寄せられるかのごとくそちらへ歩いていくと、複数の回廊が交わる広い廊下の中央に、王妃様と彼女の侍女たちの一団があった。

彼女たちの煌《きら》びやかなドレスの裾《すそ》に縋《すが》りつくようにして、四十がらみの男が一人必死に声を上げている。その様子を女性たちは冷ややかに見下ろしていた。

「何卒《なにとぞ》、何卒《なにとぞ》ご慈悲をお願い致します、王妃殿下……！」

「煩《うるさ》い、できぬと言ったらできぬ！」

王妃様が手を振り、その男を邪険な態度で追い払おうとする。

当然ながら王妃様に触れるような無礼は許されないため、男は彼女の足元から離れた場所に膝をつき、彼女に向けて必死に懇願《こんがん》していた。

そんな男と王妃様の間に立った侍女が、塵《ごみ》を見るような目を彼へ向ける。

「偉大なる王妃殿下に無礼な真似はおよしなさい、みっともない」

「ご面談が叶っただけでも恵まれているというのに、なんと恥知らずなのでしょう。殿下はお忙しいのです。貴方の些末《さまつ》な頼みごとに関わっている暇などありません」

斬り捨てるように言った侍女に、男が目を見開く。

「そ、そんな、些末《さまつ》だと仰《おっしゃ》るならばどうかお聞き入れを……！」

「煩《うるさ》い。——耳障《みみざわ》りだ、疾《と》く去《い》ね」

ぴしゃりと言うと、王妃様は追ってくる声を振り払うようにドレスの裾《すそ》を翻《ひるがえ》し、自分の宮の方へと歩いていった。侍女たちもふんとばかりに男に軽蔑《けいべつ》をこめた一瞥《いちべつ》を送り、後に続いて去っていく。

残されたのは、力なく床に両膝を突く男だけ。肩を落とし声を震えさせている。

「あ……ああ、そんな……一体、どうしたら……」

そんな男の向かい側の廊下から、厳《いか》めしい表情の近衛兵《このえへい》たちがどしどしと足早にやってくる。

私の宮の近くでは見ない顔だ。このタイミングで現れたということは、恐らく王妃様付きの近衛兵《このえへい》なのだろう。急に現れた彼らに中年男が怯《おび》えた顔を見せる。

「な、なんですか？　貴方がたは……」

「煩《うるさ》い。いいから来い！」

近衛兵《このえへい》たちは男の両腕を拘束《こうそく》すると、乱暴な仕草で玄関の方へ連れ出そうとする。

恐らくこのまま外へ叩き出すつもりなのだろう。

男が、近衛兵《このえへい》たちを仰《あお》ぎ見ながら縋《すが》るように口にする。

「ま、待ってください！　まだ私は、王妃殿下にお願いしたいことが……」

「黙れ！　これ以上立てつくようなら、多少痛い思いをさせても構わないとの殿下のご命令だ。何本か歯を失いたいのか」

「ひっ……」

男の顔が恐怖で青《あお》ざめているのを見て、私は足早に彼らに歩み寄る。

「待ってください、一体何があったのですか？」

「ん？　なんだお前は……と、これは王女殿下！　御無礼を……」

苛立《いらだ》たしげに振り向いた近衛兵《このえへい》が慌てた様子で言い直すのを、私はさらりと受け流す。

「お気になさらず。それよりも、一体何があったのですか？」

「王女、殿下……？」

涙に濡れた目でこちらを呆然《ぼうぜん》と見つめ返してくる中年男に、私は頷《うなず》く。

「ええ。貴方は先程からお困りのご様子。何があったのか、事情を聞かせてくださいませんか？」

私は男に尋ねたのだが、それに憤然《ふんぜん》と答えたのは彼を拘束《こうそく》した近衛兵《このえへい》だった。

「それが……どうもこうもございません！　この男は、南方のネルガシュという小さな町の領主らしいのですが、ひどく諦《あきら》めが悪くて」

もう一人の近衛兵《このえへい》も、男をじろりと睨みつけながら口にする。

「子爵位を持っており身分も確かな上、至急お話ししたいことがあるとのことだったので王妃殿下のもとにお通ししましたが、要求を断られてもこのように食い下がってくる有り様《あさま》なのです」

「見苦しいので、王宮の外へ連れ出すようにとの殿下のご命令で」

近衛兵《このえへい》たちが揃《そろ》ってふんと鼻を鳴らす。

「そうですか。それで、一体どのような用件だったのですか？」

私は当事者である男――ネルガシュの領主に向かって尋ねる。彼は私の登場にまだいくらか驚いた様子ながら、つっかえつつも丁寧な口調で口にした。

「それが……私の領地のある町に唯一架《か》かっていた橋が落ちてしまいまして……町民が孤立してしまいどうにもならないため、恐縮ながら救援をお願いに参った次第です」

するとすぐにまた近衛兵《このえへい》が声を張り上げる。

「そんなもの、お前の町だけではない！　この雨で道が寸断された土地など多数ある。大体この王都から遠く離れた南方の小さな町などに、なぜわざわざ王妃殿下がお心を砕かなければ……」

これでは話が進まないし、近衛兵《このえへい》が怒鳴る度にますます領主が怯《おび》えてしまって見ていられない。

私は近衛兵《このえへい》たちに静かながらも強い口調で口にする。

「貴方がたは少しの間、口を閉じていてください。私はこちらの方《かた》に聞いているのです」

すると、近衛兵《このえへい》たちは不満げな様子ながら、ぐっと言葉を呑みこんだ。

彼らが黙ったのを確認し、私は領主にさらに尋ねる。

「町の様子は、現在はどのような感じなのですか？」

「は、はい……今は、橋が落ちたために他の町との行き来が全くできない状態になっておりまして」

領主は震える声で、ぽつりぽつりと続きを口にする。

「他の土地でも、同様に雨の被害に遭《あ》っていることは承知しています。……ですが我が町は、後ろに山が聳《そび》え、手前には深い川。そのため、橋一本で外界と繋《つな》がっている特殊な地形にあるのです。その橋が流されてしまい、かと言って船を出そうにも、増水した川の流れが強すぎてすぐに流されてしまう危険な状況にあります。私はたまたま隣町での会議に出ており無事でしたが、町民たちをどうにも助けられない状態で……」

完全に孤立してしまっている状況らしい。私は考えながら質問を口にする。

「食料など、災害時の備えのようなものはないのですか？」

領主はぽつりぽつりと答える。

「食料の備蓄《びちく》はあるので、ただ暮らすだけならば暫《しばら》くは持つと思います。ですがあそこには今、予断を許さぬ状況の年老いた重病人や、臨月《りんげつ》間近の妊婦がおりまして……。小さい町なので､医者も常駐しておらず、いつも遠方の町から来てもらっていたのです……」

「そういうことだったんですか……」

彼の涙と必死さの理由が、だんだんと見えてきた。

健康な状態の町民たちだけであれば、彼もただ雨が止《や》むのを待ったのだろうが、そうしていては手遅れになってしまうため、無理を押してここまでやってきたのだ。

きっと彼は、町民たちのことをきちんと見ている領主なのだろう。

あの家には年老いた夫婦がいて、その隣家には妊婦がいて……そんな風に一つ一つの家を把握し、優しい目で見守っている領主。だからこそ、この危うい事態に彼らを助けなければと思い、王宮に駆けこんできたのだ。

何しろ例年通りであれば、この豪雨《ごうう》はふた月ほど続く可能性が高い。

数日ならまだしも、八週間も手をこまねいていれば、領民の病状がどうなるかわからない。傍《そば》に医者もいない状況では、年老いた重病人はもちろん、妊婦は母子《ぼし》共に危険な状態になるだろう。

もし川の流れがいくらかましになったとしても、そんな状況の彼らを船に乗せるのは危うい気がした。――うん。やっぱりこのまま放っておくことはできない。

私はすっと息を吸うと、近衛兵《このえへい》たちに向かって告げた。

「この方《かた》は、私の住む宮へお連れします」

「し、しかし、王女殿下……！」

「王妃様は、この男を外に連れ出すようにと……」

「その王妃殿下がお忙しく、話を聞ける状態にないというのなら、他の王族が話を聞くのが筋でしょう。彼は一縷《いちる》の望みを胸に、この王宮に来てくださったのですよ」

「で、ですが……」

「お仕事の途中でしょうから、貴方がたはどうぞ持ち場に戻ってください。私にも護衛がついているので見送りは不要です」

そうはっきりと告げると、やがて王妃様付きの近衛兵《このえへい》たちは互いに顔を見合わせ、渋々《しぶしぶ》といった様子ながら頭を下げて去っていった。王妃様の命令はこの場から領主を去らせること。私が彼を離れに連れていくというなら、一応王妃の言葉に従ったことになる。そう判断したのだろう。

残ったのは、私と領主の二人。彼は涙の跡が残る顔で私を見上げた。

「あ、あの、本当にお話を聞いて頂けるのですか？　私などの話を……」

王妃と侍女、そして近衛兵《このえへい》にも冷たくあしらわれた彼は、まだ現状が信じられない様子で瞳を揺らしている。

そんな彼に、私は信じてもらえるよう落ち着いた態度で頷《うなず》き返した。

「ええ。そうでした……まだ名乗っていませんでしたね。私はアカリと申します。どうぞお立ちになって。私の宮に着いたら、まずは温かいお茶をお淹《い》れしましょう。雨に濡れ、身体が冷えているご様子ですから」

雨の中取るものもとりあえずやってきたのだろう、彼は全身が雨に濡れ、下袴《ズボン》の裾《すそ》は泥に汚れていた。そうしておずおずと頷《うなず》いた彼を、私は護衛と共に王宮の離れへと案内したのだった。


離れに戻ると、私はまずはミランダに頼んで、オーベルへ連絡を取ってもらった。

彼の率《ひき》いるヴェルダ騎士団の使命は、第一が他国の攻撃からこの国を守ること。そして第二が、民の安全を守ることだ。今回の件は彼の職務に関わる内容のため、きちんと伝えておきたい。

それに、王妃様が町の救済を実質的に放棄したということを王族の一人として知っておいてもらいたいと思ったのだ。その間私は、オーベルが来るまでにもっと詳しい情報を聞いておこうと、領主に長椅子を勧めて向かいに座る。

彼はここに案内した当初からひどく恐縮し、加えて今はどこか恥ずかしそうに身を縮こまらせていた。冷静さを取り戻すにつれ、自分の娘ほどの年齢である私の前で涙を見せてしまったことに身の置き場がないと感じているのかもしれない。

そんな彼を馬鹿にする気には当然なれなかったし、私はそれ所かその涙は尊《とうと》いものだと感じた。――領民をただの駒《こま》だと思っている人間には、決して流せない涙だ。

侍女が彼の前にお茶を置いたのを見て取ると、彼の気持ちを落ち着けるように話しかける。

「それで、貴方はどうにかして領民を助けたいと、この王宮にいらしたのですね」

「は、はい……難しいことだとは承知していましたが、それでも、何かせずにはいられなくて。いくらか救援の人手を貸して頂けないかと思い、馳《は》せ参じました」

「ですが、断られた……？」

「ええ……そのようなことに使うような財源はないと。お前の土地の領民ならばお前でどうにかせよと王妃様は仰《おっしゃ》られまして。……確かに私は領主です。自分の手で助けられるものならば、すぐにでも彼らを助けたい。ですが馬も人手も、私が使えるわずかながらのものは全て川の向こうに……。私のこの両手だけではどうにもならないのです」

先程の悔しさとやりきれなさを思い出したのか、俯《うつむ》いて膝をぎゅっと握った領主の手がかすかに震える。彼は絞り出すように口にした。

「……なぜでしょう……。なぜ、華やかな舞踏会を催《もよお》す金はあって、民を助ける金はないのでしょう。こうしている間にも、領民の誰かが助けを求めているかもしれないのに……」

彼も貴族だ、先日催《もよお》された舞踏会がどんなものか知っているだけにやりきれないのだろう。そして、それだけの金があるのなら救援の手も回してもらえるかもしれないと、一縷《いちる》の望みを持ってずぶ濡れになりながらやってきたのだからなおさらだ。

ただ、王妃様もまさか、ここまで雨の被害が大きくなるとは思わなかったに違いない。

そのため、ただでさえ逼迫《ひっぱく》している財源を後先考えずに使ってしまったのだろう。

恐らくは、数ヶ月後にジュール王子が王位に就いた時、さらに追加で税を集めればいいなどと考えて。故《ゆえ》に領主に縋《すが》りつかれた今、ない袖《そで》は振れないとつっぱねたのだ。

私は目を閉じて、自分に何ができるかと考える。できることがあれば、何とかしてあげたい。王族という立場はこういう時のためにあるものなのだから。

でも、それならどうしたらいい？　どうすれば彼の領民たちを救うことができる？

目まぐるしく頭を巡《めぐ》らせる。

王妃様が救援を拒否した以上、国庫を動かせないのはもちろん、使えるのも私やオーベル直属の臣下だけだ。その中でも、こうした事態に的確に動けるのは、どうしたってオーベルのヴェルダ騎士団に限られてくる。

現状を伝えれば、彼はきっと部下の騎士を幾人《いくにん》か回そうとしてくれるだろう。王の勅命《ちょくめい》のもと動くのが騎士団の基本とはいえ、平時は騎士団長に統率《とうそつ》が一任されているから、オーベルがこの件で騎士を動かしても問題になったりはしないはずだ。

――でも、それだけでは人手が足りない。

先日の舞踏会後、王宮に集められた騎士たちは、また各地へ散らばっていったという。再び呼び戻すこともできなくはないが、すぐに全員を集めるのは至難《しなん》の業《わざ》だ。

それでなくとも、現在各地で雨の被害が相次《あいつ》いでいて、ネルガシュにばかり騎士を向けることはできない。多少の差異はあれど、他の土地も助けを求めているのだから。

それにこの王宮を守る予備の騎士だって、当然残しておかなければならないのだ。

つまり、もし救援を出せたとしても、今この王宮に残っている騎士の数人と任務を終えて戻ってきた騎士のごく一部だけ。そのいくらかの人数でできることと言えば、恐らく被災地に物資を運ぶことぐらいだろう。さらに、それを向こう岸まで渡すことができるかは難しい所だった。

川の流れが落ち着かなければ、現地に行っても雨が収まるのを待ちながら向こう岸を眺めて立ち尽くすだけになる。それでは全く意味がない。

「一体どうしたら……」

目を伏せて考えていると、扉の開く音が響いた。顔を上げれば、オーベルが足早に入ってきた所だった。

「オーベル……！」

恐らく騎士の演習を抜け出して急ぎ来てくれたのだろう。黒い騎士服を着た彼は、いくらか息を弾《はず》ませ、服もわずかに雨に濡れている。

「姉上、話はミランダから聞きました」

「ありがとう、すぐに来てくれて」

「いえ。まずは詳しい状況を教えて頂けませんか。対策についてはそれからです」

「わかった。実はね……」

つい先程領主に聞いた話をざっとまとめて伝えると、考え深げな眼差しになったオーベルはやがて静かに頷《うなず》いた。

「──わかりました。では、動ける騎士を幾人《いくにん》か集め、急ぎその町に向かいましょう。

現状を正確に把握するにも、まずは誰かを向かわせなければ話にならない」

彼はこういう時、相変わらず行動を迷わない。今回も人命を守ることが第一と判断したのだろう。

領主が震えながら跪《ひざまず》き、感謝をこめた眼差しで彼を見上げる。

「ありがとうございます。まさか王子殿下にまでお心を砕いて頂けるなんて……」

だが、オーベルは無駄な期待を与えないようにはっきり告げることも忘れなかった。

「我が騎士団は民を助けるのが使命、困っている者がいるならば手を差し伸べよう。だが、俺たちの手にも限りがある。もしできるとしても現状では物資を届けるくらいだろう」

「そんな……それだけでも、本当に有難いことでございます。騎士様の姿を対岸越しにでも見れば、皆気力が戻りますでしょう。この町は見捨てられていないのだと」

緩《ゆる》やかに首を横に振った領主に、オーベルが小さく息を吐いて答える。

「ああ……。橋を架《か》けてやれたら一番なんだがな」

有難いと言いながらも、領主はどこか諦《あきら》めているように見える。そしてオーベルもまた、それぐらいしかしてやれない自分に口惜《くちお》しさを感じているようだ。

そう……できることなら、本当に橋を架《か》けてあげたいのだろう、オーベルは。

私もまた、同じ気持ちだった。でも、そんな人手なんて、どこにも……

「……どこにもいない、本当に？」

私は、はっとして呟《つぶや》いた。

――いや、いる。優《すぐ》れた身体能力を持つ人たちがいることを、私は知っている。

白の民という、腕力や脚力に優《すぐ》れ、馬の扱いにも精通した人たちが。

普通の人ならば雨の中を移動するだけでも大変だけれど、私が以前行動を共にした彼らなら、この天候でも難なく移動できるだろうことを知っている。

それだけ馬の扱いに慣れ、統制の取れた動きをする人たちだったのだ。橋を架《か》ける手伝いをしてもらうことも、こちらが指示さえ誤《あやま》らなければ、彼らになら問題なくできるに違いないと思えた。それにもし、白の民が町人たちを救ったら、もしかしたら彼らの立場も――

頭の中に一本、光のような道筋が浮かぶ。

私は気持ちを固めて顔を上げると、オーベルと領主の顔を真《ま》っ直《す》ぐに見つめた。

「ねえ、聞いて。二人とも。もしかしたら橋を……仮橋《かりばし》みたいなものなら架《か》けられるかもしれない。彼らに、私たちの気持ちがちゃんと伝われば」

「仮橋《かりばし》を……？　それに、彼らとは……？」

オーベルが、驚いたように息を呑む。そんな彼と戸惑った眼差しを向ける領主に、私は今思いついたことを説明し始めたのだった。

——私が話したのは、次のような案だ。

白の民の長老たちを説得し、白の民の力を借りて仮橋《かりばし》を架《か》ける手伝いをしてもらう。本格的な橋を建設するのは技術的にも日数的にも難しいが、一時的に通行を可能にするだけの仮橋《かりばし》ならばなんとかなるかもしれないと。

その案を、オーベルは難しい面持ちで聞いていた。

「白の民ですか……確かに彼らならば良い労働力になってくれるでしょう。十歳そこそこのシロでさえ、その辺の大人以上の腕力や脚力を持っている。重い荷を運ぶにも足場の悪い箇所で木材を配置するにも、適した存在と言える。上手く動かすことができれば一人で何人力にもなるでしょう」

「それに馬の扱いにも慣れているから、彼らの集落からは少し距離のある南方の町にも、そう時間がかからずに来てもらえると思うわ」

頷《うなず》く私に、けれどオーベルは慎重な眼差しを向けてきた。

「しかし姉上、本当に彼らの助力を得られると思いますか？」

「難しいとは思うけど、得られるようにお願いしてくる。誠心誠意説明すればきっと理解してもらえると思うから」

そう言ってはみたものの、成功するかは半々《はんはん》だと思った。それでも動かない訳にはいかない。これ以上に良い案は浮かばなかったし、これは白の民の境遇を変えるにも役立つのではと感じたからだ。

——白の民たちは、差別のない自由な暮らしがしたい。

そのためには、きっと私のような一王族がただ守っているだけでは駄目なのだ。守られているだけの者は、レジナルドが言うようにやがて周囲から嫉妬《しっと》や妬《ねた》みの目で見られるに違いない。なぜあの者たちばかり守られ、いい思いをするのかと。白の民の長きに亘《わた》る不遇の時代のことなど斟酌《しんしゃく》せず、きっと現状だけを見てそう判断されてしまうのだ。

だから白の民自身が立ち上がり、差別を払拭《ふっしょく》するような行動を取って周囲の目を変えていくことが、きっと道を切り開くための第一歩になると思ったのだ。

王妃さえも見捨てた町。それを助けたのが貶《おとし》められていた白の民と知ったら、人々はどう思うだろう。それでも彼らの姿に眉を顰《ひそ》め、王妃の方を褒《ほ》め称《たた》えるだろうか。

いや、きっと——

私たちの会話を黙って聞いていた領主が、おずおずと口を開いた。

「ありがとうございます、私どものために色々とお考えくださって。白の民の方々の力を借り、助けて頂けるのであればこれ以上のことはございません。ですが……」

言い淀む彼に、私は静かに尋ねる。

「何か気になることでもありましたか？」

すると躊躇《ためら》った後、彼は慮《おもんぱか》るように目を伏せて口にする。

「それが……どうにも心配なのです。白の民がやってきたと知って、彼らに石を投げる者が現れるのではないかと。私のような下位の貴族とて、白の民は下賤《げせん》の民と言い聞かされて育ちました。せっかく助けに来てくださった恩人が、私どものせいでそのような目に遭《あ》うのではないかと思うと、それが心配で……」

救援に訪れた場でも白の民が拒絶されるのではと、不安に思っているらしい。

それには、オーベルがはっきりと答えた。

「その点に関しては案じなくていい。もしこの案を決行する時は、我がヴェルダ騎士団も彼らと共に救援に動く」

「騎士団の皆様も？」

「ああ、俺はヴェルダ騎士団長であり、第二王子でもある。そんな人間と共にいる相手に石を投げる愚か者もそういないだろう。いたとしても、すぐに対処する。――人命を守るため救援に動く者を傷つけさせるような愚《ぐ》は、決して犯させないと約束する」

静かに決意を秘めた眼差しで答えた彼に、ようやく領主もほっと肩の力を抜いた。

「そうですか。そう言って頂けて安心致しました……」

やがてオーベルは、心を決めた様子で私に視線を向けた。

「姉上。――俺は腹を決めました。確かに現時点ではこれ以上の案はない。騎士団の人数を増やすことが実質的に不可能ならば、他に手を借りるほかありません。すぐに動きましょう」

「うん、ありがとう。それなら、私はこれから白の民の長老のところへお願いに行こうと思う。彼らと話をして、ネルガシュに急ぎ向かってもらえるように」

そして一拍置いた後、彼を見つめてぽつりと零《こぼ》した。

「もし……もし駄目だったとしても、私だけでもすぐにネルガシュに向かうから」

「ええ、その時はもちろん俺も一緒です。王女と王子が橋を架《か》けようと木材を腕に抱えていれば、通行人の何人かは見過ごせないと手を貸してくれるかもしれません。それだけでも有難い」

私の気持ちを軽くするためか、オーベルがふっと目を細めて軽口を言う。本当に説得が失敗しても、彼は当たり前のように私の隣にいてくれるのだろう。救援が終わるまで、きっと。

それがわかるからこそ、私は絶対に説得を成功させたいと感じた。

「じゃあオーベル、出発しましょうか」

「ええ。――お互いに武運を祈りましょう」

目を合わせて笑い合う私たちの姿を、いつしか領主は眩《まぶ》しいものを見るような眼差しで眺めていた。そして彼は天に感謝するように、唇を震わせてただ深々と頭を下げたのだった。


そこからは忙《せわ》しなく時間が過ぎていった。

急ぎ白の民の里へ向かわなければならない――が、その前にすることがある。

私は馬車の用意をミランダに頼むと、その間に駆け足で王宮の図書室へと向かう。

そこで目当ての人物を見つけるや、開口一番にこう口にした。

「レジナルド、お願い。至急探してほしい本があって。橋に関する本を探しているの」

「橋……でございますか？」

私の勢いに驚き、怪訝《けげん》そうに返してきた彼に頷《うなず》く。

「そう。橋の種類とか架《か》け方とか、できれば図解で載っている本を」

とりあえず基本的な知識を頭に叩きこむためにも、数冊本を持って白の民の里へ向かいたかったのだ。道中、数時間は馬車に揺られるのだから、その時間を有効活用したい。だが、自力で探していると出発までに見つけられない恐れがあったので、真っ直《ます》ぐレジナルドに尋ねることにしたのだ。

彼に良く思われていないことはわかっていたが、司書である彼に聞けば間違いないだろうし、職務に関することなら、真面目に遂行してくれそうな気がした。

その読みは当たっていたらしく、レジナルドはふむと顎《あご》に片手を当てる。

「橋の種類に架《か》け方ですか……承知しました」

彼は迷いない足取りで一つの書棚に向かうと、棚から抜き出した何冊もの本を真剣に見比べ、最終的にその内の五冊を手渡してくる。

「この辺りを読めば、基本的な知識は網羅《もうら》できるはずです。詳しい内容ながら比較的平易な文章で書かれてあり、図説も掲載されております」

その内の一冊をパラパラと捲《まく》って見ると、確かに丁寧な描写がされた本だった。それぞれの橋の原理や利点について、わかりやすく書かれている印象だ。

「ありがとう！　この五冊、借りていくわね」

本を胸に抱き締めてお礼を言った後は、急いで馬車へと向かう。そこではすでにミランダや護衛の兵士たちが準備万端《ばんたん》で待ってくれていた。

そしてそこにもう一人、小さな影が――

私はその姿に、驚いて声を上げた。

「シロ！　どうしたの？　貴方まで」

なんとシロも、外套《がいとう》を着こんだ旅装束《たびしょうぞく》姿でちょこんと混じっていたのだ。

彼は私を見上げ、熱意の籠《こ》もった眼差しで口にする。

「アカリがじいちゃんたちのところに行くって、ミランダからきいた。おれもいっしょに行く」

「行くって……でもシロ、今日は遊びに行く訳じゃなくてね」

戸惑う私に、彼は真剣な眼差しで答える。

「しってる。アカリたち、たいせつなお願いしに行くんだってきいた。それに、手がたりないんだって。なら、おれも力になる！」

「シロ……」

同胞《どうほう》である白の民が関わることと聞き、彼自身も何かしたいと思ったのだろう。もしかしたら私を守れるよう傍《そば》についていたいとも考えてくれたのかもしれない。

確かに今回は一人でも使える人手がほしい。まだ少年だからという理由で彼だけ蚊帳《かや》の外《そと》にするのは違う気がして、私はそっと頷《うなず》いた。

「そうね……じゃあシロも一緒に来てくれる？　貴方もいてくれると助かる」

「うん！」

シロが嬉しそうに頷《うなず》く。

そうしてシロやミランダと共に、本を胸に抱えた私も馬車へ乗りこんだのだった。

私たちが乗った馬車は前後に護衛の乗る馬を従え、一路、北の山奥にある白の民の里を目指す。

ちなみにオーベルは、私と別れた後、騎士を集めるため執務室へ向かっていった。

文《ふみ》を送り、急ぎ戻ってこられそうな騎士と連絡をつけ次第、彼もネルガシュを目指すのだという。彼ならばきっと、ある程度まとまった数の騎士を招集できるだろう。ヴェルダ騎士団の騎士たちは、団長であるオーベルの言葉に忠実で、熱意もあると聞いている。

揺れる馬車の中、私は借りてきた本に目を走らせながら次の算段に頭を巡《めぐ》らせていた。

――仮橋《かりばし》を架《か》けると言った。

もし白の民が力を貸してくれるとして、どのように橋を架《か》ければいい？　それは、これから彼らを説得する私が考え、指示を出すために大筋だけでも形にしておかなければならないことだ。

「橋の架《か》け方なんてわからないから、やり方に関しては全てお任せします」なんて丸投げして、誰がそんな人の言葉を聞いてくれるだろう。

もちろん本来ならこういう建設工事に関わることは、専門の役人の下調べや設計のもとで行うべきことだ。だが今はそれらの役人を探している時間はなく、あったとしても、その役人は王妃様の直属の臣下。私が勝手に引っ張ってきて使っていい存在ではなかった。

騎士たちと違い、政務に携《たずさ》わる官僚たちは、王妃に無断でこちらの仕事をさせようものなら王の領域を侵すことになる。オーベルが王にならない限り、下手に動かすことはできないのだ。

だから、オーベルたちに相談して後で詳しい設計方針を考えるにしても、その大筋の方針だけは、私の方で先に決めておかなければならなかった。概要《がいよう》も説明できないようでは、これから赴《おもむ》く白の民たちの前で説得も何もできないから。

目を伏せ、真剣に考える。

わからなくてもなんでもいい、考えるんだ。どうすると、上手く橋が架《か》けられる？

どうすれば、集まってくれた人たちを一番上手く使える？　たとえ付け焼刃だとしても、これまで私が見てきた経験や今手元にある本を使って、なんとか考えるんだ。

考える内、いつの間にか額《ひたい》に汗が滲《にじ》んでいたらしく、隣に座るミランダが額《ひたい》を手布《ハンカチ》でそっと拭いてくれる。

「アカリ様、額《ひたい》に汗が……お拭き致します」

「あっ、ありがとう、ミランダ」

お礼を返すと、ミランダは真摯《しんし》な眼差しで私を見つめた。

「アカリ様、私にできることがあればなんなりとお申しつけくださいませ。なんでも致します、川を泳いで物資を届けることも」

「ありがとう。……でも、大丈夫、きっと一番良い方法を考え出してみせるから」

そして、私は小さく笑う。

「私ね、これまであまり自分で深く考えたことってなかったの。だって私はただの二十二歳の女で、大した能力もないから。だから少し専門的な知識を問われても、いつもわからないって投げ出して。でも、それで周りから特に何か言われたりもしなかった」

それはきっと、誰も私にそこまでの期待をしていなかったから。

それで良いと思っていた。だって私は、なんの取り柄《とえ》もないただの女子大生で、できることなんて本当にごく限られていたから。

「……でも、そうじゃないんだよね。私はちゃんと考えないで、やろうとする前から諦《あきら》めていただけ。これまで私がしてきたことと少しでも外れたら、門外漢《もんがいかん》ですって言って逃げて。今、それに気づいたの。もしかしたらこれまでだって、ちゃんと考えたらできることがあったかもしれないのに」

　そうしてそれに気づいた今、私はできる限りのことをしたいと心の底から思っていた。

　私がどんな未来を思い描いて、どうやって一緒に作りたいかをきちんと話し、その上で仲間になってほしいと伝えたい。そのために頭を悩ませるのは、大変だけれど決して辛《つら》くはなかった。

「アカリ様……」

　そんな私にミランダは一瞬息を止めた後、ひどく真剣な眼差しで見つめ返す。

　私は手に持った本を見せながら、小さく微笑んで口にする。

「そうだ。ミランダとシロも一緒に考えてくれる？　そうしたら、私だけで考えるよりきっといい案が浮かぶと思うから」

「……ええ、畏《かしこ》まりました。私の時間はいつまでも貴女様と共に」

「うん！　おれもいっしょにかんがえる」

　ミランダがふっと目を細めれば、向かいに座るシロも力強く頷《うなず》く。そして白の民の里に着くまでの間、私たちは何冊も本を膝の上に広げ、ああでもない、こうでもないと話し続けたのだった。

やがて数時間を馬車に揺られ、辿《たど》り着いた白の民の里。雲間《くもま》が途切れたのか、馬車から降り立った時には雨も止み、太陽が顔を覗《のぞ》かせていた。

集落は山奥にあるので、途中からは馬車で進むことができず、馬での移動になった。護衛たちには村の入り口で待機してもらい、私とミランダ、シロの三人で中へ入っていく。村の入り口から広場の方へと歩いていくと、私たちの姿を見た村人が村の奥へと知らせに走り、すぐに長老がやってくる。

以前と変わらず隠者《いんじゃ》のような雰囲気の白髪のお爺《じい》さんで、小さな身体にもかかわらず威厳《いげん》が漂《ただよ》って見えた。私の姿を見るや、彼は目を細める。

「ほう……よく来なさったな、黒髪黒目の王女殿下、アカリ殿」

「はい、先日は大変お世話になりました。本日は、突然お邪魔して申し訳ありません」

「なに、先頃手紙をくれたのじゃから、そんなに突然ということもなかろうて」

そう返した彼は、私の真剣な眼差しに何かを感じ取ったのか、ほっほと笑う。

「それはそれとして、ただごとではない雰囲気よの。それに下界は、どうやら今日も問題が起きたのか騒がしいようじゃ。雨よりも賑やかな音が度々聞こえてきおる」

「私がここに来た用件も、もしかしておわかりですか？」

各地に同胞《どうほう》を潜《ひそ》ませているだけでなく、王宮に協力者までいる彼らだ。今回の一連の騒動を小耳に挟んでいてもおかしくない。そう思って尋ねると、彼はゆっくりと首を横に振った。

「さてな、そなたが何を思ってここに来たのかまではわからん。だが最近、王宮でどんな事件があったかぐらいは聞き及んでおる。そこからまあ、おおよその推測はできるわな」

そして彼は、皮肉げに目を眇《すが》めた。

「――なんでも、王妃と呼ばれる女が華やかな仮装舞踏会に多額の税を費やし、大雨の被害は見て見ぬ振りだとか」

「はい……まさしくその件で、今日はこちらに参りました。私にある考えがあり、できれば皆さんに聞いて頂きたいと思いまして」

「考え？」

私は頷《うなず》いて視線を真《ま》っ直《す》ぐ向ける。

「そうです。今現在雨の被害に困っている、ネルガシュの町の人々を助ける方法を。そして同時に、貴方たちの立場を確固たるものにするための方法を。それには、貴方がたのお力が必要なんです」

「ほう……我らに、縁もゆかりもない町の者を助けよと申すか。それはまた面白いことを言う」

愉快そうに目を細めた彼は、すっと踵《きびす》を返した。

「まずは、家へ入られよ。ここでは落ち着いて話もできまい。――そこの侍女殿と先日の少年もご一緒にな」

「は、はい……ありがとうございます」

私の言葉に合わせ、ミランダとシロも慌ててぺこりとお辞儀をする。

そうして私たち三人は、緊張しながら村長の家へ招き入れられたのだった。

私の来訪を受けて、彼の家に村の重鎮《じゅうちん》らしき男たちが続々と集まってくる。一人、お婆《ばあ》さんも混じっているようだ。

およそ十人ほどだろうか。皆農民のはずだが、その誰もが歴戦の老兵のような威厳《いげん》ある面持ちだ。傷の走る顔から油断ない眼差しがぎょろりと覗《のぞ》く男など、襤褸《ぼろ》を纏《まと》っていても、なんとも言えない迫力がある。

そんな彼らも長老には従順な様子で、彼と私に静かに頭を下げると、一人、また一人と部屋の隅《すみ》に順に腰を下ろしていった。それらを見届けて長老がゆったりとした口調で話し出す。

「すまんのう。村の重要な決めごとに関しては、皆にも聞いてもらわねばならん掟《おきて》でな。

彼らは村をまとめる族長たちなのじゃ」

「いえ、構いません。むしろ、重鎮《じゅうちん》でいらっしゃる皆さんにご同席頂けて有難いです。できることなら、多くの方《かた》に聞いて頂きたいことですから」

座って居住まいを正した私は、慎重に言葉を選びながら話し出す。

この雨で起きたネルガシュの町の被害と、王宮内での王妃と領主のやりとり。そしてそれをきっかけに、私が白の民の力を借りようと思った経緯を。

私が話し終わるまで、彼らは皆黙って聞いてくれていた。

「――ということなんです。それで、どう動くのが最善か考えた時、貴方がたのお力をお借りできないかと考えました。このままでは命が危うい人たちを助けたい。そして、白の民の皆さんの現在の境遇を少しでも良い方向へ変えたい。それには、この方法が一番だと思ったんです」

一人一人を見渡して告げた私に、それまで黙っていた重鎮《じゅうちん》の一人である壮年の男が口を開いた。

先程目に入った、顔に傷のある厳《いか》めしい風貌の男だ。

「王女さん――いや、アカリ様や。あんたの言っていることはわかるよ。だがね、橋を架《か》けると言ったって、その方法はどうするね。儂《わし》らは木を切って木材は作れても、橋を架《か》ける方法なんざ知らんよ。何せ俺らは山の民だ。川にも海にも縁がない」

隣に座る豊かな髭《ひげ》を蓄《たくわ》えた中年の男も頷《うなず》いた。

「騎士さんたちが一緒に動くと言っていたが、そいつらだって剣を振るうのが主な仕事だ、橋を架《か》ける方法なんてわからんだろうよ。そんなんでできると言えるのかね」

当然の指摘に、私は静かに頷《うなず》いて答える。

「ええ。本格的な橋を架《か》けるのは、やはり難しいと思います。だから私は、とりあえず急場を凌《しの》げるだけの、仮橋《かりばし》――それも吊り橋《つりばし》を架《か》けることができたらと思いました」

それは道中持ってきた本を読みこみ、ミランダたちと話し合った上で至った結論だった。

橋というのは、とにかく土台が大切だ。そして、その土台を築《きず》き上げるのに大層な時間と労力がかかる。日本でもよく見る支柱のどっしりとした強固な橋を架《か》けようとすれば、川の中に土台を築《きず》くところから始めなければならないだろう。それでは何ヶ月……いや、何年あっても足りない。

だが吊り橋《つりばし》の中でも、最も簡単な作りのものなら話は違ってくる。イメージとしては、日本の山間の集落にあるような、ゆらゆら揺れる吊り橋《つりばし》だ。

これならば、基礎となる太い柱を崖の向こう側に二本、こちら側に二本の合計四本立てるだけでいい。その間を紐を結んだ上に床板を乗せていき、ぎゅっと括《くく》りつけて固定すれば完成だ。

もちろん吊り橋《ばし》の建設も容易《ようい》な作業ではないが、他の橋に比べればまだ構造がシンプルなため、作ることも可能だと思えたのだ。私の説明に、重鎮《じゅうちん》たちが怪訝《けげん》そうな顔を見せる。

「吊り橋《ばし》？　つまり、紐で板を吊《つ》って橋にするってことかね」

「それならまあ、儂《わし》らでも足場の悪い所に蔓《つる》を編んだりして似たようなもんを作ったことがあるから、全く覚えがない訳じゃないが……」

彼らも山の民、足元が不安定な地形に小さな渡しを作った覚えならあるのだろう。

「ええ、その吊り橋《ばし》です。ただ材料は蔓《つる》ではなく、木材を使う形になりますが。これなら向こう側とこちら側に大きな木の土台を立て、その間に紐と床板を渡すことで作ることができます」

「確かにそういう造りなら、川の中に柱をおっ立てたり、石を積んだりして土台を作らんでも済むんだろうが——しかし、どうやって辿《たど》り着けない向こう岸に紐を渡すんだね」

考え深げに顎《あご》を撫《な》でた白髪の老人の言葉に、私は静かに口にする。

「それは、騎士の方々にお願いしたいと思います。彼らは弓の扱いに長《た》けている。矢に細い紐を結んで向こうに渡すことも可能でしょう。それさえできれば橋の基礎が作れます」

そして、詳しい説明を続ける。

——理屈としては、こうだ。

まずは騎士の中でも弓の飛距離が一番長い人が、向こう岸に向けて手紙を括《くく》りつけた矢を飛ばし、ネルガシュの人たちに事情を伝える。そして、何か重いもの——木でも石でもいい、土台の柱となるものを向こうでも準備させる。

土台の準備が向こう岸で終わったのを確認したら、今度は細紐を結んだ矢を飛ばす。そしてそれをあちらで土台に固定してもらう。

それを確認でき次第、飛ばした細紐のこちら側のしっぽにそれより太い紐を結びつけ、また向こう側から引っ張ってもらう。それを何度も繰り返し、最終的に床板を乗せられるだけの太紐七本ほどでこちら側と向こう岸を繋《つな》ぐのだ。そしてその太紐の上に、両側から順次床板を乗せていく。床板まで乗せ終え、上を歩けるようになれば完成だ。

説明を聞き終えた長老が、唸《うな》りながら頷《うなず》いた。

「ふむ……方法としては悪くないのう。そうか、騎士の弓矢の腕をそこで使うか……」

「床板などの資材はこちらで手配しますが、もし足りなくなった場合は、申し訳ありませんが木材の切り出しなどにも皆さんの手をお貸し頂けたらと思っています」

「いやはやお姫さん、どこまでも儂《わし》らを使おうとするのう」

重鎮《じゅうちん》の一人が眉根を寄せて呆れたように言うのに、顔を向けてはっきりと返す。

「少し手を貸してくださるだけでいいと言ってしまっては、嘘になりますから。仮橋《かりばし》ができる最初から最後まで、皆さんのお力をお借りしたいのです。その優《すぐ》れた腕力も脚力も全てを。それは貴方がたの持つ宝だから」

「儂《わし》らの、宝……」

呟《つぶや》いた彼らに、私は頷《うなず》く。

「はい。そしてその宝を、ひととき私に預けて頂きたいのです。ネルガシュの人々の命と、貴方がたの未来のために。──お願いします、どうか力を貸してください」

そう言って深く頭を下げた私を、居並ぶ重鎮《じゅうちん》たちはしばらくの間黙って見つめていた。

無言の時が流れ、緊張から次第に胸の鼓動が速くなっていくが、それでも私は頭を上げずに彼らの言葉をただじっと待つ。

どれくらい時が経っただろう、重鎮《じゅうちん》の一人である顔に傷のある男がぽつりと口を開いた。

「……儂《わし》らに頭を下げるか、王女様が。それも町人のために」

「そして、儂《わし》らのために」

その隣の武骨《ぶこつ》な壮年男が言えば、端《はし》に座る老婆《ろうば》もまたしゃがれ声を上げた。

「妊婦がおるそうだのう。臨月《りんげつ》間近と言っていたが、どれほどの腹の大きさなのかね。一歩も動けないようなら、早目に医者を送ってやらねばならん」

「お婆《ばあ》さん……」

驚いて視線を向けた私に、老婆《ろうば》は目が合うや、にっと笑う。

見渡せば、重鎮《じゅうちん》たちは皆、今や深く考えこむ眼差しをしていた。次にどう動くか頭を巡《めぐ》らせている時の戦士の顔だ。驚いた私は震える胸を押さえながら彼らを見渡す。

「皆さん、それじゃあ……」

「ふむ、皆に異存はないようじゃの。しからば急ぎ動こうか。儂《わし》らの移動の速さ、とくと見せてくれようぞ」

長老が皺《しわ》だらけの顔の中、眼光鋭くにやりと笑う。彼の鬨《とき》の声を聞いた男たちの動きは早かった。「はっ」と声を上げたあと、皆散り散りに動き出す。

私の後ろでずっと控えていたミランダとシロが、緊張の糸が解けたのかほっと息を漏《も》らした。発言が許される状況ではなかったので黙って見守っていた二人だが、私と同じ——いや、それ以上に緊張しながら事の成り行きを見守っていたのだろう。

「アカリ、やったな！　おれ、ほっとした」

シロが言えば、ミランダはぎゅっと手を握ってくる。

「アカリ様……ようございました。本当にようございました」

「うん……でも、これからが本当の始まりだから。行きましょう、二人とも。せっかく皆がやる気になってくれたんだもの、私たちも早く動かなくちゃね」

「ええ。すぐに移動の支度を進めます」

「おれも、はやく馬のところに行く！」

頷《うなず》いたミランダとシロもまた、次を見据《みす》える凛《りん》とした眼差しになっていた。

こうして白の民たちの協力を取りつけた私たちは、急ぎネルガシュへ移動する準備に移ったのだった。


長老の家を出て村の広場に移ると、地面にまばらに草の生えたそこには、すでに白の民たちが七、八人集まっていた。二十代から四十代の逞《たくま》しい男たちで、馬と荷の準備が整った者から、次々と出発していく。

別々の方向へ馬を走らせていった彼らを見て、私はやや戸惑いながら長老に尋ねる。

「あの、すみません、皆さんバラバラで行くんですか？」

「いいや。あやつらは別動隊《べつどうたい》じゃ。ネルガシュを目指し出発したのではなく、各地に散らばった同胞《どうほう》へ声がけに行ったのよ。数は多い方がいいじゃろう」

「ああ、それで……！　ありがとうございます」

少しでも人手を増やすためとはいえ、他の集落の白の民まで呼んでもらえるなんて。

感謝の眼差しを向けた私に、長老が目を細めて笑う。

「なに、こういう時のための白の民の脚力よ。我らは己《おの》が身体はもちろん、馬もまたよく鍛えておる。こうしていざという時にすぐ動けるようにするためにな。——それに何より、儂《わし》らの先祖は自由に野を駆けていた。儂《わし》らも同じく駆け出したまでよ」

そして長老は静かに私を見据《みす》えた。

「そなたもまた、駆け出し始めたのだろうよ。後戻りできぬ道をな」

「私も……？」

目を見開いた私に、彼は頷《うなず》く。

「そうよ。王子の心を動かし、民の心に訴えかけ、采配《さいはい》を振るえる器《うつわ》のある女がこの世にどれだけおることか。そのような女がいれば、民は自《みず》らの上に立ってもらうことを望むものじゃ」

「自《みず》らの上って……私はそれほどのものじゃ」

そう、私はそんな風に言ってもらえるような立派な人間じゃない。

なぜなら私の行動は、すぐ傍《そば》で力強く支えてくれるオーベルたちと、運良く出会えた白の民たちのおかげで成り立っているものだからだ。どれか一つでも欠けていたら、今回のような行動は起こせなかったし、こうして協力も取りつけられなかっただろう。

だがそう返すと、彼はほっほと笑った。

「その王子が、なぜそなたの行動を支えるのか、なぜ儂《わし》らが手を貸しても良いと思うたか。そこにこそ答えがあるのじゃがな。……やれ、本人にはわからぬか」

彼は目を細めるや、ゆっくりと続ける。

「なに、そなたに王冠を戴《いただ》く意志がないのはわかっておる。だが、そうでなくとも上に立つことはできるじゃろうて。それに、王の器《うつわ》を持つ男こそそなたのような女を望む。そなたは、それをゆめゆめ忘れてはならん」

「でも、私は……」

瞬間頭を過《よ》ぎったのは、私がこの国の民でないどころか、異世界人であること。

しかしそれ以上の会話は続かなかった。私と長老を呼ぶ野太い男の声が辺りに響き渡ったからだ。

「アカリ様、長老。準備が整いました！」

先遣隊が出発した今、残りの白の民の男たちも続々と集まり、今や二十数名が広場の中央にずらりと集《つど》っている。風雨《ふうう》を凌《しの》ぐ外套《がいとう》を纏《まと》い、馬の背に荷物を括《くく》りつけた様《さま》は、いかにも準備万端《ばんたん》といった様子だ。

「ふむ……これぐらいの人数ならば、問題なく動けるじゃろうて」

長老が満足げに頷《うなず》くのを見て、私は集まった人々に向かって声を張り上げた。

「皆さん、協力してくださって本当にありがとうございます。では、準備の整った方《かた》から順に出発しましょう！　町までの道は、馬の扱いに長《た》けた護衛が先導します」

私の声に応えるように、「おお！」と鬨《とき》の声が上がる。

そして私は、白の民たちを大勢引き連れて南方の町ネルガシュへと向かったのだった。

雨の旅路だった。

小雨の中、順調に始まった旅は、時間が経つほど徐々に過酷なものへと変わっていく。南方の町に近づくほど、雨脚《あまあし》だけでなく風も強くなっていったからだ。

馬の足がぬかるみに嵌《は》まり、足止めを食らうことも少なくなかった。あまりに雨が強い時は足元が危うくなるので、携帯した小さな天幕《てんまく》を木の下に広げて雨が静まるのを待つ。

その間、水をやったり体を拭いたりと、馬を労《いた》わるのも忘れない。

雲の動きを見て今だと判断したら、てきぱきと天幕《てんまく》を折り畳み、また馬の背に跨《また》がる。

初めは白の民たちのそうした効率的な動きに感心するばかりだった私も、何度か繰り返す内に次第に同じ呼吸で動けるようになっていった。

途中、森の中の開けた場所を見つけてそこで野宿し、また馬を走らせる。

――やがて一日半の行程を経て、ようやくネルガシュの町が見える場所に辿《たど》り着いた。

辺りは、雨の被害が一目でわかる有り様《ありさま》だ。

見渡す限りのぬかるんだ地面には、土砂《どしゃ》や折れた枝などが落ち、川の近くには橋の残骸《ざんがい》のようなものも見える。それらを先に着いた騎士たちが荷車に乗せて片づけている所だ。彼らの向こうには今なお荒れ狂う流れの川があり、霧がかったその川の奥に薄《うっす》らと町の影が見えた。

前に激しい流れの川が横たわり、後ろには山が聳《そび》え立つ、外界から分断された小さな町。

ぽつりぽつりと家々が立ち並び、その前にはこちらに向かって助けを求めているのか、手を振っている人の姿もかすかに見える。だが今は、彼らに近づくに近づけない。

水面に一歩でも足を踏み入れたら、途端に濁流《だくりゅう》に流されてしまうだろう。

「すごく速い流れね……」

だが流れはともかく、水位はさほど高くないのは幸いだった。これなら、水面に触れないよう注意深く作業していけばなんとか橋を架《か》けられそうだ。

少し離れた先で部下に指示を与えていたオーベルが、私たちに気づいて歩み寄ってくる。見れば、彼の後ろにはネルガシュの領主もいる。どうやらオーベルと騎士たちに詳しい現状を説明してくれていたようだ。

「姉上！　お待ちしていました。こちらの準備は上々です。お連れの姿を見る限り、そちらも無事説得が成功されたようで」

オーベルが言えば、領主が恭《うやうや》しく頭を下げる。

「王女殿下、ありがとうございます。このように遠い所までご足労《そくろう》頂いて……」

「オーベル、領主さん……。うん、なんとか協力してもらえることになったわ」

二人の顔を見て、ほっと肩の力が抜けるのがわかり、かすかに微笑む。

そんな私に一瞬労《いた》わりの眼差しを向けた後、オーベルは真剣な表情で口にする。

「そのいきさつをお聞きしたいところではありますが――とりあえず、この場を整備しなければ話は始まりますまい。橋の基礎となる支柱を立てるにも、きちんと場が整っている必要がある」

「そうね。白の民の皆にもお願いして、一緒に作業していきましょう」

まずは領主・騎士と白の民たちを引き合わせた。互いの紹介が終わった後は、全員で土砂《どしゃ》を片づけ仮橋《かりばし》を架《か》ける周辺の地面を整えていく。

それが一通り進むと、私はオーベルと領主、古株の騎士、それに白の民の族長を集め、彼ら四人と今後の詳しい打ち合わせを進めた。

おおよそは先程私が白の民の里で語った通りなのだけれど、その手順で本当に大丈夫かを彼らに確認してもらい、その上でしっかりと着手したかったからだ。

地面に木箱を積み上げて簡易机とし、そこに紙を広げてざっくりとした設計図を書いていく。その設計図に、さらに皆から注意点を書き足してもらう形だ。

ああでもないこうでもないと話し合いながら書きこんでいき、最終的に様々な字や図で埋まった紙を見て、オーベルが顔を上げた。

「よし……理論上はこれで問題ないだろう。まずは向こう岸の町民に仮橋《かりばし》を立てる事情を矢文《やぶみ》で伝え、両岸に支柱を立てる——あちらでそれが難しいようならば、代わりに土台となる何か重量のあるものを準備してもらう」

「それからこの二つの支柱を結ぶ紐を、弓矢で向こう岸まで渡す……ということですな。うむ、見た所あちらの岸のすぐ傍《そば》にも大きな木が生えておる。切り倒せれば支柱を立てる作業はなんとかなるでしょう」

唸《うな》りながら言った白の民の族長の言葉に、私も頷《うなず》く。

「無事に紐を渡すことができたら、その紐を徐々に太い紐に差し替えていく——これも問題なさそうね。渡した紐の尻尾に太い紐を結びつけて、向こうからたぐり寄せてもらえれば済むもの」

「そして太紐が無事渡ったら、その上に両側から床板を敷《し》いていく。しかし……これは向こうには流石《さすが》に厳しいか。木を切り倒すことはできても、そこから板を作るのは手間がかかる」

オーベルが思案気に呟《つぶや》いた言葉に、領主がはっとしたように声を上げた。

「でしたら、私の屋敷の蔵《くら》にうってつけの材木がございます。それを切り揃《そろ》えよと手紙に言づけましょう。それで足りなければ材木屋に融通《ゆうずう》するよう申し伝えます」

「そうできれば助かるわ。領主さんの署名があれば、皆すぐに動いてくれるでしょうし」

よし、良かった、これもなんとかなりそうだと、安堵《あんど》する。

「あとは、そうね……必要なのは作業中の休憩場所かしら」

仮橋《かりばし》の設置とはいえ、これは建設工事だ。一朝一夕《いっちょういっせき》でできるものではないから、当然数日分の食事や就寝場所を整えておかなければならない。

そんな私の呟《つぶや》きに、今度は古株の騎士が答えた。

「ええ。王女殿下の仰《おっしゃ》る通り、休憩や就寝に使える場所も早急に整えておく必要があるでしょう。作業後に寝床を用意していては、辺りが暗くなっていますでしょうし」

「うん……わかった。それは食事を含めて私の方で準備します。近くに町があるので、そこで可能な限り宿の手配をしてきますね。ただ、数軒しかなかったので、全員が泊まるのは難しいかもしれませんが……」

騎士と白の民を合わせた数は、およそ四十人。私と共に来たミランダやシロ、護衛の数も加えれば四十五人ほどになる。近隣の小さな宿屋に収めるには、少しばかり多すぎる人数だ。

「御礼申し上げます、王女殿下。それでしたら、一日置きの交代制で宿泊するのはいかがでしょう。宿屋に泊まらぬ者は橋の傍《そば》で野宿をすれば、良い見張りになりますから」

古株の騎士の提案に、オーベルもゆるりと頷《うなず》いた。

「それが良いだろう。――姉上、騎士たちには、現場の割り振りと共に宿泊順を伝えておきます。白の民たちもまた、交代の順番を決めておくと共に、適材適所を心掛けて配置を考えてくれ」

「承知。個々の適性を考え、無駄のない動きが取れるよう配置致しましょう」

族長が重々しく頷《うなず》く。よし、これで休憩場所の確保と役割分担も大丈夫そうだ。

私はひとまず護衛たちに指示し、紐や材木などの資材と宿の手配を急ぎ進めていく。資材がないことには、作業も始めるに始められないからだ。

ちなみに資材の準備や宿屋代は、オーベルと私の衣装用に配分された予算で賄《まかな》っている。これは元々王族の生活費として年度初めに割り当てられるそうだ。

私の場合は年度途中から王族に加わったため先頃配分されたのだが、私は衣装をほとんど作らないので、その余剰分を今回利用していた。

ただ、これは仮の措置だ。無事橋を架《か》け終わった後は、かかった費用の数割をネルガシュの領主から受け取るということで、彼との話はまとまっている。

そしてその代金は、今回動いてくれた白の民に丸ごと渡すとオーベルと二人で決めていた。騎士たちは国から給金が出ている上、今回も業務の一環で働いてくれているが、白の民たちは私たちが用意しなければ無償労働になってしまうからだ。

打ち合わせと手配が終わると、今度は全員を集めて作業の説明に入ったのだが、それはオーベルがてきぱきと進めてくれた。

集まった男たちを順に見据《みす》え、彼は風格ある態度で告げる。

「まず最初に俺たち騎士が矢を射《い》る作業から始めようと思う。向こう岸にいる町民に文《ふみ》を届け、現状を理解してもらった上で協力してもらわねば話は始まらん」

彼に続いて私も全員を見渡して告げた。

「そのために、騎士の皆さんの中で、一番弓矢が得意な方に協力して頂きたいのだけど……」

その言葉を聞いた瞬間、騎士たちの視線が一斉にオーベルへと向かった。統制の取れた彼らの動きに、私は思わず目を瞬《しばたた》かせる。

「あの……もしかして、オーベルなの？」

剣の手練《てだ》れという印象が強過ぎて、弓を扱うイメージがなかったのだが。

すると騎士の一人、活発そうな焦《こ》げ茶髪《ちゃがみ》の青年が目を輝かせて言った。

「はい、そうなんです！　団長は剣はもちろん、弓を手にしてもすごい方《かた》で。飛距離が長いだけでなく、正確なんですよ。どんなに遠く離れた敵でも、団長が弓矢を構えたら次の瞬間には……」

「ジョシュア、世辞はいいから早く弓矢を取ってこい」

だがそんな熱い言葉も、オーベルはあっさりと聞き流す。

ジョシュアと呼ばれた青年は、頬を紅潮させたまま心外そうに返した。

「お世辞なんかじゃ……！　王女殿下、本当なんですよ、見たらきっと目を瞠《みは》られますから。それに先日の戦いでは、団長の矢が見事馬上にいる敵将を……」

「──ジョシュア。二度言わせるな」

「は、はい！　行ってきます、団長！」

声の低くなったオーベルに機嫌が悪くなったのを悟《さと》ってか、青ざめた彼はびしっと敬礼しつつ駆けていく。新米《しんまい》騎士なのだろうか、なんだか主人に忠実で元気のいい、ワンコのような青年だ。

いつもこんな感じで稽古《けいこ》しているのかなと想像し、思わずふふっと笑ってしまう。

その後ジョシュア青年の持ってきた弓矢を握り、オーベルが矢を射《い》る準備が整った。

まずは矢文《やぶみ》を射《い》るということで、一歩進み出たオーベルを少し離れたところから私たち全員が見守る形となった。

「あの一本離れた木なら丁度いいか」

オーベルが的《まと》に定めたのは、向こう岸で他の木々から一本だけ離れて立つ細い木だった。見るからに遠い上、幹が細いせいで射程範囲も狭く、命中させるのは至難《しなん》の業《わざ》に思える。

けれど彼は目標を変えることなく、弓矢を持ちすっと綺麗な構えを取った。

そのまま左手で弦《つる》を引き、向こうを見据《みす》える。

「──では、参る」

そして彼は流れるような動作で躊躇《ちゅうちょ》なく矢を放った。

次の瞬間、矢が細い幹の真ん中に見事命中し、わっと周囲から喝采《かっさい》が湧く。

さっきのジョシュア青年が、両手を握り拳《こぶし》の形にして興奮しながら話しかけてきた。

「さっすが団長……！　王女殿下、ご覧になられましたか？　今の見事な型を！」

「え、ええ、見たわ。本当に良い腕前なのね」

できるだけ穏やかに返しながら、私は内心でドキドキと脈打つ胸の鼓動を抑えていた。

私は弓矢に関して全く詳しくないけれど、オーベルが自然な動作とは裏腹に強い力で弦《つる》を引いていたのがわかった。素人目《しろうとめ》にもそうとわかるほど、矢が長い飛距離をぶれることなく真《ま》っ直《す》ぐ飛んでいったのだ。それだけ鍛錬《たんれん》を積んでいるのだろう。

こんなことを考えている場合じゃないのに、オーベルは格好いいなぁと、改めて思ってしまう。うん……私の好きになった人は、やっぱり素敵な人だ。彼と結ばれる未来はないとしても、こうした一瞬を大切に胸に焼きつけておきたい。

その後、向こう岸の町民が、矢に巻きつけた文《ふみ》を確認する様子が見て取れた。こちらの意図も汲《く》んでもらえたようで、やがて数名の男たちの手によって大きめの丸太が運びこまれてくる。どうやらあれを支柱にするらしい。

向こう岸の設置作業が落ち着いた所で、今度は紐を渡す作業だ。オーベルが細紐を結んだ矢を再度向こう岸に放ち、それをあちらで固定してもらう。

その後、今度は渡した紐により太い紐を結びつけ、向こう岸から引っ張ってもらう。

それを何度か繰り返し、最終的に人の体重に耐えられるほどしっかりとした太紐を渡すのだ。

そうした騎士たちの作業を横目に確認しながら、私は白の民たちへ語りかける。

近隣の材木屋に頼んでいた板がいくつか届いたので、丁度良い頃合でもあった。

「では、白の民の皆さんはこの間に床板の準備をお願いしてもよろしいですか？　丁度今届いたのですが、橋の幅に合うよう大きさをそろえておく必要があるんです」

急ぎ手配はしたけれど、当然ながらまだ橋の幅が確定していなかったので、大きめのサイズを注文していたのだ。

すると、白の民の男が腕まくりしながらすぐ答えてくれた。

「わかりました。それなら、騎士さんよりも儂《わし》らの出番だ。木を切るなら任せてください」

周りの男たちも気合の入った表情で頷《うなず》いている。

そして族長の指示のもと、迅速に動き始めた。

ちなみに、シロも「おれも手伝う！」と言って切り出し作業に加わってくれている。

そんな彼らの姿に、ここは任せても大丈夫そうだと判断し、私はミランダと共に食事の準備に取りかかった。先程資材と共にわずかながら食材も届いたので、今の内に配給する夕食を作っておこうと考えたのだ。

「アカリ様、それでは竈《かまど》から組み立てていきましょう。まずは石を積み上げる必要がありますわ」

「そうね。あとは燃料に枯れた葉や小枝も必要よね。なんとか乾いたものを探して……」

そんな風にしゃがんで作業していると、後ろから草の揺れる音が聞こえた気がして振り返る。

すると繁《しげ》みの向こうに、近隣の村人と思われる素朴な青年の姿があった。

突然、大勢の見知らぬ男たちが集まって一斉に作業を始めたため、何事かと様子を見にきたのだろう。

「ええと、こんにちは……？」

私がぺこりと頭を下げると、彼は恐れ多いといった様子でがばっと頭を下げた。

「あ、あの、すんません、王族の方《かた》の作業を邪魔するつもりじゃ……あの、失礼します！」

そうわたわたと言うや、彼はまた慌てた様子でどこかへ走り去っていく。

やがて竈《かまど》の準備が整い、料理を作り始めた頃、先程の青年がまた現れた。

彼の後ろには、五人ほどの同年代の男たちがいる。彼らは顔を見合わせて一瞬気持ちを確認し合う様子を見せた後、勢いこんで申し出てきた。

「あの……俺たち、いや、私たちにも手伝わせてください」

「えっ、貴方がたも？」

驚く私に、彼らは真剣な表情で頷《うなず》いた。

「はい。俺ら今日まで、ネルガシュの奴らに同情はしても、何もしてやれることはないと思ってたんです。俺たちの村だけで手いっぱいで、手を貸すなんて無理だからって……」

「……でも、皆さんの様子を見てたら理由をつけて見て見ぬ振りをしてただけだって、気がついたんです。だから、俺たちも少しでも何かできたらと思って」

勇気を出してくれたらしいその申し出に、私は嬉しくなって微笑んだ。

「ありがとうございます。では、よろしければ向こうで荷を運ぶのを手伝って頂けますか？　その後、一緒にご飯を食べましょう。その頃には料理も出来上がっているでしょうから」

「は、はい！」

青年たちの頬が嬉しそうに上気する。そうして作業を進めるほどに、ぽつりぽつりと手を貸してくれる近隣の人々が現れ、次第に人手が増えていったのだった。

作業が始まって三日目。

初めはドレスを纏《まと》っていた私も、今は動きやすい簡素な服装に変えている。

王族である以上下手な格好はできないと、最初はできるだけ身綺麗《みぎれい》にしていたが、それだとご飯を作るにしても土砂《どしゃ》や枝葉を片づけるにしてもすぐに汚れてしまうし、思うように作業ができない。それに、以前サイラスに言われた言葉を思い出したのもあった。

人の本質は、その立ち居振る舞いにこそ現れるのだと。

それなら、たとえ泥に汚れた格好でも、背筋を伸ばして凛《りん》と立っていればいい。華美な衣装を纏《まと》っているから王族だと思われるのではなく、その立ち居振る舞い、行動こそが王族なのだと民に思ってもらえるように――

そう思い、私は今日も侍女服に似た服装で料理を作っていた。

三日の間大人数の食事作りを担当し続けた甲斐《かい》あって、今では結構手馴《てな》れている。

というのも、力仕事も手伝おうとしたけれど、流石《さすが》にそこまではさせられないと周囲の騎士たちに止められてしまったため、足手纏《まと》いになるよりはと、ミランダと共に食事係に専念することにしたのだ。

目の前の石組みの竈《かまど》では、大鍋がぐつぐつと煮えている。

小さな器《うつわ》に掬《すく》い取って一口味見し、私はうん、と微笑む。

「よし……！　なかなか良い味」

今作っているのは、野菜や肉をふんだんに使った煮込み料理。大所帯なのでこういう煮込み料理がどうしても多くなるのだが、その度に味つけを変えているので今の所は概《おおむ》ね好評だ。

隣の竈《かまど》で鍋を火にかけていたミランダが、嬉しそうに目を細めた。

「ええ、今日も食欲をそそる香りに仕上がりましたわね。きっと皆様も喜ばれますわ」

「うん。あとは何か甘いものでも作れたら、休憩時間に食べてもらえるんだけど……」

作業には体力を使うため、皆の顔に疲れが溜まってくるのが見て取れた。だからメイン料理の他に、砂糖を使った甘く滋養《じよう》のあるものも食べてもらいたかったのだ。

かといって、この状況でクッキーやケーキみたいに凝《こ》ったお菓子が作れるはずもない。

もし何かデザートを作れたところで、やはり煮込み料理のような感じになるだろう。

器《うつわ》に盛って配分できる汁物《しるもの》でないと、この人数に振る舞うにはなかなか難しいのだ。

「煮込むだけでできるものか……ジャムだとそんなに量が作れないし。あっ、だったら、善哉《ぜんざい》やお汁粉なんてどうかな？」

うん、それなら豆と砂糖、それにあとは少し塩を入れて煮込むだけで作れるし、水気が多いメニューだから量もかさ増しでき満足度も高い。

目を輝かせた私に、ミランダがきょとんとする。

「ゼンザイ、ですか？」

「そう。豆を甘く煮た料理ですごく美味しいの。私がいた所で好まれていたお菓子でね」

「豆を、甘く煮るのですか……」

ミランダがなんとも言えない微妙そうな顔をした。

そういえば元の世界でも、豆を甘く煮込む文化のある国は、日本以外に数ヶ国くらいだと聞いた覚えがある。この世界でも、豆はお菓子ではなくもっぱら食事用の食材で、塩や胡椒《こしょう》などで味つけするという認識が強いのだろう。

和風甘味《かんみ》の素晴らしさをもっと伝えたくて、私はさらに説明を試《こころ》みる。

「豆の種類にも寄るんだけど、小豆《あずき》……ええと、赤っぽくて小さい豆を砂糖で煮込むとすごくおいしくなるの。あっさりした風味だからかな、砂糖の優しい甘さとよく合ってて。ここにも、似た種類の豆があったらいいんだけどなぁ……」

そんな風に呟《つぶや》いていると、白の民の男が一人繁《しげ》みの向こうからやってきた。頭に布を巻いた、飄々《ひょうひょう》とした印象の三十代の男性だ。どうやら作業が一段落したらしい。

「おや、アカリ様に侍女殿、今日もまた美味そうな香りですなぁ。煮込みですか？」

「お疲れ様です。はい、今日も煮込みなんです。いつも似た感じになって申し訳ないいんですけど」

すまなそうに告げた私に、鍋を覗《のぞ》きこんだ彼はがははと豪快に笑う。

「いやいや、こうして具材がたっぷり入った料理なら、何よりの贅沢《ぜいたく》ってもんですよ。それに、作ってくれてるのはこんな美人さんたちだ。美味さも増すってもんです」

茶目っ気たっぷりに言う彼に、ミランダもふふっと笑った。

「まあ、いつもながらお上手ですこと」

「それと、甘い豆だのなんだの聞こえましたが、今度はそんな感じのを作るんですかい？変わった料理だが、王宮ではそういうのが流行《はや》ってるんで？」

「ううん、そういう訳じゃないんです。むしろ受け入れられるか微妙な感じのものなんですが、滋養《じよう》にいいから、ここでも作れたらなと思って。でも、肝心の豆がなくて……」

「ははぁ、そいつは気になりますな。じゃあ、そこらに豆が生《な》ってるのを見かけたら、すぐお持ちしますよ」

この辺りには豆どころか花さえ咲いていないのに、そうやって冗談を飛ばしてくる。

そんな彼に気持ちが明るくなるのを感じながら、私は煮込みを盛った器《うつわ》を手渡したのだった。

翌日もまた、朝から作業が始まる。

オーベルが張り上げた声に応え、皆が統制の取れた動きで作業していく。しっかりとした太紐が何本も渡されたため、今では滑車《かっしゃ》を利用して、ごく軽い資材なら送れるようになっていた。

「はっ!!」

「滑車《かっしゃ》で向こう岸へ板を送る。手が空いた者は手伝ってくれ」

オーベルの騎士服も他の男たちの着ている服も、一日の終わりにはいつも汗と泥でどろどろだ。だが泥に汚れても、彼らの誇りと強さは穢《けが》れない。真剣な眼差しで皆作業を進めていく。

そんな風に順調に進んでいると思われた作業だったが、ここである問題点が出てきた。

たまたま通りかかったところで、オーベルと騎士の会話が聞こえてくる。

「――向こうの作業とこちらの足並みが揃《そろ》わない？」

「ええ。あちらでも床板を敷《し》き詰める作業を進めてくれていますが、やはり人数が違いますし、手際の面でもどうしても後《おく》れを取ってしまうようで」

弱った様子の騎士の言葉に、オーベルが冷静に頷《うなず》く。

「文《ふみ》でやり方を伝えているとはいえ、あくまで文面だけのことだからな……手間取るのも当然か。かと言って、向こうの速度に合わせていてはこちらの作業も進められない。また雨が強くなる前に、床板を嵌《は》める作業を終わらせたい所だが」

彼らの会話を聞き、私は吊り橋《つばし》の作業行程を思い浮かべてみる。

今は支柱の両側に太紐が幾本《いくほん》も渡され、その上に床板を敷《し》き詰めている段階だ。この作業は向こう側の協力もあり、両側から床板を敷いていっている訳だが、同じ速度で進めていかないとまずい。

なぜかというと、どちらか一方だけ進めるとその側に重量が偏《かたよ》り、紐に負荷《ふか》がかかってしまうからだ。そうすれば紐が傷《いた》み、最終的に切れてしまう可能性も出てくる。だから、なるべく同じスピードで進めるために向こう岸の作業効率を少しでも上げたいが、それが難しいということだ。思わず私もうーんと唸《うな》る。

「誰かが向こうに行って作業を手伝うか、やり方をもっと詳しく説明できたら一番なんだけど、それが難しいんだものね」

一度手本を見せれば彼らもコツを掴《つか》めるのだろうが、人を送れないからこそ、今この橋を架《か》けようとしている訳で。オーベルもまた視線の先で難しい顔になっている。

だが、そこに居並ぶ人たちの中、真剣な表情で名乗りを上げる者がいた——シロだ。

「オーベル、アカリ、おれが向こうぎしにいく！」

「シロ!?　気持ちは嬉しいけど、まだ川の流れが速くて船は出せないのよ。それじゃあ、どうしたって向こうに行くことは……」

驚いて言い募《つの》る私に、シロはふるふると首を横に振る。

「ちがう。船でいくんじゃなくて、紐を伝ってあっちにいく」

「紐を伝ってだと？」

同様に驚いた様子で尋ねたオーベルに、シロはこくんと頷《うなず》いた。

「そう。おれならみんなよりだいぶ軽いから、紐に乗ってもきっと橋をいためないでいける。それに途中までは板がのってるから、紐の上をあるくのはそんなに長いきょりにならない。だから大丈夫」

彼の言葉通り、まだ紐だけの状態なのは中央近辺だけ。両脇には手すりとなるような紐も通してあるので、両手でその紐を掴《つか》み太紐の上を歩けば、確かにできるかもしれない。だがそれは曲芸に近い高度なバランス感覚を必要とする動きだし、危険であることには変わりない。

「でもシロ、もし川に落ちたりでもしたら……」

ハラハラと不安を隠せない私に、シロははっきりと口にした。

「アカリ、大丈夫。おれ、ぜったいにおちない。それにたぶん、今がおれの動くときなんだと思う。だから、いきたい」

「動く時……？」

「そう。アカリやオーベルも、その時がくるとまよわずに動く。たぶん、自分がそれをしなくちゃってわかってるんだと思った。自分以外にはできないことだから動くんだって」

「シロ……」

「おれ、この何日かで板をくくりつけるの、すごく上手くなった。ちゃんとむこうで教えられる」

懸命に言い募《つの》る彼をじっと見据《みす》えて、オーベルが静かに口にした。

「――わかった。ならば、お前を男と見こんで頼もう」

「オーベル……！」

まさか許可するとは思わず目を瞠《みは》る私に、彼はさらに続ける。

「姉上。シロの言葉は道理に適《かな》っている。今向こう岸に行けるのは、最も身軽で運動能力にも長《た》けたシロ一人です。この男がそれだけの鍛錬《たんれん》に励んでいた所も見ています。それに、動くと決意した者は止められるものでもありますまい」

彼にはシロの決意が理解できるのか、迷いのない口振りだった。

心配な気持ちは消えないけれど、私もこうやって止めてはいけないのかもしれないと徐々に理解が追いついてくる。

少しでも速く橋を架《か》けることができれば、それだけ速くネルガシュの人たちを助けることができるのだから。それに命綱《いのちづな》をしたりと、工夫次第でシロの危険をぐっと減らすことだってできる。

「……わかった。でもシロ、もし少しでも危ないと思ったら、その時はそれ以上無理はしないでね」

「うん、しない。でも、きっとうまくいく」

力強い眼差しで頷《うなず》き返したシロに、オーベルが指示を出す。

「少しの間待て。一度手を止めて橋を揺らさないよう、向こう岸に要請しておく」

「わかった！」

シロがぐっと力をこめて頷《うなず》く。オーベルが矢を射《い》って向こうに連絡する間、そんなシロの身体に私は慎重に命綱《いのちづな》を巻いていったのだった。

全ての準備が整うと、皆が見守る中、シロはぐらぐらと揺れる吊《つ》り橋《ばし》を一人渡っていく。

両脇にある紐を握り、ゆっくり歩いていく足取りは、思っていた以上に危うさがない。

足元にある床板がやがてただの太紐だけに変わると、その上もまたシロは慎重に足を乗せて歩いていく。

完全な綱渡りではないにしろ、かなりバランス感覚が問われる代物《しろもの》だ。

もし一歩でも踏み誤《あやま》れば川の中に真っ逆さまに落ちてしまうだろう。だが彼は、一歩一歩確実に踏み進め、身体がぐらりと傾《かし》いだらすぐに足を止める。皆が緊張に息を止めて見守る中、シロは眼差しを向こう岸から少しも逸《そ》らさない。

恐怖はあるだろうに、それを見せずに彼は慎重な足取りで歩き続けた。

やがて――

「やった、着いた！」

シロが向こう岸の町人たちにわっと迎えられたのを見るや、誰からともなく安堵《あんど》の溜息や喝采《かっさい》が上がった。私もまたほっと息を漏《も》らす。

「良かったぁ……！」

成功したのはもちろんだけど、何よりシロが無事で良かった。

隣にいるオーベルもまた安堵《あんど》の籠《こ》もった声で口にした。

「ええ。無謀《むぼう》と勇敢は紙一重《かみひとえ》ですが、今のシロはまさしく勇敢でした。――あいつの気持ちに応えるためにも、こちらも急ぎ作業を進めていきましょう」

「そうね。完成まであともう少しだもの」

見ればシロは、疲れているだろうに、さっそく向こう岸で指導を始めていた。

彼に頷《うなず》きながら町人たちが床板を敷《し》く作業を進めていく様子が見て取れる。それは次第に、スピードを増していった。

その後は両岸で全力で作業が進められ、橋は見る間に形になっていった。もちろん、あまりに雨が強い時は作業を進められないので、その時は皆、体力温存も兼ねて休憩場所で待機する。

やがて——着手してから十日目にして、吊《つ》り橋《ばし》は完成した。

本橋を架《か》けるまでのあくまで一時的な仮橋《かりばし》とはいえ、それでも驚異的な速さだった。体力や腕力のある人々が多く集まり、速度を落とさぬよう上手く交代して進めたことが功を奏《そう》したのだろう。

最後の床板を敷《し》き終わった瞬間、周囲からわっと喝采《かっさい》が上がる。それは両側の人間がようやく顔を合わせられた、喜びの声でもあった。

見れば騎士も白の民たちも、それに私やオーベルも、皆服や手足が泥で汚れている。当然だ、雨の中作業を続けたのから。顔にも隠せない疲労が滲《にじ》んでいるが、皆晴れやかなやりきった笑みを浮かべていた。そんな彼らの顔を見据《みす》え、オーベルが最後に声を張り上げる。

「よし、これで橋は渡った。もうすぐ手配した医者も来る頃だろう。その前に、俺たちは患者の安否確認に動く。――動ける者は、俺の後に続け！」

「はっ!!」

誰一人として、休もうとする者はいなかった。皆、汚れた顔に強い意志を覗《のぞ》かせてオーベルの後に続いていく。この人の後についていけば間違いはないと確信しているような顔だった。

そんな彼らと、彼らの尊敬を集めるオーベルの姿に嬉しい心地になりながら、私もまた後に続いて橋を渡り、ようやく辿《たど》り着いたネルガシュの町を見渡す。

家々の前を駆けると、辺りに声を張り上げた。

「皆さん、今、橋が通りました！　誰か具合の悪い方《かた》はいらっしゃいませんか？　もうすぐお医者さんが来てくださるので……」

すると、ある家から家人に肩を貸される体勢で、お腹の大きい妊婦さんが出てきた。すぐに彼女のもとへ駆け寄る。

「大丈夫ですか？」

「ええ……でも、もうすぐ生まれそうで、不安で……」

家人は私の黒髪黒目に驚いた様子を見せたが、痛みに苛《さいな》まれる彼女はそれ所ではないらしく、苦し気に口にする。そんな彼女に、安心させるように穏やかな口調で告げた。

「橋が架《か》かりましたから、もうすぐお医者さんがここにいらっしゃいます。だから、もう大丈夫。それまでどうか家に戻って安静にしていてください」

「そう……良かった」

妊婦は脂汗《あぶらあせ》の滲《にじ》む顔に、ほっと笑みを浮かべた。作業が進んでいると聞いてはいても、完成がいつになるかわからなかったため、お腹の子のことで気が気でなかったのだろう。

彼女を落ち着かせて寝床に戻すと、私は橋の傍《そば》に行き医師の到着を待った。

十分くらいした頃、医師たちが橋を渡って町の入り口に姿を見せた。老齢の医師の後ろには、若い青年医師たちも五人ほどいる。老齢の医師は私の姿に目を瞠《みは》った後、恭《うやうや》しく礼をした。

「これは王女殿下……！　到着まで長らくお待たせしました、患者はどちらにおられるのでしょう」

私は頷《うなず》いて、彼を誘導するため先に歩き出す。

「こちらです。今、ご案内します」

「し、しかし、崇高《すうこう》なる黒の王族にご案内頂くなど……」

代わりに誰か人を寄越すとでも思っていたのだろう。慌てた医師に、私は穏やかな声《こわ》音《ね》で返す。

「大丈夫です。今は誰も色のことなど気にしていませんから」

そう言って辺りを見渡す。そこには今、様々な色の人たちが笑い、泣き合う光景があった。

白の民の証《あかし》である白銀《はくぎん》の髪の男と、泣き笑いの顔で肩を叩き合う茶髪の騎士。かと思えば、黒髪のオーベルが泣き止《や》まない赤子を腕に抱え、どこか弱ったようにあやしている。それを微笑ましげに見守る金髪の老婆《ろうば》の姿。

そこに色の境目《さかいめ》は——いや、身分の境目《さかいめ》はどこにもなかった。

「ほ、これは確かに……」

思わずといった様子で目を細めた医師は、次いで感じ入ったように緩《ゆる》やかに首を振る。

「まさかこのような光景に見《まみ》えることになろうとは……長く生きるのも悪くはありませんな」

そして彼は私に向かって跪《ひざまず》き、深々と礼をする。それは初めの挨拶の時より丁重で、心の籠《こ》もった礼だった。

「それでは王女殿下——いえ、アカリ様。ご案内をよろしくお願い申し上げます。私とこちらにおります私の弟子たちが、必ずや貴女様がたのお役に立ちましょう」

病人たちのもとへ案内した彼らは、鞄《かばん》から医療器具を取り出し、言葉通り腕を振るい始めた。その近くでは、物資や薬を家々の玄関まで届けるため、駆け回る騎士や白の民たちの姿。

少しずつ町が、安堵《あんど》と活気を取り戻していく様《さま》が見て取れる。

その様子を眺め、時に泣く子供を抱き上げてあやしながら歩いていると、また一人橋の向こうから駆けてくる人影が見えた。どうやら後ろに従者を数人連れているようだ。

「アカリ様……！」

「あっ、サイラス！」

ようやくはっきりと目に映った馴染《なじ》みの侍従の姿に驚く。

私とオーベルが王宮を離れている間、サイラスはずっと王宮に留まり、そのフォローに動いてくれていたのだ。仮橋《かりばし》建設の作業の間、彼から着替えなど荷物が届くことは何度かあったが、こうして本人と顔を合わせるのは久し振りだ。橋の完成が間近であると伝える文《ふみ》を送ったため、迎えに来てくれたのだろう。

彼は私の姿を目にするや、途端におろおろとした。

「ああ！　なんと、そのように泥だらけのお姿で……」

慌てて自分の上着を肩にかけてくれた彼に、私はふふっと笑って答える。

「私だけじゃなく、皆こんな格好よ。ほら……見て」

私の言葉に驚いたように周囲へ目を向けた彼は、人々の様子を見て目を細める。

「これは……皆様、良い顔をしていらっしゃる」

「でしょ？　オーベルやシロ、それに皆が頑張ってくれたから……だからこんな風に成功したの」

嬉しくなって胸を張る私に、サイラスがおやと眉を上げる。

「私は、アカリ様のご行動のお陰でことが上手く運んだと聞き及んでおりますが」

「えっ？」

思わぬ言葉に目を瞬《しばた》いた私に、サイラスはより一層眼差しを細めた。

「姉上のご尽力《じんりょく》により、白の民の協力が得られた。それに恥じぬよう俺も動くと、オーベル様は文《ふみ》に書いておられました。アカリ様のなさったことが、あの方《かた》のお心に火をつけたのでしょう」

「そうだったんだ……」

オーベルの思いに、じんわりと嬉しい気持ちになる。いつだって彼は不敬で尊大そうに見えてその実、相手の行動や思いを尊重し、理解しようとしてくれる。

私は照れくささを隠そうと話題を変えた。

「えっと……それにしてもサイラス。貴方が来たってことは、迎えに来てくれただけでなく、もしかして王宮で何かあった？」

「問題と申しますか……その、いささか抱えきれなくなりまして」

「そんなに仕事が大変だったの？」

負担を強いてしまったのかと心配になり見上げると、彼は面映《おもは》ゆいようななんとも言えない表情をしていた。

「サイラス？」

「いえ……そうではないのです。オーベル様とアカリ様宛てに届いたお荷物を幾度《いくど》かこちらにお送りさせて頂きましたが、それでも追いつかないほど届けられるようになりまして。それで橋が架《か》かったのならばいっそと思い、この度まとめてお持ちしたのです」

「荷物？」

「ええ、王子殿下と王女殿下が南の町の救援に動いた話が民にまで広まったのか、あれも使ってほしいこれも使ってほしいと、様々な物資が届きまして……それをお届けに上がった次第です」

後ろを振り向いた彼に応えるように、三人の従者が胸いっぱいに抱えた荷物を見せる。

「すごい……！　こんなに沢山……!?」

布に包まれた中には、様々な物が入っていた。服や肌着、日持ちのしそうな食べ物、雨避《よ》けになりそうな幕。よく見ると、数日前に私が欲しがった豆と砂糖がセットで入った箱もある。どうやら誰かが送ってくれたらしい。胸が震えるのを感じながら、それらを見つめる。

「私たちのこと、応援してくれている人たちがいるのね……」

「ええ。王族という貴《とうと》い身分であられる方《かた》が、雨に困る民を助けるため動いてくださったのです。……自分もいつ同じ立場になるかわからないと思えば、より黙っていられなくなったのでしょう。アカリ様方《がた》の行動は、きっと彼らに希望を与えたのだと思います」

「希望……」

「そうです。そしてそれは、人々の心に深く刻みつけられるでしょう。私だけでなく、皆の心にも」

サイラスが静かに、けれど思いをこめて口にする。

その呟《つぶや》きが、私の胸に静かに染みこんでいったのだった。

ネルガシュの町の救援活動がひと区切りし、私たちが王宮に戻ったのは、それから二日後のことだった。

白の民の男たちもまた、町の人々が助かったのを実感するや、祝いの酒宴もそこそこに自分の元いた町へと三々五々帰っていった。彼らへお礼を送ることなどすべきことはまだ色々あるけれど、とりあえずの危機を乗りきれてほっとする。

王宮の離れにある特訓部屋に戻った私は、長椅子に腰を下ろして深く息を吐いた。ネルガシュの町で振る舞われたのを飲んでしまったせいで、空気が少しお酒臭い。

ミランダとサイラスはさっそく侍女と侍従の仕事へ戻り、疲れたシロは自分の部屋でぐっすり眠っているので、今この部屋にいるのはオーベルと私だけだ。

ここに戻ってくるのもなんだか久し振りで、肩の力が抜けてしまう。移動日数も含めれば正しくは二週間振りなのだけれど、だいぶ長い間離れていたような心地になる。

「それにしても本当に良かった……なんとかなって」

妊婦さんも重病人たちも、大事に至らなくて良かったたし、白の民の男たちの笑顔と、それを微笑まし気に見つめる周囲の視線もまた嬉しかった。着実に一歩ずつ、この国は良い方向へ進んでいるのだと思えて。

椅子に座る私の傍《そば》に立つオーベルもまた、安堵《あんど》したように口を開く。

「ええ、良かったです。白の民や騎士たちの動きが迅速だっただけでなく、姉上が持ってきてくださった本のお陰でもあるでしょう。橋の理論や構造を無駄なくわかりやすく理解できる本を、よくこの急場でこれだけ選び抜いて持ってこれたものだと、ネルガシュの大工も褒《ほ》めていました」

「そうだったみたいね……それには私も、ちょっとびっくりした。レジナルドが選んでくれたんだけど、本当に短時間で見極めて選んでくれた感じだったから」

思っていた以上に真摯《しんし》に、本当に役立つものをと、レジナルドは選んでくれていたのだろう。少しずつ、あの冷淡そうな青年の印象が変わってくる。

「愛想のない男ではありますが、能力は折り紙つきということでしょう。——しかし姉上、それにしても貴女は相変わらず無茶ばかりなさる」

飄々《ひょうひょう》とちゃちゃを入れてきた彼に、私はくすりと微笑んだ。

「もう、それを言うならオーベルもでしょ。……まさか、お医者さんをあんなに手配してくれていたなんて思わなかったもの」

そう——あの後、さらに続々と医師たちがやってきたのだ。いつの間に手配していたのだろうと驚くが、彼の人脈と行動力のお陰で近隣の住民たちも助かった。

いつも先を見越して動いてくれる彼に、改めてお礼を伝える。

「ありがとう……オーベル。突拍子もない提案だったのに、それをこうして形にしてくれて。貴方がいてくれなかったら、きっと成功しなかったと思う」

「それは俺の言葉でしょう。貴女はいつだって俺の予想を超えてこちらを翻弄してくださる。……そして、それが悪くはないと思える」

「あはは、それ、褒《ほ》められてるのかな……」

酔いのせいで忘れていた疲れが表に出てきたのか、少しうとうとしながら返す。

オーベルは皮肉も上手いから、今みたいに頭が働かない時はどっちの意味かわからなくなるのだ。

そんな私に歩み寄ると、オーベルがあやすように私の髪をくしゃりと撫《な》でる。

「……無理をなさらず、今は眠っておられるといい。俺が部屋までお運びします」

「うん……」

そうして彼の両腕に抱き上げられるのを遠い意識の中で感じながら、私は頷《うなず》く。

オーベルの熱の籠《こ》もったような囁《ささや》きが耳に届いた。

「本当に貴女は、何度俺の心を奪えば……」

最後はよく聞こえなかったけれど、想いをこめた囁《ささや》きのようだった。次の瞬間、額《ひたい》に何か柔らかなものがかすかに触れた気がする。

なんだろう、今の。わからないけど、オーベルもなんとなく嬉しそうで良かったな。

そんなことを思いながら私は意識を手放したのだった。

──翌朝。私はがんがんと痛む頭に、目を覚ました。

「あ、頭、いた……」

おかしい、なんでこんなに頭痛がするんだろう。

寝台の上で首を捻《ひね》り、そうだ、ネルガシュでお酒を飲んでしまったんだと思い出す。

お酒に弱い私だけど、祝い酒だとしきりに勧められては流石《さすが》に断れなかった。

それでこの離れに戻り、オーベルと話している途中で眠ってしまったのか。

「そうだ、確かオーベルが抱き上げて運んでくれて……」

確かお姫様抱っこで……と、思い出した所でふいに恥ずかしくなり、熱を持った顔を寝台の枕にぼふっと埋《うず》める。

なんだかんだ言いながらオーベルが私を大切に扱ってくれるのはわかっていたけれど、流石《さすが》にあれは恥ずかしい。いや、彼にあんな風に抱き上げられたことはこれまでも何度かあるんだけど、それでも無性に照れくさくて仕方なかった。

……きっと彼が、私にとって大切な人になってしまったからなんだろうなと思う。

雨の中、一緒に仮橋《かりばし》を架《か》ける日々を過ごしたことで、さらにその想いをはっきり自覚してしまった。凛々《りり》しい彼の姿を見て密《ひそ》かに惚れ直して、仲間たちに慕《した》われる彼の姿を見て嬉しくなって。

「やっぱり私、オーベルのことが好きなんだなぁ……」

枕を胸に抱き締めたまま、ぽつりと呟《つぶや》く。

姉のままでいるつもりだったけれど、それでもやっぱり駄目みたいだ。気がつくとすぐに彼のことを考えてしまう。そして――自然と思ってしまう。ああ、彼の傍《そば》にいたいなって。

――自分でも、もうだんだんとわかってきていた。私はたぶん、日本と彼の傍《そば》とを天秤にかけた時、彼の傍《そば》を選んでしまうんだろうなって。

日本やそこに住む家族のことは、もちろん大切だ。だけどこのまま日本に戻ったらきっと、私は抜け殻《がら》のようになってしまう気がした。オーベルやここにいる皆のことを思い出して、ぼんやりと覇気《はき》のない日々を過ごすだけの抜け殻《がら》に。それならいっそここに……とも思ってしまう。

「……なんて、ずっと傍《そば》にいられる訳じゃないのに。でも、そうできたら嬉しいな……」

オーベルがどこかの王女様と結婚するまでの間――それまではこうして傍《そば》にいたい。

それに、王を決める議会が終わるまでは、姉としてきっと力になれるはずだ。そう思うことが今の私にとっての幸せだった。

物思いに耽《ふけ》っていると、ミランダがやってきた。

「アカリ様、御手紙が届いてございます」

そうして彼女が差し出したのは、白の民の長老からの手紙。

「あっ、すごい！　早速お手紙くれたんだ」

相変わらず白の民は動きが速いなと思いながら、寝台から下りて受け取り、手紙を開く。

そこにはこんなことが書いてあった。

『まずは仮橋《かりばし》建設の成功、お喜び申し上げる。そなたの手にあったのは、確かに諸刃《もろは》の剣《つるぎ》じゃった。しかし見事それを溶かし、強固な盾《たて》を作り上げた。民の命を守り、我ら白の民を守る無二の盾《たて》をな。それだけの熱を持つそなたなればこそ、また別のものも溶かしたのかもしれんのう』

「別のもの？」

なんのことかわからずに首を傾《かし》げつつも、私は続きを読み進める。

『別のもの……そうじゃのう、言い換えれば固く閉じた鉄の心とでも言うべきか。我らに協力してくださっているあの方《かた》のお心は、儂《わし》らにもどうともできぬゆえ。そなたの望みの品を密《ひそ》かに差し入れながらも、いつもながら素っ気なくも素知らぬ振りで……はてさて、あれも厄介《やっかい》なお人じゃ』

どうやら白の民に協力している貴族を指しているらしい。難しい性質のその人の心を、私が溶かしたのだと。でも私は、その正体さえ知らないのに。

それにしても、この文面になんとなく違和感があるような……？

だって、私が諸刃《もろは》の剣《つるぎ》の話をしたのは、彼ではなく確か別の人とのはずだ。それに私の望みの品って、最近私が欲しがったものなんて、せいぜい小豆《あずき》や砂糖ぐらいで――

そこでようやく、この手紙の中にある大きなヒントに気づく。

「ああ……そうか。協力者ってあの人のことだったんだ……！」

今までバラバラだったピースがこの瞬間、ひとつに繋《つな》がった気がした。

そして私は手紙を仕舞うと護衛を一人連れ、ある場所へと向かったのだった。


目指したのは、王宮の図書室。

相変わらず静謐《せいひつ》で落ち着いたその空間では、蔵書《ぞうしょ》に囲まれた風景に溶けこむように、今日も片眼鏡《かためがね》をかけた美青年――レジナルドが書架《しょか》に向かって本を整理していた。

すぐに私に気づいて視線を向けた彼に、真《ま》っ直《す》ぐに歩み寄る。

「こんにちは、レジナルド」

「ご機嫌麗《うるわ》しく存じます、アカリ様。今日もお調べものですか？」

相変わらず淡々と素っ気ない声。けれどその台詞《せりふ》でふと気づく。

そう、彼は他の貴族たちと違い、いつだって私を「アカリ様」と呼んでいた。「王女殿下」ではなく、白の民たちと同じように。だから私は確信を持って口にする。

「いいえ。今日は貴方にお礼を言いに来たの。——それと、私の予想が合っているかを確かめに」

「予想、でございますか」

「そう。白の民たちに協力していた貴族は、貴方なんでしょう」

はっきりと告げた私に、彼はすぐには答えなかった。逆に静かに問いかけてくる。

「……なぜ、そのようなことをお思いに？」

「一番のきっかけは、さっき届いた白の民の長老からの手紙。貴方とした会話の内容を、なぜか彼は知ってた。私は伝えていないのだから、貴方が伝えなければ知り得ないはずでしょう？」

「どのような文面かは測りかねますが、それは恐らく偶然かと思いますが」

「そうね、これだけなら確かにただの偶然なのかもしれない。でも、手紙にはもう一つ気になる部分もあった。それに貴方だと仮定して考えると色々なものが符号《ふごう》するの。まず、白の民の協力者は貴族で、王宮にいるということ」

「王宮内で仕える貴族は、私の他にも無数にいるのでは？」

「ええ、沢山いるわ。……でも、白の民からの手紙を幾度《いくど》も自然に届けることができる部署は限られている。例えばそう、紙を多く扱う部署でもなければ」

レジナルドは司書長だ。王宮内で本を手に歩いている姿を時々目にしていたが、そこに白の民から預かった手紙を隠してオーベルをはじめとする、様々な部署に手紙を届けていたのだろう。もし彼宛てでない手紙を持っている所を見咎《とが》められても、司書として読めない文の解読を依頼されたのだと答えれば、言い訳がつく。

私を静かに見据《みす》えたまま、レジナルドが小さく首を傾ける。

「では、アカリ様の仰《おっしゃ》る通り私が白の民からの手紙を届けていたとして、その動機は？」

「それは……私にもわからないわ。でも、一度そう思ったら貴方としか思えなくなった」

「それはまた、なぜ？」

じっと私を見つめた彼の問いかけに、私ははっきりと口にする。

「だって貴方の行動は、思い返すとどれも白の民……それに私のためを思って取った行動のように思えたから。……初めは貴方のこと、私を疎《うと》ましく思っている貴族の一人だと思っていたわ。でも違うんじゃないかって、少しずつ思うようになっていったの」

私はこれまでのことを思い出しながら続ける。

「以前貴方は、私に白の民の問題についてきちんと考えるように言ってくれた。それに私が橋の架《か》け方が書かれた本をほしいと言った時も、役立つ本を何冊も選んでくれたわね。橋の種類について詳しく載っている本……咄嗟《とっさ》に渡してくれたにしても、的確だった。それで、貴方はもしかして私のすることをきちんと見ようとしてくれている人なのかなって気持ちが変わっていったの」

もし彼が私を疎《うと》ましく思う貴族なら、あそこで全く役立たない本を渡すことだってできた。橋に詳しくない私にはすぐに見抜けないからこそ、素知らぬ振りで妨害することも。だが、彼は真摯《しんし》に本を選んで作業を後押ししてくれたのだ。

「それは……」

かすかに視線を逸《そ》らしたレジナルドに、私はさらに続ける。

「それにネルガシュの町に着いて、橋が出来上がってからも一つ気になることがあったの。それはね、赤っぽい豆と砂糖」

「豆と砂糖？」

「そう、ミランダと白の民のある男性の前で、私、甘い豆の煮込みが作りたいから、豆と砂糖があればなって話したの。そうしたら、王宮に届けられた私宛ての荷物の中にそれが丁度入っていた」

「それこそ、たまたまなのでは？」

「そうね。でも、偶然にしては不自然じゃない？　今まで豆なんて一度も届かなかったのに、その話をした何日か後、砂糖と一緒に届いたの。この国では豆を甘く煮込む文化なんてないのに、砂糖と一緒に。それって不思議よね？」

豆を甘く煮ると言ったら、ミランダだって微妙な顔をした。この国では普通、セットで送られてくるはずのない組み合わせなのだ。豆の話を知っているのは、ミランダ以外はその場に居合わせた白の民の男だけ。

そして白の民の長老は、手紙で協力者が私の望む品をこっそり送っていたと言っていた。彼に「諸刃《もろは》の剣《つるぎ》」の話をした協力者が、送ったのだと。それはつまり――

「貴方は、橋を架《か》ける作業をしていた白の民の男たちから、逐一《ちくいち》私や仮橋《かりばし》に関する情報を受け取っていた。そしてその都度、足りない物資をこっそり送り届けてくれていた。……きっと、そういうことよね？　善意で物資を送ってくれた人たちの中に紛《まぎ》れこませる形で」

そう思うと、色々なことに説明がついた。

私の要望がすぐ反映された荷物。私の説得に比較的すんなりと頷《うなず》いてくれた白の民たち。それは背後に控える何者かの協力があればこそだったのだろう。

それに、と私は続ける。

「前にこの図書室で、貴方は『自分の乗った玉を操《あやつ》れないような愚者《ぐしゃ》になるな』って言ったわよね。あれも白の民のことを案じて……それに、私のことも心配して忠告してくれたんじゃない？」

あの言葉が頭から離れなかったことで、白の民の境遇を変えるより良い方法を模索《もさく》して今回の件に結びついたのだから、彼の言葉が全てのきっかけと言っていい。

ただ、彼がそこまでして白の民に手を貸す理由だけはわからなかった。彼らにはなんの繋《つな》がりもなさそうなのに。

だから私は、彼を真《ま》っ直《す》ぐに見つめて尋ねる。

「ねえ、一つだけ教えて。どうして貴方は白の民に手を貸しているの？」

「それは……」

「言いにくいことなら言わなくていいわ。でも、私が尋ねても良いことなら教えてほしい。もしかしたら、私で力になれることもあるかもしれないから」

そんな私をしばらく静かに見つめ返していた彼は、やがて小さく息を吐き、ぽつりぽつりと真相を語り始める。

「そこまでおわかりならば、認めざるを得ないでしょう。ええ、私は白の民に手を貸しています。ただ、元々彼らと私は一切の関わりがありませんでした。……いえ、ないと思っていました」

「ないと思っていた……？」

「ええ。私が生まれる前に亡くなった祖母が、実は白の民だったとわかったのです。――隠れて暮らしていた彼女を祖父が見初《みそ》め、妻にしたのだと。そして、周囲には彼女の正体を知られないよう、息を引き取るその時まで隠し通していたのだと」

「そうだったの……」

レジナルドの容姿は、美しさを除けば白の民の血が混じっていることなど感じさせない顔立ちだったから、純粋に驚く。彼の髪は金色だし、目だって青色だ。

その青い瞳でどこか遠くを見つめ、彼は話を続ける。

「それでも、もう故人です。祖母が白の民だったからといって、特になんの問題も関係もない。そう思っていたのですが……妹が生まれた時にそれは変わりました。――妹は、白の民の特徴が色濃く出た容姿をしていたのです。髪は白銀《はくぎん》で、目は淡い青緑《あおみどり》。髪を染めようにも、肌が弱いせいで染料《せんりょう》の類《たぐい》を受けつけなかった」

そこでレジナルドは目を伏せた。

「故《ゆえ》に妹は、屋敷の中に閉じこめられました。もし白の民と知られれば、どんな手酷い扱いを受けるかわからない。……私たち家族は、彼女を隠すことでなんとか周囲の悪意から守ろうとしたのです。それが、きっと彼女のためなのだと信じて」

「そうして妹を守る内に、隠れ住む白の民たちのことも同様に案じるようになって、放っておけなくなった……？」

彼の気持ちを何となく察して尋ねると、頷《うなず》かれた。

「ええ。自分の思いについて深く考えたことはありませんでしたが、きっとそういうことなのでしょう。ある時、街角で町民たちから暴行を受けていた白の民の男を見かけた時、気がつけば馬車に乗せて治療していました。そこから繋《つな》がりが生まれ、手を貸すようになったのです。彼らが闇に隠れて生きるつもりなら、ささやかながらそれに手を貸そうと。それこそが彼らのためなのだと」

彼は一度言葉を止めると、長い前髪を掻き上げ、隠れていた右目を見せた。

そこにあったのは、青い左目とは違い、ごく淡い青緑色《あおみどり》の目。――白の民と同じ色の瞳だった。

「その瞳……」

驚く私の前で、彼は淡々と続ける。

「このように私は右目だけでしたが、妹は白の民にしか見えない容姿で生まれました。

白銀《はくぎん》の髪は目を奪うほどに白く、目の色はごまかしようもないほど淡い青緑色《あおみどり》。故《ゆえ》に、仮装舞踏会の夜も心ない男に傷つけられ――いえ、傷つけられそうになりました」

その言葉に、あることを思い出してはっとする。

「え？　じゃあもしかして、あの日あそこで踊っていたのは……」

仮装舞踏会の夜、楽しげに踊っていた十歳位の白銀《はくぎん》の髪の少女がいた。

白の民そのものの姿で、踊り子姿で軽やかに踊っていて――

レジナルドが頷《うなず》く。

「ええ、あれが私の妹、リアンヌです。いつもは屋敷の中に息を潜《ひそ》めて暮らす妹ですが、仮装に隠れて華やかな場を楽しめる滅多にない機会があると知り、是非とも参加させてやりたかった。そのため、招待状を持たせ参加させたのです。ですが……」

「そこで運悪く酔っ払い男に絡まれてしまったのね……」

ようやく、色々なことが腑《ふ》に落ちた。

そうか、それで彼女はあんなに嬉しそうに伸び伸びと踊っていた反面、近づいてくる人間にひどく怯《おび》えた様子だったのか……

「私は、妹を暗闇の中に隠し、守っていこうとしました――けれど、貴女は違った。彼らを……白の民を、陽《ひ》の下に出そうとなさった」

「レジナルド……」

「花の精霊グリナーダの姿をした、勇敢な黒目の女性。妹の話を聞く内、それが誰なのかわかりました。以前より白の民たちから聞き及んでいた通り、貴女が私の告げた諫言《かんげん》をきちんと考えて動かれるような方《かた》ならば、私もまたそれに応えようと思った」

レジナルドの言葉は止まらない。

「その中で、もし私の正体に気づく日が訪れた時は、この身の全てを捧《ささ》げようと。――そして貴女は見事、それを成し遂《と》げられました」

そう言って彼は私の足元に跪《ひざまず》く。それは恭《うやうや》しい、最上級の礼の形だった。

彼は私を真《ま》っ直《す》ぐに見据《みす》えて口にする。

「アカリ様。――このレジナルド、これより先、白の民ともども貴女様に忠誠を誓いましょう。今は司書長の任に就いておりますが、一時は国王陛下より僭越《せんえつ》ながら次期宰相《さいしょう》として指名された身。政治経済の理《ことわり》はすべからくこの頭に入っております」

「次期、宰相《さいしょう》……？」

思わぬ単語に目を見開いた私に、彼は包帯《ほうたい》を巻いた右手にそっと視線を落とす。

そういえば、以前ちらりと見えた彼の手にも、こうして包帯《ほうたい》が巻かれていたことをふと思い出す。

「ええ。……王妃殿下に諫言（かんげん）し、不興を買ったため鞭（むち）で打たれ、この職へと追いやられる形となりましたが」

包帯《ほうたい》を解《ほど》いて見せた彼の手には、確かに線のように一本走る傷痕《きずあと》があった。

「王妃殿下には、もはや我々臣下の声は聞こえておりません。――さらにその影響下にあられるジュール殿下が次の王位に就けば、この国は疲弊《ひへい》していくことでしょう。それがこの国の行く末ならば、それもまた仕方ないと思っていました」

それまで無感情に見えていたレジナルドの瞳に、光が宿る。

「……ですが今、私の心にも希望が芽生えました。まだこの国は終わりはしない、変えていけると。――私にできることがあれば、なんなりとお申しつけくださいませ」

そんな彼に、私は感謝の思いをこめて口にする。

驚く気持ちも大きかったけれど、それ以上に言葉を尽くしてくれた彼の気持ちが嬉しかった。それに、次期王位に就くのは私ではないから、きちんとそのことを伝えておかなければならない。

「ありがとう、レジナルド。けれど、できるならその忠誠は私ではなくオーベルに。私が白の民たちを陽《ひ》の下に出したというなら、その行動をずっと支えてくれたのは彼なの。……私は、そんなオーベルにこそ王になってほしいと思ってる」

　そしてそう告げた私の気持ちは、白の民から私の行動の報告を受けていた彼にも、わかっていたことなのだろう。レジナルドは真摯《しんし》に口にした。

「畏《かしこ》まりました。しからば私どもの忠誠は、オーベル様とアカリ様に。お二方の求めがあれば、すぐに我々はどこへでも馳《は》せ参じましょう」

「ええ、ありがとう。――そして、これからよろしく。レジナルド」

　白の民とのもう一つの架《か》け橋となってくれるだろう彼に、私は静かに思いをこめて口にする。

　思いがけない成り行きから、私は力強い味方をまた一人得たのだった。

第五章　王位の行方

南方の町ネルガシュの吊り橋《つばし》が完成し、それがきっかけでレジナルドという味方も得て、私の周囲はにわかに活気づいていった。何より嬉しかったのは、白の民に対する国民の印象が良い方向に変わってきたと肌で実感できた所。

ネルガシュの領民や周辺に住む民たちが、私やオーベル、ヴェルダ騎士団、それに白の民への感謝の気持ちをはっきりと周囲に告げたことで、今回の件が徐々に町外へも広まっていったらしい。

——王宮の離れの書斎。

目の前では今、レジナルドが私とオーベルにその詳しい報告をしてくれている。

あの後教えてもらったことだが、各地に隠れ住む白の民を統括する立場のため、彼の情報網はとても広いのだという。

「様々な町に潜《ひそ》む白の民たちから報告が上がりましたが、どうやら彼らに対する風向きは大きく変わってきているようです。ただ手を貸すだけでも効果があった所を、今回は王妃さえも匙《さじ》を投げた町が対象だったということで、さらに民の間で話題に上《のぼ》るようになったのでしょう」

「ある意味、王妃のお陰で噂になったということか。皮肉だが、こちらとしては有難い」

オーベルが静かに口にする。

昨日の私とレジナルドとのやりとりを話したため、今は彼もレジナルドが白の民の協力者であり、私たちの力強い味方であることを理解してくれている。

レジナルドはレジナルドで、先日の宣言通り、私同様オーベルにも恭《うやうや》しい態度を崩さない。

「ええ。彼らも自分たちと変わらぬ人間であり、困っている者がいれば助けの手を差し伸べる義《ぎ》侠《きょう》心《しん》溢《あふ》れる者たちなのだと無事認知されたことでしょう。それは幸いではありますが――」

その言い方が気にかかり、私はそっと尋ねる。

「何か気になることでもあるの？」

「ええ。白の民の立場を向上させる上で今回の件は概《おおむ》ね成功かと存じます。しかし残念ながら現時点では、町周辺にのみ周知されている事実でもあります」

「確かに南方の小さな町でのことだもの、知っているのはネルガシュの周辺の人たちくらいでしょうね。あとは、オーベルや私が王宮を不在にしていたことで勘づいた人たちくらい」

先日私たちの仮橋《かりばし》建設の話を知り、物資を送り届けてくれた人々もいたけれど、それは国民の数から見ればやはりひと握りで、国中に知れ渡っているとは言いがたい。

「その通りです。お二方がこれまでなされてきた行動は王都でのことだったため、人の耳も多く自然と中央から各地へと広まっていきましたが、今回の件は遠い南方の小さな町での出来事。現状のままでは、これ以上広く知れ渡る可能性は低いかと思われます」

その言葉に、オーベルが考え深げに頷《うなず》いた。

「成程。――つまりお前は、今回の件を国中に大々的に知らせよと言っている訳か」

「御意に」

オーベルとレジナルドの会話に、私はかすかに驚いて尋ねる。

「知らしめるってつまり、今回の顚末《てんまつ》を民に向けて拡散するっていうこと？」

「左様《さよう》です。情報は時に大きな武器となる。上手く扱えば、貴女がたの味方となる民を増やすことができましょう。この機を逃《のが》す手はございません」

「そうね……広く知られれば、王妃様がどんな政治を行っていて、どのように民が困っているのかわかるもの。それに白の民がどういう人たちなのか、もっと多くの人に知ってもらえるなら、もちろんそれは嬉しいわ」

売名《ばいめい》のために動いたようで少し微妙な気持ちもあるけれど、そうした個人的な感情で躊躇《ためら》っていては折角《せっかく》の機会を逃すことになるのだろう。レジナルドの言う通り、この国を本気で変えたいのなら、今回のことをちゃんと利用すべきだ。

それに、次の王を決める議会まであと一週間に迫ったこともあり、最後にあと一手オーベルを後押しするものがほしい。そう考えて私は頷《うなず》く。

「うん……わかった、できる限り広めていきましょう。そうすれば国民たちの認識も変わっていくでしょうし、この国を良い方に変える一歩にもなると思うから」

「では、そのように動きましょう。それで広め方ですが……」

オーベルが言いかけた所で、レジナルドが静かに申し出る。

「それには、よろしければ私をお使い頂ければと思います。私は各地に散らばった白の民と連絡を取ることが容易《ようい》です。彼らに連絡を取り、今回の件を即時広めるよう働きかけましょう。自分たちの今後に深く関わることですから、彼らも熱意を持って動いてくれるはずです」

どうやら情報の拡散に関してはレジナルドが全般的に請け負ってくれるらしい。協力者である彼が頼めば、確かに白の民はすぐに了承して動いてくれるのだろう。

とても助かるけれど、様々な場所にいる白の民と連絡を取るだけでも重労働なのではと気になって口にする。

「レジナルド。気持ちは嬉しいんだけど……その、貴方ばかりそんなに動いてくれなくてもいいのよ？　もう先日の仮橋《かりばし》建設でもだいぶ助けてもらっているし。それに、さっきは色々と本も持ってきてもらったし……」

そう、「次の王を決める議会についていて今の内にできるだけ学んでおきたい」と私が口にしたため、彼はそれに関わる本を沢山持ってきてくれていたのだ。今も後ろの机に、これでもかというほど山のように本が積み重ねられている。

恐縮する私に、レジナルドは相変わらず淡々と冷静な口調で言った。

「ああ……申し訳ございません。これぞと思う方々にお仕えできることになり、柄《がら》にもなく張りきってしまったようです」

見れば、いつも通り感情の高ぶりが一切見えない、冷たくも落ち着いた顔だ。

そのため、思わず聞き返してしまう。

「ええと、張りきって……？」

もしかして、聞き間違いだろうか。

しかし彼の後ろを見れば、山と積まれた本の至るページに付箋《ふせん》や栞《しおり》が数えきれないほど貼られていた。恐らく役立つと思った部分にせっせと貼っておいてくれたのだろう。

横には朱書きのメモまで添えられていて、まるで受験生のノートのような熱意溢《あふ》れる有《あ》り様《さま》に、本気で張りきって調べてくれていたことが窺《うかが》える。

同様に思ったのか、オーベルが驚いたように口にする。

「お前、それが張りきっている顔だったのか……わかりにくいにも程があるだろう」

私は私で以前の彼の様子を思い出し、恐る恐る尋ねた。

「あの、レジナルド、ちょっといい？　前に図書室で、私に本の表紙を見せながら冷たく笑って忠告してくれたことがあったと思うんだけど、もしかしてあれって……」

「ああ……わかりやすいよう、本の表紙を見せてお伝えした時のことですか。私は無表情だとよく言われるので、できる限り笑顔でご説明しようとしたのですが、それがどうかなさいましたか？」

道化《どうけ》の描かれた本の表紙を見せ、皮肉気に冴《さ》え冴《ざ》えと嗤《わら》って私に忠告してきたと思った彼だが、どうやらあれはただの親切心からの行動であり、渾身《こんしん》の笑顔だったらしい。

いや、確かにわかりやすかったけど。かなり胸に刺さったけれど……うーん。

「レジナルド、貴方って……すごく器用で、すごく不器用なのね」

色々な知識が豊富で、先んじて気を回す機転や親切心もあって。でも一見すると、冷たくて素っ気ない人に見える。誤解を受けやすくてもったいないというかなんというか。もしかしたら彼は王妃様にも同じような口振りで進言し、怒りを買ってしまったのかもしれない。

彼の新たな一面がなんとなくわかってきて、しみじみと呟《つぶや》いた私なのだった。


その後、レジナルドがすぐに白の民に働きかけてくれたことにより、ネルガシュでの仮橋《かりばし》建設の話はやがて国中へと広まっていった。王子と王女、それに騎士団が共に動いたこともまた話題性を高め、次第に話を大きくしていったらしい。

そんな流れ故《ゆえ》、当然というべきか私やオーベルのもとへ届く嘆願書《たんがんしょ》もまた増えていった。

頼ってもらえるのは嬉しいけれど、私やオーベルの身体も一つきりなので、視察や騎士の派遣にと最近では毎日が忙《せわ》しないことこの上ない。

そんな中、オーベルは新たな政策を考えている様子だった。執務室で一緒に書類を片づけていると、彼は静かに話を切り出した。

「戦《いくさ》や災害の救援活動など、現状は騎士団の動きでなんとかなっていますが、遠い将来、彼らだけではきっと手に負えなくなるでしょう」

「そうね。もう少し人を増やせたら一番だけど、そんなに気軽に増やせるものでもないものね」

この国では基本的に、騎士は貴族階級の子弟《してい》がなるものと決まっていた。さらに貴族ならば誰でもなれるものではなく、まず初めに騎士団長による入団試験があり、そこで体力や腕力、規律を守れる性格かなどの適性をじっくりと見定められる。

そこで認められたら、ようやく騎士見習いとして入団でき、そこからさらに何年か訓練を重ね、やがて正式に騎士となる形だ。

おいそれとなれるものではなく、それ故《ゆえ》に騎士の質が保たれているのだった。

オーベルの眼差しに、ふいに何かを思いついたような光が宿る。

「――姉上。考えたのですが、現状の騎士団の他に、救済を基本に動く騎士団のような者たちがいたとしたら、どう思われますか？」

「救済を基本に動く？　つまり、医療団体のようなものっていうこと？」

日本にいた時にテレビで見た、国境を越えて活動する医師団を思い浮かべて尋ねる。

もちろん彼らは騎士ではないけれど、恐らく彼が想定しているのは似たようなものなのだろう。

時には危険な場所へも果敢に向かい、傷ついた患者を癒《いや》す人々。

「ええ。もちろん構成員には医師もいます。だがそれだけでなく、その医師たちの安全を守る護衛の騎士や力仕事をする戦士のような者もいる。つまり、救援活動に特化した人材が集められた団体ということです」

「へぇ……いいわね！　そんな人たちがいたらきっとすごく助かると思うわ」

現在、この国で民の保護のために動ける公的な存在は、二つの騎士団だけだ。

彼らが日本で言う、警察と自衛隊の役割を兼任し、他国から侵攻があった時は迎撃に向かい、平時は国内の盗賊を倒したりと日々働いている。

そんな彼らしか頼れるものがいないので、今回の件は白の民と共に動いてもらった。

だけど、彼らとは別にそうした救済に適した人たちがいてくれるなら、より国が上手く回っていくのではと思えた。

騎士が本来の第一職務である他国からの攻撃に備えて訓練を重ね、救済活動の専門家たちがその後ろで動けば、二重の意味で国民は安心だろう。

「しかし、それにはまず法を変えねばならない。王位継承に関わる重要な法律ではないため、これならば王が官僚たちの承認を得られさえすれば制定できますが――」

「そのためにはまず、王にならないと駄目。……そういうことよね？」

「ええ、その通りです。つまり俺が無事王になることができれば、今の話も夢物語ではなくなる。こうした働き先があると告知することで、医師人口を増やすことにも繋《つな》がるし、白の民をその護衛役として使うこともできるでしょう」

どうやら今回の白の民の働きぶりを見て、さらに彼らのその能力を役立て、確固たる立場を与えられないかと考えたらしい。確かに、実現できれば素敵なことだろう。

「オーベル……うん、いいと思う。困った時に頼れる存在が増えれば、皆もより安心できるもの」

笑顔で頷《うなず》く私に、彼はその力強い眼差しをふっと細めた。

「ええ。少しずつ見えてきています。無論、王になることが最優先ではありますが、どのように国を変えて行けば良いのか、今後俺がすべきことはなんなのか。――今まで見えてこなかったその先が見えてきている」

そして彼は静かな声音《こわね》で続けた。

「……貴女といると、不明瞭だった部分が鮮やかに見えてくる。まるで霧に煙《けぶ》っていた景色に、晴れ間が差しこむかのように。――不思議です、今まで同じ風景を見ていたはずなのに、全く違うもののように目に映る」

そして彼は机の上にあった私の手を握り、力強く口にする。

「それを形にするためにも、議会まであと一週間。すべきことをやり遂《と》げてみせます」

「うん……！　私も、できる限りのことをするから」

そうして私もまた思いに応えようと、彼の節くれだった手をぎゅっと握り締めたのだった。

やがて、とうとう次期王位を決める議会の日がやってきた。

いずれ来ると理解していたはずなのに、緊張で胸がどきどきと高鳴る。

この一週間も、視察などできることは全てやってきたつもりだ。あとはただ本番で、同意者として自分の思いを――誰に王になってほしいのかを、元老院《げんろういん》の長老たちの前ではっきりと述べるだけ。

王位を決める議会は、王宮の奥深くにある承認の間に、関係者一同が集まって行われる。関係者とはもちろん、元老院《げんろういん》の長老たちに、ジュール王子と彼を推《お》す王族たち、そしてオーベルと彼を推《お》す王族――つまり私やリュシアン王子だ。

今まで面識のなかった王族とも顔を合わせることになるので、心構えも格好もきちんとしなければと気合が入る。

私がこの日袖を通したのは、薄紅色《うすべにいろ》のドレス。一番好きで落ち着く色だし、オーベルと共にいる時一番着ていた服でもあったので、より私らしくいられる気がしたのだ。

オーベルは深青色の壮麗な王族の衣装を纏《まと》っている。それは彼の褐色《かっしょく》の肌と凛々《りり》しい容貌を何よりも引き立てていた。今日という日でさえ堂々とし、わずかの緊張も見せない彼の威厳ある佇《たたず》まいに、見ているだけで勇気をもらえてくる。

離れの一室で二人待ち合わせ、議会の開始時間が近づいた所で彼は声をかけてきた。

「それでは姉上、そろそろ承認の間へ参りましょうか」

「——ええ、行きましょう」

王宮の離れを出ると、入り口にいたサイラスが真摯《しんし》な眼差しで私たちを見送ってくれた。

「お二方。ご健闘を……ご健闘を深くお祈りしております」

承認の間に入れるのは関係者だけで侍従さえも入室できないので、心配もひとしおなのだろう。見れば彼の後ろには、ミランダや他の侍女や侍従たちもずらり並び、同様に真摯《しんし》な眼差しで見送ろうとしてくれていた。

そんな中、ミランダの後ろにいたシロがひょこっと顔を覗《のぞ》かせて声を上げる。

「オーベル！　おれ、王様っていうのよくわからないけど、でも、それがオーベルだったらうれしいなっておもう」

「ほう、お前も言うようになったな。——何よりの激励《げきれい》だ、礼を言う」

今日は皮肉を返さずに、オーベルがふっと目を細めて返す。

それに、シロがぱっと笑顔になって続けた。

「うん、それでアカリがオーベルのとなりにいたら、もっといい！」

「シロ……」

私は、その言葉に咄嗟《とっさ》に上手く返せなかった。だって私がオーベルの隣にいるのは、きっとあと少しのことだから。でも彼の気持ちが嬉しくて、気づけば微笑んで答えていた。

「……ありがとう、シロ。今日はオーベルの隣で頑張ってくるから、この離れから応援してね」

「うん！」

「オーベル様、アカリ様、我々一同、この宮でご健闘をお祈りしております」

最後にミランダが深々とお辞儀したところで、全員が揃《そろ》って頭を下げた。

「ありがとう、皆……うん、行ってくる」

「ああ。——吉報《きっぽう》を持って帰ってくる」

そうしてオーベルと視線を合わせて頷《うなず》き合うと、私たちは王宮へ出発したのだった。

真《ま》っ直《す》ぐに向かった先は、王宮の奥にある承認の間。先に来て扉の前で待っていたリュシアン王子が目で合図したのに頷《うなず》き返し、オーベルと共に彼の隣へ行く。

私たちが揃《そろ》ったのを認めると、入り口脇にいた兵士が厳《おごそ》かに声を上げた。

「第一王子リュシアン殿下、第二王子オーベル殿下、並びに第一王女アカリ殿下、ご入室！」

その声に見送られて入室した先は、広く荘厳《そうごん》な造りの間だった。議会を行うというよりも、本当に荘厳《そうごん》な儀式に使われる空間という感じだ。

元々、次期王の決定は現国王の指名だけで行われていた。だから、これまではこの承認の間で指名を行った後、すぐに戴冠《たいかん》の儀へ移っていたのだという。今回は王以外の王族の同意者の数で次期王を決めるというイレギュラーな事態ではあるが、古式にのっとり場所はそのままにしたらしい。

石造りの間には、入り口から奥へ真《ま》っ直《す》ぐに伸びる形で深紅《しんく》の絨毯《じゅうたん》が敷《し》かれている。そしてその絨毯《じゅうたん》で区切られた左右に、螺鈿細工《らでんざいく》のひときわ上質な椅子が一脚ずつ並べられていた。

これに、王候補であるオーベルとジュール王子が座るのだろう。その脇に並べられた、こちらも上質ではあるもののやや落ち着いた飾りの椅子が、どうやら私たち同意者の席のようだ。

絨毯《じゅうたん》が伸びた先は少し小高い壇上《だんじょう》になっており、そこに見事な飾りの重厚な肘掛け椅子が置かれている——ここに、本来なら現国王が座るはずだったのだろう。

その国王の椅子の両脇には、審判を務める元老院《げんろういん》の長老たちがすでに佇《たたず》んでいた。

「オーベル様、リュシアン様、並びにアカリ様。此度《こたび》はご足労《そくろう》頂き感謝申し上げます。それでは、お三方は東側の席へお座り願います」

「わかった」

「それじゃあ、先に座らせてもらうよ」

「失礼致します」

各々《おのおの》答え、オーベル、リュシアン王子、私の並びで席に着く。

すると、ほどなくしてジュール王子と王妃たちも入室してきた。

「エスメラルダ王妃殿下、第三王子ジュール殿下、ナリム王弟《おうてい》殿下、カザラ王弟《おうてい》殿下、ご入室！」

兵士の案内の声が響いてすぐ、王妃様が先導する形で中へ入ってくる。

王妃様はいつも通り煌《きら》びやかだが、今日はやや荘厳《そうごん》な意匠《いしょう》のドレスを纏《まと》っている。

その後ろには、青磁色《せいじいろ》の王族の衣装を纏《まと》ったジュール王子。どこか緊張した面持ちの彼に、この場では敵同士になるとはいえ、やはり心配というか、少し様子が気にかかってしまう。そして彼の後ろに、オーベルたち兄弟にとって叔父にあたる、二人の王弟《おうてい》殿下が続いた。

どちらも体格の立派な壮年男性で、ナリム殿下は黒髪に灰色の目、カザラ殿下は茶髪に黒の瞳だ。以前、王の弟である彼らは黒髪黒目ではないと聞いたことはあったけれど、こうしてその容貌を目にするのは初めてだ。

彼らは私の姿を見るや、嘲笑《ちょうしょう》を浮かべた。

「あのようなどこの馬の骨とも知れない娘を同意者に選ぶとは、見境のない。第一このような茶番、時間の無駄であろうに」

「言ってやるな。結果は目に見えているとはいえ、元老院《げんろういん》も形式が重要なのだろうよ」

カザラ殿下が言えば、ナリム殿下が鼻で笑って諌《いさ》めるように口にする。始まる前から私たちを嘲《あざけ》ろうとする彼らの気持ちが伝わってくる。

王妃様に金や名誉をちらつかされ、それに惹かれて彼女側についたと聞いていたが、本当にそういう性格の人たちのようだ。思わず眉根を寄せた私に、オーベルが囁《ささや》く。

「叔父たちにとって、俺たちはただの邪魔者です。お気にされませんよう」

「それに、茶番かどうかはこれからすぐわかるからね。……後で存分に思い知らせてやればいい」

リュシアン王子は穏やかに微笑みながらも、ひやりとする声音《こわね》で言う。

「オーベル、リュシアン殿下……そうですね。気にせずに私らしくいきます」

頷《うなず》いて、私は彼らから正面へとまた視線を戻す。

そこでは、ジュール王子やナリム殿下、カザラ殿下が西側の席に着き、王妃が元老院《げんろういん》の長老たちが座る奥の席の方へと案内されていた。

今回次期王を決める同意者となれるのは、「黒髪もしくは黒目を持つ、現国王から見て二親等以内の王族」。つまり金髪碧眼《きんぱつへきがん》の王妃様は、ジュール王子の同意者になりたくともなれない。彼女はそれが不満のようで、席に着いても忌々《いまいま》しそうに眉を顰《ひそ》めている。

そうして関係者が全員揃《そろ》った所で、元老院《げんろういん》の長老が口を開いた。

「では、皆様がお集まりくださった所で、そろそろ次期王を選定する議会を始めたく思います。——まずは、此度《こたび》の議会の流れにつきまして、改めてご説明させて頂きましょう」

彼の言葉に答える形で、隣にいたもう一人の小柄な長老が一歩進み出る。

「皆様もご存じの通り、次期王を決めるには王族の証《あかし》である、黒髪もしくは黒目をお持ちの同意者が必要にございます。その同意者の数が多い方《かた》を、次の王にお選びすると以前より公表しておりました。しかしながら、事前報告並びに今現在確認した限りでも、オーベル殿下、並びにジュール殿下の同意者の数はお二人ずつと拮抗《きっこう》しておられます」

さらに隣の長老が続きを述べる。

「故《ゆえ》に、今回は同意者の皆様より、候補者の方を王として推《お》す理由に弁舌を振るって頂き、その内容により審議したいと考えております」

「また、そうした議会の様子は民衆に詳《つまび》らかにする必要がございます故《ゆえ》、この承認の間を選ばせて頂きました。この部屋には広く大きな窓が設《もう》けられており、窓の下、中庭へも声が届くような造りとなっております」

その言葉通り、壁を大きく切り取ったドーム状の窓の外には立派な作りのバルコニーがあり、その向こうからざわざわと人々のざわめきが聞こえてきていた。

ここからはバルコニーの陰になって見えないが、どうやら中庭が開放され、民衆が集まってきているらしい。次の王が決まる瞬間を見ようと、やってきたのだろう。

そんな風に民衆の期待が一心にこの会場に向けられているかと思うと、尚更緊張が高まっていく。

「ここまでで、何かご質問はございますでしょうか？」

長老が尋ね、私たちから疑問の声が上がらないのを見て取ると、彼は厳《おごそ》かに開始を宣言した。

「どなたも問題なきご様子。――では次期王位決定の議会、これより始めさせて頂きます。まずは双方の同意者よりお一方ずつ、どうぞ前へ進み出られませ」

私が出た方がいいのかな、と隣に座るリュシアン王子を窺《うかが》うと、彼はゆるりと小さく首を振ってウインクした。ここは僕に任せて、という意味らしく、私はそのまま頷《うなず》き返す。

すると椅子から立ったリュシアン王子が、すっと前へと進み出た。

同時に向こう側から進み出たのは、ナリム王弟《おうてい》殿下だ。

二人が相対する形で立ったのを見届け、元老院《げんろういん》の長老が口にする。

「それでは、年功順とさせて頂きまして、ナリム殿下より弁舌をお願い致します」

「ふん――よかろう。では、初めに私から同意者として推薦の言葉を述べさせて頂こう」

そして彼はリュシアン王子へ視線を向け、堂々とした口調で話し始めた。

「私は、甥《おい》の中でもまだ年若いが、故《ゆえ》に伸びしろのあるジュール王子こそが次期王に相応《ふさわ》しいと考えている。王は代々黒髪黒目と言われてはいるが、そのようなもの王たる資質の前では無意味に等しかろう。何しろ、ジュール王子は齢《よわい》十四の身でありながら勤勉にして、あらゆる言語を習得しておられる。これから他国と渡り合っていくにあたり、これほど心強いものはあるまい」

彼は王妃の方へも目を向け、やや媚《こび》を含んだ声音《こわね》で続ける。

「そうしたご本人の優《すぐ》れた資質に留まらず、彼には政治にお詳しいエスメラルダ殿下という心強いご母堂もおられるのだから、これ以上に相応《ふさわ》しい方《かた》もないだろう。――王位継承を放棄した兄に、どこの馬の骨とも知れない娘。そのような者を味方につけた男とは比べるまでもないわ」

ジュール王子を推《お》し、同時にオーベルを蔑《さげす》もうとする彼に、リュシアン王子がさらに進み出る。

今日の彼はいつものやや着崩して洒落者《しゃれもの》めいた服装とは違い、王族らしい高貴な装《よそお》いをしていた。それに加え、おどけたような表情を収めて理知的な眼差しで相手を見据《みす》えているため、いつもとは全く別人に見える。

彼は、静かに落ち着いた声音《こわね》で話し出した。

「では次に、私リュシアンがお話しさせて頂きましょう。――叔父上のお言葉、丁重に拝聴しました。確かにジュールはこれからさらに成長し、素晴らしい大人となっていくでしょう。しかしながら私は、現時点ですでに王たる素質を備え、また他に追随を許さない能力を持っている、弟オーベルこそを次期王へ推薦します」

そんな彼の言葉に、すぐにナリム殿下が反発した。

「ふん！　資質など、その男のどこにあるものか。馬に乗って駆けるしか能のない男よ」

その言葉に、リュシアン王子の周りを漂《ただよ》う空気が変わった気がした。

いっそ穏やかなほどの声音《こわね》で、彼は答える。

「成程……叔父上は、齢《よわい》十五で騎士団に入り、その後四年で頭角《とうかく》を現し、実力で騎士団長の座を手にした男に、上に立つ資質がないと仰《おっしゃ》いますか。そしてオーベルが騎士団長に就いてから、ヴェルダ騎士団は一度も他国との戦いに敗れたことがなく、また民からの嘆願《たんがん》もこれまでにない高い比率で解決している。その結果があってさえ、問題解決能力がないと？」

立て板に水とばかりにすらすらと問いかけるリュシアン王子は、穏やかな笑みを浮かべているが目は笑っていない。オーベルを馬鹿にされ、静かに怒っているのが感じられた。

「それは……」

わずかに鼻白《はなじろ》んだ様子のナリム殿下だったが、すぐに笑い飛ばすように鼻を鳴らす。

「確かに騎士として多少は活躍したのだろうが、それとこれとは前提が違う。剣を振るう一部の野蛮な男たちを従える集団の長と王とでは、職務が全く異なるのだぞ。むしろ、そのやり方を王宮内に持ちこまれては困るわ。なんでも剣で解決できると思われては迷惑というもの」

どこまでもオーベルやヴェルダ騎士団を貶《おとし》めようとする彼に、だがオーベルは何も言わない。ただ静かに胸の前で両腕を組み、悠然と二人の対決を見守っている。

視線の先で、リュシアン王子がまた尋ねた。

「確かに仰《おっしゃ》る通り、騎士団と国をまとめるのとでは、具合が異なりましょう。では叔父上、逆にお伺いしますが、貴方が思う王たる資質とはなんですか？」

「それは……当然、人の上に立つ度量であろう。それがなければ何も始まるまい」

「そう、人の上に立ち、彼らを従えるだけの度量を持つこと、それはもちろん大切です。しかしながらそれだけではなく、人の上に立ち続けられるだけの胆力《たんりょく》と魅力も必要だと私は思います。傲慢《ごうまん》な命令を下すだけならば、子供にでもできる。だが、それだけでは駄目だ。己《おのれ》の行動で規範を示し、彼についていきたいと自然と思わせる力強さを見せねばならない」

リュシアン王子の勢いは止まらない。流れるような口振りで続けていく。

「ジュールは確かに年の割に賢い子であり、彼もまた私の自慢の弟だ。――だが、王たる素質をどちらが持っているかといえば明白です。ジュールはすでに大きな影に守られることに慣れ過ぎている。そうではなく、己《おのれ》自身が民を守ること、それを持続できるところこそが王には必要なのです。そして、この国において現時点でオーベル以上にそれを為し遂げられている男はいないでしょう」

最後に彼は、はっきりとこう口にする。

「――故《ゆえ》に、オーベル以外に王位に相応《ふさわ》しい人間はいない。私は彼を同意者として推《お》させて頂きたいと思います。私が王位継承を放棄してまで仕えたいと願った、ただ一人の男が彼なのですから」

言い終わると、王子は弟であるオーベルに向かって迷いなく跪《ひざまず》き、臣下の礼を取った。

彼の思いに応えるように、オーベルも静かに頷《うなず》く。実の兄弟と思えないやりとりに、辺りは一瞬しんと静まり返る。

だがすぐに、はっとした様子で元老院《げんろういん》の長老が続きを進めた。

「そ、それでは、次の同意者のお二方、前に出られますようお願い申し上げます」

言って進み出たのは、もう一人の叔父であるカザラ殿下だった。

「では、次は私が述べさせて頂こう」

彼の正面に相対するように、私もまたリュシアン王子に代わって椅子から立ち、一歩前へと進み出る。王子が言葉を尽くしてオーベルを援護したように、私も頑張りたいと思いながら。

一瞬、カザラ殿下と私の間で、視界が交錯し、火花が散った気がした。だがそれもほんの一瞬のことで、彼はすぐにリュシアン王子の方へ視線を向けて話し出す。

「先程の我が弟ナリムと甥御《おいご》リュシアンとの弁舌、成程興味深いものだ。実の弟御《おとうとご》への思いが深いことはわかったが、しかしながら情だけではどうにもならんだろう」

そうしてやれやれといった様子で首を横に振り、彼は言葉を続ける。

「大事なのはその者自身の資質に加え、それを支える土台、それに尽《か》きる。現に母上であらせられる王妃殿下はビラードと密《みっ》に交流を続けてこられ、彼の国の協力は今や素晴らしいもの。だからこそ、我が国の美術工芸品の発展は目覚ましいものがある。その母君の御子息たるジュール殿下が王位を継がれれば、今後も安泰《あんたい》というもの」

彼の言葉に、私はそっと疑問を挟む。

「カザラ殿下。それでは、シグリスとの関係はどうなりましょう」

「なんだと？」

話している途中で私に問われ、カザラ殿下が煩《うるさ》そうに睨みつけてきた。

だがそれに負けじと、私は真《ま》っ直《す》ぐに彼へと視線を向ける。

「王妃様がビラードとの交易を重視された反面、シグリスとの関係は悪化の一途《いっと》を辿《たど》っております。それで、本当に安泰《あんたい》と言えるでしょうか？　もしビラードに背を向けられたら、我が国は立ちゆかなくなってしまいます。それでは結局……」

そこで割って入る声があった。――壇上《だんじょう》にいる王妃様だ。

「黙れ……!!　身の程を知らぬ小娘が。――良いか、アカリよ。我らはそもそも、そなたが王女であるなどとは認めてはおらぬ……！」

「王妃様……」

見れば彼女は椅子から立ち上がり、こちらを忌々《いまいま》しそうに睨んでいた。

まさかここで乱入されるなんて。

予想外のことに戸惑う私に、彼女は顔を歪《ゆが》めて嘲《あざけ》るように言う。

「今はオーベルの顔を立て、致し方なくそなたの同席を認めてやっているだけのこと。黒髪黒目である他は陛下の御子《おこ》である明確な証《あかし》を持たぬそなたが、口応《ごた》えなどするでないわ」

見ればカザラ殿下もナリム殿下も、いつの間にか私を薄汚いものを見るような目で見ていた。まるで王宮内に物乞《ものご》いが紛《まぎ》れこんだとでも言いたげな眼差しだ。思わず足が竦《すく》みそうになる。

「でも、私は……」

――私は同意者だ。少なくとも自分で同意者になると決めて、今ここにいる。

だから、こんなことでくじけていては駄目だ。そう思い、震えそうになる拳《こぶし》を握って言い返そうとしたとき、私の前にすっと立ったのはオーベルだった。

当然のように私を守ろうとする広い背中に、私は目を見開く。

「オーベル……」

いつもの臆さない眼差しを向け、彼ははっきりと告げた。

「義母上《ははうえ》。これはおかしなことを仰《おっしゃ》る。今この時は同意者たちによる弁舌の時間だと、先程元老院《げんろういん》の長老たちが言っていたはずですが」

「その同意者とやらの資格が怪しい故《ゆえ》、かように申したまでよ」

「――ほう、姉上に資格がないと仰《おっしゃ》るか」

鼻で笑って返した王妃様に、オーベルが獰猛《どうもう》な眼差しを向ける。

「義母上《ははうえ》が先日救援を放棄した、南方のネルガシュ。そこで姉上が代わりに行った仮橋《かりばし》設置で幾人《いくにん》の民が救われたか、貴女はご存知ないか。それにより、我ら王族の祖先が発《ほっ》端《たん》となり始まった白の民への迫害が、収まる方向へも進み始めている。そうして過去の王族が為し得《え》なかったことを行った姉上に、その資格がないと？」

「それは……」

ネルガシュの件に触れられると多少痛い部分があるのか、王妃様が無意識といった様子で目を逸《そ》らす。

「さらに言えば、カザラ叔父上。貴方はネルガシュのすぐ近くに領地を持っていたはず。ネルガシュの領主は、先に貴方に助けを求めていたのではありませんか？」

「そ、そんなもの……いくら近場とはいえ、私には関係ないのだから仕方なかろう！」

急に話を振られ焦ったのか、見捨てたことを暗に認めた彼にオーベルはさらに追撃する。

「そうですか……よくわかりました。成程、叔父上にとって人の上に立つということは、人を見捨てるに等しいこととお見受けします」

「なっ……！　そんな訳が……」

たじろぐカザラ殿下に、それでもオーベルは追撃の手を緩《ゆる》めない。

「ええ、人望厚い叔父上のこと、そんな訳があろうはずもない。しかしながら貴方がたの行動を見ていれば、そのように受け取るほかありません。そして貴方がたがなされなかったことを、姉上は迷いなく行動に起こされた。それもまた事実です」

オーベルの言葉に堪《たま》りかねた様子で王妃様が声を上げた。

「ええい……黙れ!!　同意者でもないそなたが出しゃばるでない！」

「ええ。俺も義母上《ははうえ》が口を挟まれなければ、このように口出しするつもりは毛頭《もうとう》ありませんでした。ではこれ以上はお互い、姉上の弁舌を妨害しないということでよろしいですね？」

言質《げんち》を取ったオーベルの後ろでは、リュシアン王子がどこか楽しげに目を細めている。

憤《いきどお》りも冷めやらぬ様子だが、これ以上続けるのは分が悪いと思ったのか、王妃様は肩を怒《いか》らせながらも自分の席へ戻っていった。

そこで間を取り持つように、元老院《げんろういん》の長老が丁重に口にした。

「で、ではアカリ様、恐れ入りますがお話の続きを……」

「――はい、ありがとうございます」

私はオーベルに感謝の眼差しを向けた後、改めてその場にいる全員を見渡して話し出す。

「私の質問により、場を混迷させてしまい失礼致しました。また、これより静かに見守るとのご配慮の言葉を頂き、王妃殿下、カザラ殿下、並びに弟オーベルには深く感謝しております」

これ以上横槍《よこやり》を入れられないよう王妃様たちにも感謝を述べた私に、彼らは一瞬鼻白《はなじろ》んだ顔をする。それを視界に入れつつ、私はさらに語った。

「改めまして、私は弟であるオーベルを次期王に推薦致します。そして、なぜ彼のことを王として推《お》したいと考えたのか、今からご説明していきたいのですが……正直に申し上げれば、私は初め、オーベルのことが少し苦手でした。なんだかちょっと偉そうで、それに皮肉屋で」

私の言葉に、元老院《げんろういん》の長老たちが戸惑ったように顔を見合わせる。まさか同意者が、王へと推薦する人物に負の感想を言うとは思わなかったのだろう。

そんな彼らの様子に、私はくすりと微笑んで話を続ける。

「……でも、一緒に過ごしていると、彼が最初の印象とは違う人だと少しずつわかってきたんです。オーベルはいつだって民のことを真摯《しんし》に考えて行動に移していました。どんなに大変な時も、ただ彼らの安全だけを考えて」

オーベルの姿を思い浮かべながら、私は続けた。

「自信に溢《あふ》れて見えるのは、力強く前に立ち、彼らを守るため。時に皮肉で攻撃をかわしながら、彼はいつだって前線で戦い続けていました。そして先程も話題に上《のぼ》りましたが、ネルガシュに仮橋《かりばし》を作る作業の時も彼は私をしっかりと支えてくれました。……彼といると、次第にわかってくるのです。ああ、王に相応《ふさわ》しいのはこういう人なんだなって」

「姉上……」

オーベルの驚いたようなかすかな呟《つぶや》きが耳に届く。

私はそれに勇気をもらいながら、また弁舌を続けた。

「民に手を差し伸べるのは容易なことではありません。使える財源も時間も限られている上、全てを救えるとは限らない。それでも彼は考え、できる限りを助けようと動く人です。私はそういう人にこそ王になってほしい。なぜなら私が王族ではなくもし一人の平民だったと考える時、そんな人が王だったら嬉しく、何より安心するから。この人になら己《おのれ》の人生を預けても大丈夫なのだと」

そして、そこにいる全員を真《ま》っ直《す》ぐに見渡し、深呼吸して最後の言葉を紡《つむ》ぐ。

「ここにいらっしゃる皆様。今は皆様が王族や貴族の立場に立っていたとしても、それは決して揺らがないものではない。借金のかたに爵位を奪われる人もおりますし、貴方がたとていつそうなるかもわからない。その時、どのような人に王として立っていてほしいですか？　それを、今この時だけでも考えて頂きたいのです。それが全ての答えになると思うから――私からは以上です」

深々とお辞儀をし、顔を上げる。

私の弁舌が終わっても、少しの間、辺りはしんと静まり返ったままだった。

だがそれは私の言葉を聞いていなかったからではなく、意味を深く考えてくれているからこその静謐《せいひつ》に思えた。実際、見渡した彼らの顔はどれも思案気に遠くを見ていた。

そして、最後の同意者である私が話し終わったことで、元老院《げんろういん》の長老たちが辺りを見渡し、前へ進み出た。

「――ありがとうございました、アカリ様」

「では、以上で皆様からの推薦の弁舌は終わりとさせて頂きます。皆様、お力を尽くして頂き心よりお礼申し上げます。そして今より、我々元老院《げんろういん》の方で暫《しばら》く、審議のお時間を頂きたく思います。恐れながら、皆様はこちらで休憩を兼ね、少々お待ち頂けましたら幸いです」

礼をすると、元老院《げんろういん》の長老たちは順に承認の間を出ていく。代わりに侍女が頭を垂《こうべ》れて入室し、盆《ぼん》に載せた杯《さかずき》を配り始める。私は椅子に座り、ほうっと息を吐きながら葡《ぶ》萄酒《どうしゅ》の入ったその杯《さかずき》を受け取った。

すると、すぐに隣からリュシアン王子が耳打ちしてくる。

「アカリ、よく頑張ったね」

「いえ……オーベルに助けてもらったお陰です。実は一瞬、足が竦《すく》んでしまって」

「まあ、あそこで王妃様が横槍《よこやり》を入れてくるとは僕も予想外だったけどね。でも、オーベルに関しては気にしなくていいよ、あいつは君のことなら動かずにはいられない。民とは別の所で、君を大事に想っている風だからね」

「――兄上、隣にいるので全て聞こえていますが」

「うん、聞こえるように言ってるからね」

飄々《ひょうひょう》と答えるリュシアン王子に、オーベルが呆れたように口にする。

「否定はしませんが、ここでは一応控えてください」

いつもの気安い応酬《おうしゅう》に戻った彼らに、少しだけ緊張が解《ほぐ》れた気がして、私もくすりと笑う。

そのまま緊張も感じながら待っていると、やがて元老院《げんろういん》の長老たちが別室から戻ってきた。見れば皆、難しい顔をしている。

彼らは気持ちを確認するように頷《うなず》き合うと、こちらへ向き直り口火を切った。

「皆様、お待たせしてしまい申し訳ございません。同意者の数が拮抗《きっこう》し、弁舌もまた一様に白熱したため、判断に悩む所がございまして」

その言葉に、ナリム殿下が眉を顰《ひそ》め、声を荒《あら》らげる。

「ならばどうするというのだ！　拮抗《きっこう》しようがどうしようが、次の王を決めねばならぬだろう」

「誠にお言葉通りにございます。しかしながら王族の声は互角であり、そこで判断ができぬとなれば、それ以外の民――この下に集まる民衆の声に耳を傾けてはどうかと、提案が上がりました」

「民衆の声を……？」

怪訝《けげん》そうに聞き返したカザラ殿下に、長老が重々しく頷《うなず》く。

「左様《さよう》でございます。皆様は先程王たる候補者のお二方の資質や行動について述べてくださいました。そうした行動は民の声が鏡となって返って参りましょう。それもまた王たる資質を表すひとつと我々は判断致しました。故《ゆえ》に、ここに集まる民衆の声で最終的に判断させて頂ければと」

「ここに集まる民衆の声で……」

私はかすかに不安を覚える。なぜならここは王宮の中。今ここに集《つど》う民といえば王妃様に賛同する貴族の方が多いはずだ。

同様に思ったらしい王妃様が、にやりとほくそ笑む。

「ほう……それは良い案じゃ。確かにそれならば、ここに集う数人の声よりも正しい現実が知れるじゃろうて。のう、ジュールや？」

「はい、母上……」

ジュール王子がどこか浮かない顔ながらも頷《うなず》く。王妃様の反応にとりあえず問題はないと思ったのか、ナリム殿下とカザラ殿下も鷹揚《おうよう》に頷《うなず》いている。

元老院《げんろういん》の長老が、次に私たちの方へ伺《うかが》う視線を向けた。

「オーベル殿下方も、よろしゅうございますか？」

「俺に異論はありません。民の声はいつでも正直で何よりも正しい。もしもそれで負けたなら、それまででしょう」

迷いのない眼差しで答えるオーベルを、私は思わず見上げる。

「オーベル……」

「姉上。――俺も貴方も、己《おのれ》の信じる行動を取ってきました。ならば、恥じる必要も恐れる必要もありません。ただ、これから起こることをそのまま受け止めればいい」

こんな時でも力強い眼差しで告げる彼に、私はうんと頷《うなず》き返す。

「そうね……やれるだけのことをしたんだもの。あとは民の判断を受け止めるしかないわね」

怖いけれど、同時に一番正しい決め方だとも思った。だってこの国は、庶民と貴族で成り立っているのだから。私がいくら庶民に肩入れしていても、貴族の声だってもちろん無視してはいけない大事なものだ。そう思い、私はすっと背筋を伸ばす。

そしてまず最初に、王妃様とジュール王子がバルコニーへと進み出た。

先程配られた葡萄酒《ぶどうしゅ》の入った杯《さかずき》を手にしたまま、王妃様が辺りを見渡して手を振れば、わっと喝采《かっさい》が上がる。ジュール王子を称賛《しょうさん》する声もまた、少し離れたここまで聞こえてくるほどだ。

王妃様、万歳。そんな声が聞こえてきて、二人が歓迎されているのが伝わり不安が募《つの》る。オーベルが負ける訳がない、そう思いつつも、もしかしたらこのまま王冠が彼女たちのもとへ渡るのでは……という思いが芽生えてきて。

震えそうになる拳《こぶし》をぎゅっと握り締めていると、オーベルが上からそっと手を握ってくれた。

「姉上、大丈夫です。彼らのことは恐るるに足らない」

「オーベル……うん。そうね」

そう、恐れることはない。だってこんなに頼もしい弟が隣にいるんだから。

むしろ当事者である彼に私の方が勇気を与えなくちゃ。そう思い、彼の手を離して自分の頬をぺちんと叩くと、再度彼へしっかり向き直る。

「……よし！　行きましょう、オーベル」

そして王妃様とジュール王子と入れ替わる形で、オーベルと私が窓の方へ進み出た。

窓からバルコニーへ出ると、真っ先に目に入ったのは、開放された中庭に立つ無数の人々の姿。いつの間にこんなに集まっていたのかと驚くほど、多くの人々がそこに立ち、私たちを見上げていた。身分も様々で、貴族らしき装《よそお》いの人もいれば町民や農民のような人も見える。

こんなにいっぱい、どこから……と思った瞬間、圧倒的な音と共に王宮がぐらりと揺らいだ。

え？　と一瞬驚く。地震が起きたのだろうか。

だがそうではなかった。大き過ぎる歓声が地鳴《じな》りのように響き渡り、その場を揺るがしたのだと気づいたのは、一拍経ってからだった。

今や全ての音を掻き消すほどの歓声が王宮中に響き渡り、私たちへと向けられている。

私は驚き、呆然《ぼうぜん》と眼を見開くことしかできない。

「嘘……」

「これは、民衆の声か……？」

オーベルも隣で驚きの声を漏《も》らしている。私たちが眼下の人々に視線を向けるや、彼らの声はさらに大きく熱狂的なものへと変わっていく。

「オーベル様、万歳！　アカリ様、万歳!!」

うおおおという地鳴《じな》りのような声の合間に、そんな声も聞こえてくる。それは王妃様たちが進み出た時とは比べ物にならない量の喝采《かっさい》だった。見れば、襤褸《ぼろ》を着た人たちも集まっている。彼らもこのためだけにここに来てくれたのだろう。次の王になる人を――オーベルを応援しようと。

私は信じられない思いで戸惑い、そして胸が熱くなるのを感じながらその光景を見渡していた。

もしかしたら、これまでオーベルがしてきたことに加え、先日レジナルドがネルガシュでの件を拡散したのもあって、こうして王宮へ足を運ぶ人々の数が増えることへ繋《つな》がったのかもしれない。

——きっとそんな風に、今までの出来事が一つ一つ積み重なって生まれたものなんだ。この光景は。

オーベルもまた、熱い思いを噛み締めるように口にする。

「——姉上、これが答えです。民衆は俺と、他でもない貴女を選んだ」

「私を……？」

「ええ。貴女が隣にいなければ、俺がこれだけの声を与えられることはなかったでしょう。これは俺の行動の結果であると同時に、貴女が動いた結果なのです」

そう言い、彼は私の手を取るや、感謝をこめた眼差しでその甲にそっと口づけた。すると、ひときわ大きな歓声がまたその場を揺るがす。

そんな私たちの横では、王妃様が屈辱に身体を震わせていた。

ぎりぎりと歯を噛み締め、手に持った杯《さかずき》を割りそうなほど強く握り締めている。

「こんな、こんなはずでは……」

私も未だに信じられない心地だが、彼女に至ってはそれ以上に自分とジュール王子の圧勝を欠片《かけら》も疑っていなかったのだろう。受け入れがたい様子でわなわなと震え、目を見開いている。

彼女は眦《まなじり》をきっと吊《つ》り上げ、元老院《げんろういん》の長老たちへ顔を向けた。

「こんなもの……認められるはずがない！　即刻取り止《や》めさせよ!!」

そんな彼女に、元老院《げんろういん》の長老が諭《さと》すように首を横に振った。

「王妃殿下、民たちの答えはもはや明白のようです。次の王位はすでにオーベル様に
と……」

「煩《うるさ》い、煩《うるさ》い!!　これは何かの間違いじゃ。第一、同意者の数で決めると言っておっただろう。ならばこんなもの、なんの役にも……」

頭を振って遮《さえぎ》った彼女に、長老はさらに静かに告げた。

「民の声で判断することに真っ先に同意なさったのは、貴女様でございましょう。足掻《あが》いた所でもう意味はございません。ここにいる誰もが、誰が次の王であるのか理解してしまったのですから」

彼の言葉につられるように、王妃様がナリム殿下やカザラ殿下に目を向ける。すると、彼らは気まずそうにふいと彼女から視線を逸《そ》らした。彼らもはっきりわかってしまったのだろう、これ以上足掻《あが》いても勝ち目はないのだと。

王妃様が現状を認められない様子でぶるぶると震え始める。

怒りのあまり強く握り過ぎたのだろう、彼女の手の中の杯《さかずき》がぱりんと割れた。葡萄《ぶどう》酒《しゅ》が彼女の手袋を、しとどに濡らしていく。

「認めぬ……妾《わらわ》は決して認めたりはせぬ、こんな戯《たわ》けた結果は決して……!!」

右手が濡れたことさえ我慢ならない様子で、手袋を外して地面に投げ捨てると、そのまま彼女は承認の間を出ていった。露《あら》わになった白い右手もまた葡萄酒《ぶどうしゅ》で濡れている。まるで手負《ておい》いの獣《けもの》のような姿の彼女を、ジュール王子が追っていく。

「母上……!」

王妃様にとってそれほどありえない展開だったのだろう。王位を望まぬジュール王子には願い通りの展開かもしれないが、母の心境を思えばやはり複雑であるに違いない。

彼らの消えた出入り口をなんとも言えない思いで見つめていると、オーベルが言った。

「姉上、気になさる必要はありません。あの女も、もうこの結果が覆《くつがえ》らないことはわかっているはずです。だからこそ認められないのでしょう。それだけ、彼女は己《おのれ》の地位に固《こ》執《しゅう》しすぎた」

そして民の声援に包まれる中、彼は静かに続ける。

「王位に就くということは、いつかはそこから退《ひ》かねばならないということでもある。

それを、あの女は受け入れられなかった。それだけのことです。──そして、俺はそんな王妃を見たからこそ、道を誤《あやま》らずに済む」

「オーベル……」

「今は、民たちの声に応えましょう。俺たちの行動を待っているようです」

「……うん、そうね。せっかく皆、こうしてここまで来てくれたんだもの」

私は一歩進み出ると、民衆に向けて手を振った。オーベルもまた、悠然とした眼差しで辺りを見渡す。そこにはすでに、王者の貫禄《かんろく》が備わっているように思えた。

そんな私たちの様子を見て取り、脇に控える元老院《げんろういん》の長老が高らかに声を上げる。

「次期王位決定の議会は、結果が出たためこれにて終幕とさせて頂きます。そして、その結果をここに宣言致します。──次の王は、第二王子オーベル殿下！」

民たちの喜びの声が辺りを埋め尽くす。

そして、その日一番の歓声が国中に響き渡ったのだった。

数日後。

オーベルが王位を継ぐと決まり、私たちの周囲はさらに慌ただしくなった。

戴冠式《たいかんしき》が二ヶ月後に執《と》り行われることが決まり、その準備に皆走り回っているのだ。

国中にお触れを出す必要があるし、式に併《あわ》せて王都で大規模な市も開かれる。そうした案内もまた、周知徹底する必要があった。

一番忙しいのはもちろん当事者であるオーベルで、彼は式の前から王の業務の引継ぎのため、王子としての政務や騎士団長の仕事が終わった後も夜遅くまで動き続けていた。

「王になる以上、騎士団長との兼任は流石《さすが》にできません。王が強力な私兵を持つことになってしまう。故《ゆえ》に、次の団長は信頼できる者をすでに指名してあります」

本人が言うように、オーベルは一つ一つ着実に作業をこなしているようだ。

ただ、それとは別に、戴冠《たいかん》式の衣装を仕上げる必要もある。

次期国王陛下に着て頂くのだからと、張りきった仕立て屋が腕を振るい、式用の外套《がいとう》の背中側に、彼にぴったりの雄々《おお》しくも勇敢な縫《ぬ》い取りを入れてくれた。

黒い布地に、悠々と空を飛び回る黒鷹の刺繍《ししゅう》。黒地に黒糸というまさかの配色だが、鷹は金糸で縁取《ふちど》られているため、かえって美しく際立《きわだ》って見えた。

私は今、長椅子に座り、その外套《がいとう》に刺繍《ししゅう》を足しているところだ。

なんでもこの国では、こうした慶事に、身内の女性が吉祥紋《きっしょうもん》の意匠《いしょう》を刺繍《ししゅう》するのが代々の習わしなのだという。そのため、空き時間を見つけてはこうしてちくちくと針を入れている。

王位決定の議会が終わり、私が王女特訓の授業を受ける必要もなくなった。なのでこうして私の息抜きの場所になっている特訓部屋で、一人刺繍《ししゅう》にのめりこんでいるのだ。

するとそこへオーベルがやってくる。

「これは姉上。今日も作業してくださっているのですか」

黒い騎士服姿のところを見ると、恐らく彼は今日も騎士団へ引継ぎに行っていたのだろう。私は手を止め、顔を上げて頷《うなず》く。

「うん、オーベルの晴れの衣装だもの。心をこめて縫《ぬ》わないと」

「お気持ちは嬉しいですが、あまり根《こん》を詰め過ぎないでください。ミランダから、貴女が夜もほとんど眠らずに作業してくださっていると聞いています」

「そ、それは、その日はたまたまで……」

「本当にたまたまですか？　サイラスにもそれとなく貴女の様子を窺《うかが》わせていましたが、連日のようだと報告を受けています」

「う……」

慌ててごまかそうとしたが、無駄だったらしい。答えがわかっているのに質問するなんて、相変わらずオーベルは、こういう時ちょっと意地悪だ。

私は少し悔しくなって、俯《うつむ》きがちに返す。

「だって、可能な限り時間をかけたいの。私が貴方にしてあげられることってこれくらいしかないし、きっとこれが最後にできることだから……」

「……最後？」

思わずぽろりと本音を零《こぼ》した途端、オーベルの声が低くなる。いきなり距離を詰められた。

「姉上、それはどういう意味ですか」

「ど、どういうも何も……ほら、私は貴方を王位に就けるために『黒鷹公《くろたかこう》の姉上』になった訳じゃない？　王になるのが決まった今、これが姉上としての最後の仕事になるのかなって」

「確かにそうですが、俺の傍《そば》からいなくなる訳ではないでしょう。貴女にできることは、これからそれこそいくつでも……」

彼の言葉に私は目を伏せた。オーベルがまさかという様子で、静かに問いかけてくる。

「姉上……もしや、まだ元の世界に戻られるつもりでおられますか？　確かに、俺も今も貴女を元の世界へ戻す方法を探し続けてはいます。ですが、貴女はきっと俺の傍《そば》にいてくださるものと――」

彼は真剣な眼差しで、確かめるように再度尋ねてきた。

「今も、お気持ちに変わりはないと……？」

「……うん。帰り方はわからないけど、それならそれで方法を探す旅に出ようかなって」

なんとか小さく微笑んで私は答える。

今思いついたことだけれど……うん、それがいいのかもしれない。私の役目はもう終わったんだから、オーベルが王になるのを見届けたら、この王宮を後にしよう。

――そうすれば、オーベルが他の女性を娶《めと》る所を見なくて済む。

彼の傍《そば》にいたい気持ちはもちろんある。でも、彼の足かせになりたくない気持ちと、彼の妻となる女性を見たくない気持ちの方が強かった。

姉として彼を祝福したい。でも、それをしたら、いつか私の心は壊れてしまう。――そんな気がした。それぐらい、彼を好きになってしまったのだ。

だから、これもいい転機なのかもしれない。それに各地を旅すれば、国の実情がより良く見えてくるだろうから、彼のもとへ詳しい情報を届けるという意味でも彼の役に立てる。

そんな私に、オーベルはさらに真剣な表情になった。

「俺の言葉は、貴女に届いていませんでしたか？」

「それは……」

思わず言葉を失う。彼が以前口にした、告白のことを言っているのだろうか。

それはもちろん届いている。でも――

返事に躊躇《ためら》う私に、さらに彼は言った。

「姉上――いえ、アカリ。俺は貴女以上に愛しい女性を知らない。貴女と共に歩んでいきたいと思っていた。そして、今もそう思っています。俺では、貴女の相手に値《あたい》しませんか？」

「私、私は……」

そんな訳ないに決まってる。私だって、オーベルじゃなきゃ嫌だ。

他の誰とも恋なんてしたくない。でも……駄目なんだ。私は彼の姉だから。

気がつけば、ぽろりと一粒涙が零《こぼ》れていた。この世界に来てからこれまで、一度も流さなかった――流したくなかった涙。でも、今だけはそれを堪《こら》えきれなかった。

そして、噛み締めるように思いを口にする。

「……私だって、オーベルが――貴方がいい。……でも、駄目なの。私は姉として貴方を……」

「姉上……」

苦しげな声を上げたオーベルは、私を強い力で抱き寄せるや、そのまま荒々しく唇を奪う。

「ん……っ」

息まで奪われそうな激しい口づけに翻弄《ほんろう》され、身体から力が抜けていく。オーベルは、何度も何度も私の唇を啄《ついば》んだ。時には奪うように、時には優しく慰《なぐさ》めるように。

ようやく離された時にはすでに息が上がっていた私は、彼の広い胸にもたれることしかできなかった。そんな私の額《ひたい》に口づけ、彼が囁《ささや》く。

「——俺が弟でなくなれば、貴女の涙は止まりますか？」

「え……？」

「俺が貴女の弟でなくなれば。そうすれば、貴女は俺を見てくれますか」

真剣な眼差しで告げる彼に驚き、私は小さく笑って首を横に振る。

「……そうなれたら夢みたいだけど、それは無理だよ。……だってそうなったら、折角《せっかく》の王位が台無しになっちゃうじゃない」

もし私が黒鷹公《くろたかこう》の姉たる王女でなく、無関係なただの女だと明かしたら、同意者としての地位は剥奪《はくだつ》され、オーベルの王位もなかったことになるだろう。

私は王女を騙《かた》った悪女として罪に問われるはずだ。そんな私を保護していたオーベルもきっとお咎《とが》めなしではいられない。

私が彼の姉でなくなることは、恐ろしい未来にしか繋《つな》がらないはずだ。

だが彼は、決意を籠《こ》めた瞳で口にする。

「俺は、夢を夢のまま終わらせたりはしません。貴女に憂《うれ》いがあるのなら、すぐに取り去ってみせましょう。……前に言ったでしょう、それは簡単なことだと」

その言葉に、私は目を瞬《しばたた》かせた後、思わずふふっと笑ってしまった。いつもの自信満々な口調で、私を慰《なぐさ》めようとしてくれたのがわかったから。なので私も、今は彼の言葉に乗ることにした。

「……そうだね。オーベルなら、きっと道を開いてくれそうだものね」

そういう彼だから、好きになった。いつも先を見据《みす》えて、決して諦《あきら》めずに望むものを掴《つか》むべく動いて。だからこそ幸せになってほしかった。たとえ私とは遠い場所にいたとしても。


オーベルとそんなやりとりがあった翌日も、私は王女の特訓部屋で刺繍《ししゅう》を続けている。

ただ、彼の言葉が時々ふいに思い出されて手が止まり、指に何度も針を刺してしまった。

今はミランダに薬を塗ってもらおうと寝室へ戻ってきたところだ。これくらいの小さな傷ならそのままでもいいのだけれど、後で彼女に知られたら、心配されて大事《おおごと》になってしまう。

私のドレスを整えてくれていたミランダに事情を話すと、彼女はすぐに作業の手を止めて薬箱を持ってきてくれた。

「まあ、こんなに針の痕《あと》が……お労《いたわ》しい。すぐに薬を塗らせてくださいませ」

そう言うと、彼女は薬箱から、あれでもないこれでもないと、色々な薬を取り出し始める。重厚な木箱は家庭用救急箱のスペシャル版といった感じで、どうやら先日の火傷《やけど》の治療以来、さらに種類を増やしたらしい。

心配してくれる彼女の気持ちを嬉しく感じつつも、本当に大したものではないので慌てて説明する。

「ミランダ、ありがとう。でも、そこまでの傷じゃないからその辺の軟膏《なんこう》で十分……」

「いいえ、アカリ様の御手に傷が残ったら、悔やんでも悔やみきれませんわ。こんなにお綺麗ですのに……」

ミランダの方がずっと綺麗な手をしているのになぁ、と思いながら、とりあえず彼女が満足するまで大人しく治療されることにした。

濃い緑色の薬を塗った後、包帯《ほうたい》で指をぐるぐる巻きにされ、あっという間に骨折でもしたかのような見た目になる。うん、やっぱりミランダ、色々と心配しすぎだ……

なんとも言えない心地で太くなった人さし指を眺めていると、ミランダが開けた薬箱の中から、うっすらと薄荷《ハッカ》のような香りが漂《ただよ》ってきた。

私はあれ？　と首を傾《かし》げる。どこかで一瞬、この香りを嗅《か》いだことがある気がしたのだ。

うーん、どこだっけ……と思いながら尋ねる。

「ねえ、ミランダ。薄荷《ハッカ》みたいな香りはなんの薬？」

「こちらですか？　こちらは火傷《やけど》の薬ですわ。前にお話しした、マレバの葉から作った薬です」

「マレバ……ああ！　珍しくて高いから、なかなか市場に出回らないって言ってた薬だっけ。あれから探してくれたんだ」

だんだんと思い出してきた。そうだ、私が軽い火傷《やけど》をした時に、たまたま切らしていたという薬か。私の言葉に、ミランダは嬉しそうに頷《うなず》いた。

「ええ。ひどい火傷《やけど》にとても良く効くお薬で。前回はお恥ずかしい所をお見せしたので、先日薬商人が来た時に補充致しました」

「そうなんだ……ありがとう。これって、お香とかにも使われたりするの？」

以前嗅《か》いだ時の状況を思い浮かべて尋ねた私に、ミランダがきょとんとする。

「お香でございますか？　いいえ、マレバの葉は火傷《やけど》の薬にしか使われませんわ。貴重な植物ですから、収穫されるとすぐ薬師《くすし》のもとへ運ばれて調合されますので」

「あれ？　おかしいな。前に、これと同じお香を嗅《か》いだ気がしたんだけど……」

そこで私は思わず動きを止めた。

そうだ、古びた書物に囲まれた薄暗い書庫で、私はこの香りを嗅《か》いだのだ。そしてその時、そこにいたのは――

私は、はっとして顔を上げる。今、重大なことに気づいた気がしたのだ。

「ミランダ、ごめん！　ちょっとだけ私、出かけてくるね」

「え……あの、アカリ様!?　どちらへ……!?」

「オーベルの執務室と図書室、それからある場所に！　大丈夫、護衛も連れていくし、王宮の外には出ないから」

振り返って言いながら、私は入り口にいた護衛を連れ、オーベルの執務室へと向かった。

歩きながら思い浮かべるのは、先日の承認の間での王妃様の様子と、ある人物の姿。

もし私の予想が正しければ、きっとあの人が――

考えるほどに、心臓の音がどくどくと大きくなっていく。

やがてオーベルの執務室へ辿《たど》り着くと、そこに彼の姿はなかった。

「申し訳ございません、アカリ様。オーベル様は、本日は朝から外に出られていまして」

中にいた侍従が、申し訳なさそうに教えてくれる。

「外に……遠出かしら？」

尋ねるが、侍従も把握していないようでゆっくりと首を横に振る。

「いえ、それが急遽《きゅうきょ》血相を変えて出ていかれて。騎士を大勢引き連れ、どこかへ向かわれました」

「そう……」

もしかしたら、何か緊急の要請が入ったのかもしれない。

オーベルに相談できないのは残念だけれど、それなら一人で向かおうと、図書室に寄ってから王宮の本宮へと足を向ける。

最終的に辿《たど》り着いたのは、王妃様とジュール王子の暮らす宮だった。

初めてちゃんと足を踏み入れたそこは、どこか閑散《かんさん》として見える。侍従や侍女はいるものの、数が少ないせいだろうか。それもそのはず、オーベルが新たな王と決まったことで、王妃様とジュール王子が西の離れの宮へ移動することになったからだ。

昨日の時点で別の宮への引っ越し作業が始まったため、こんなに静かな状態なのだろう。そんな人気《ひとけ》のない廊下を抜け、やがて私はとある部屋の前へと辿《たど》り着いた。

焦《こ》げ茶の重厚な扉には、美しくも落ち着いた色合いの金の飾りがついている。

脇に立つ兵士に伺いを立てると、すぐに部屋の主が扉から顔を覗《のぞ》かせた。

「わっ、アカリ姉様！　どうなさったのですか？　こちらにいらっしゃるなんて」

そう――そこはジュール王子の部屋だった。

驚きつつも嬉しそうに笑う彼に、私は緊張しながら挨拶を返す。

「突然申し訳ございません、殿下。少しお尋ねしたいことがあってお邪魔しました」

「尋ねたいこと？　なんでしょう。あっ、そうだ、もしよろしければ中でお話ししませんか？」

不思議そうな表情ながらも中へ招き入れてくれる彼に、私はそっと頷《うなず》いた。

確かに、できれば人の耳のない所でしたい話だったからだ。

「ありがとうございます。では、お邪魔させて頂きます」

そうして足を踏み入れた中は、きちんと整えられた部屋だった。

繊細な飾りの調度品があり、大きな書棚が三つも備え付けられ、そこに数え切れないほど多くの本が並んでいる。勉強家な彼らしい部屋だった。

ジュール王子は、部屋の外にいる私の護衛を労《ねぎら》ってでもいるのか、彼と二言三言話してから、室内に戻ってきた。

「どうぞ姉様、そちらの椅子にお掛けください。それにしても、尋ねたいこととは一体なんでしょう？　僕で答えられる内容だといいのですが……」

「大丈夫です、殿下にならきっとおわかりになることですから。……いいえ、きっと貴方しか答えられないでしょう」

「僕だけ？」

きょとんとした彼を見据《みす》え、私はすっと一度深呼吸をして告げる。

この世界に来た時からずっと伝えようとした台詞《せりふ》を――これまでずっと探していた謎の答えを。

「ええ。貴方しかいないから。私を――黒髪黒目の人間を召喚した犯人は」

それが、先程私の至った結論だった。ジュール王子が目を丸くする。

「召喚……？　それに、犯人って？」

「ええ。私を、この世界――マージアに召喚した犯人のことです」

私は、ゆっくりと続ける。

「初めは、王妃様が私を召喚したのだと思っていました。他に動機のありそうな人もいないし、同意者を求める彼女の仕業なのだろうと……でも、違いました。犯人の手には火傷《やけど》があるはずなのに、先日の承認の間で見た彼女の手は、火傷《やけど》などなく綺麗な肌でした」

そう、あの時はそこまで気が回らなかったけれど、思い返せばそうなのだ。

葡萄酒《ぶどうしゅ》に濡れた手袋を外した彼女の手は、白く美しい甲を晒《さら》していた。

そんな私に、ジュール王子が困ったように眉を下げている。

「あの……姉様？　僕には、何がなんだかよくわからないのですが」

以前の私なら、優しい彼を困らせてしまったと、そこで引き下がったかもしれない。

だが、確信を持った今は違う。

「今の説明でおわかりにならないのでしたら、もう一つお尋ねします。――殿下、貴方のその手袋の下にある、右手を見せては頂けませんか？」

「右手を？　どうしてですか？」

「そこに恐らく、火傷《やけど》の痕《あと》があるからです。手の甲に、ペンダント型の火傷《やけど》が今も」

「やだな、姉様。前にもお話ししたでしょう。これは……」

笑って首を横に振る王子に、私はさらに言い募《つの》る。

「ええ。王妃殿下に言われ、幼い頃からその手袋を着けられていたとお聞きしましたね。過去に怪我をしたからと。では殿下、それならなぜ、貴方はまだ火傷《やけど》の薬を塗られていたのですか？　すでに癒《い》えているはずの傷に、なぜ今さら薬を」

「そんな、火傷《やけど》の薬なんて僕は……」

「先日貴方と図書室でお会いした時、貴方の手からある香りが漂《ただよ》っていました。その時は手袋にお香でも焚《た》きしめているのかなと思ったけれど、後でそれが塗り薬の香りであると知りました。火傷《やけど》にのみ使われる、マレバの葉の香りなのだと」

「…………」

「私を召喚した時、貴方は右手の甲にひどい火傷《やけど》を負った。今もまだ、治っていないのではないですか？　それを隠すため、貴方は手袋を嵌《は》めて密《ひそ》かに薬を塗り続けていた。周囲には、母の言いつけでそうしているのだと、言い訳を準備して」

「言い訳だなんて、本当に僕は……」

「――では、殿下。私に右手を見せてください。私の言っていることが全くの嘘だというなら、尚更。貴方の言葉が正しいと、どうか証明してください」

だが彼は、いつまで経っても右手を見せようとはしなかった。私は続けて、図書室から借りてきた古びた一冊の本を差し出す。

「それから、殿下。こちらを」

「これは……？」

「私が先程図書室から借りてきた本です。よろしければ、読んでみて頂けませんか？」

「申し訳ありませんが姉様、僕はこの本は少ししか……」

「読めませんか？　表紙の文字も？」

「『アゼリアの秘密』、と書いてあるのはわかります。でも、読めるのはそこぐらいで……」

そこで私は確信を得た。

「ええ……そうですよね。簡単な単語しか解読できないはずです。だって私も、これを中途半端《はんぱ》にしか読めないから。中の文章は飛び飛びにしか読めないんです」

「姉様も……？」

「ええ。貴方の知識の一部を受け取った私も、貴方と同じだけしかこのアゼリア語を読めません。だから、これをお見せしたかったんです――貴方が犯人だという証拠になるから」

そう静かに告げる。

ジュール王子は、初め虚を突かれたような表情をしていた。

だが、やがてその表情が次第に変わっていく。それはまるで、清楚《せいそ》な白い花が、禍々《まがまが》しい黒へと染まっていくかのような変化だった。

小さく息をついた彼は、先程までとは違う、どこか大人びた笑みを浮かべて言った。

「なんだ……そうか、わかっちゃったのか。姉様は、意外に鋭くていらっしゃるんですね」

ようやく認めた彼を、私は色々な感情がない混ぜになりながら見据《みす》える。

聞きたいことは沢山あった。どうして黒髪黒目の人間を召喚しようとしたのか、なぜそれが私だったのか。また、せっかく召喚した私を取り逃がしたまま、捕まえようとしなかった理由も謎だ。彼の行動は矛盾《むじゅん》だらけで、だからこそ答えてほしかったのだ。

私はまず、一番聞きたかったことを、震えそうになる声で尋ねる。

「どうして私を召喚したりしたんですか？　貴方は、王になんてなりたくないと言っていたのに」

——母はなぜ、自分を王にしようとするのだろう。そんなものになりたくないのに。

そう言って彼は、ことあるごとに憂鬱《ゆううつ》そうな様子を見せていた。

今まで私の前で見せていたあの姿は全て嘘で、心の中ではずっと王になりたいと願っていたのだろうか。

するとジュール王子は、ふっとかすかに笑った。

「姉様にお話ししたことに嘘はありません。僕は王になんてなりたくなかった。——だからです」

「だから……？」

怪訝《けげん》な声で尋ねた私に、彼は窓際《まどぎわ》に向かって歩きながら説明する。

「ええ。もしも僕が王になっていたら、姉様はその後どうなると思いますか？」

「それはたぶん、王妃殿下が常に傍《そば》に寄り添って、二人で政治を……」

「そうです。実質的に母上が腕を振るうことでしょう。……そういう人です、あの人は。僕のためと言いながら、その行動の全てが自分のためである人」

そして彼は物憂《ものう》げに遠くを見つめ、続きを口にする。

「そして母上は、多くの民の恨みを買っている。姉様が議会で仰《おっしゃ》っていた通り、彼女の実の息子である僕が王になれば、その積み重なった恨みを引き継ぐだけ。そんな王が立ってどうなるでしょう。……たぶん、僕の代で破滅する」

王子は気だるげに目を伏せた。

「……そんな先のない王になんて、なりたくはなかった」

「殿下……」

彼は賢い。だからこそ見えてしまったのだろう、自分の明るくない未来を。

彼はこちらを振り返って言った。

「だから、黒髪黒目の王族が欲しかったんです。僕を王位から引き離す第三勢力として」

「第三勢力？」

驚いて尋ねた私に、王子が小さく笑う。

「そう。オーベル兄上は手強い方《かた》だけれど、あの時は母上に押されて劣勢だった。リュシアン兄上もすでに王宮から去ってしまっている。このままでは、きっと僕が王にされてしまう。――だからもう一人、新たな王候補として黒髪黒目の人が現れてくれたらと思ったんです」

王子は穏やかな口調で続ける。

「でもまさか、姉様が僕の手から逃《のが》れてオーベル兄上の所に行くとは思わなかったけれど。でも、それならそれで良かった。姉様は同意者として兄上の力を強めて、僕を王位から引き離してくれるだろうから」

なんでもないことのように言った彼に、私は呆然《ぼうぜん》とする。

「そのために……」

そんなことのために、私を召喚したの？

自分が嫌な状況から逃《のが》れようと、王位を捨てる、その身代わりにするために。

ふつふつと抑えきれない怒《いか》りが湧いてくる。私はいらなくなったら捨てられる、便利な駒《こま》じゃない。私自身の人生を生きる、一人の人間だ。

だが、今は怒《いか》りをぶつける時ではない。残る疑問を解こうと、ぐっと拳《こぶし》を握って続ける。

「……事情は、納得はできないけれどわかりました。でも、それでどうして私が召喚されることに？　他にも候補はいたはずでしょう？」

黒髪黒目の人間なんて、日本に腐るほどいる。私でなければならない理由なんてどこにもないはずだ。その問いに、ジュール王子があっさりと答える。

「それはたぶん、僕が以前召喚された人の遺《のこ》したものを触媒《しょくばい》に使ったからだと思います」

「以前に召喚された人？」

前に本で読んだ、百年前に召喚された女性のことだろうか。

本には、彼女は行方知れずになったと書かれていたけれど――

「そう。僕の魔力はそんなに強くありません。何か強力な触媒《しょくばい》となるものがなければ召喚なんて無理だった。だから、以前この世界に来た女性の残した品を使って召喚の儀を行ったんです。宝物庫に飾られていたのを拝借したんだけど、たぶん、その持ち主がアカリ姉様の血縁の方《かた》だったんじゃないかな」

「私の、血縁……？」

以前に召喚された女性というのは、もしや私のお祖母ちゃんなのだろうか。でも百年前のことと言うなら、年齢が合わない。私の祖先の誰かかもしれない。

「だから、その人に連《つら》なる誰かを――中でも、オーベル兄上と年の近い人を探して召喚したんです」

「オーベルと年の近い人を……？」

怪訝《けげん》に思って尋ねた私に、王子が頷《うなず》く。

「ええ。年を取り過ぎていても若過ぎても、王候補にはできませんから。だから、姉様くらいの年の方が丁度良かったんです。謎の王族として表に出せますから。だから、召喚の呪文を唱えながら、思い浮かべて手を伸ばしたんです。そんな人を捕まえられますようにって」

「それで、私を……」

頭がぐらぐらしてくる。

つまり、以前に召喚された女性の血縁であり、最もオーベルと年が近かったから、私が呼び出されたということだ。考えてみれば、私には年の近い兄弟がいないし、従弟《いとこ》たちとも年が離れている。私の従弟《いとこ》はみな中学生や小学生で、だからこそ条件が合わなかったということなのだろう。

「そんな、そんな理由だなんて……」

運が悪かったといえばそれまでだろう。だが、それで済ませられるようなことではなかった。

私はぐっと顔を上げて口にする。

「私を有無《うむ》を言わさずここに召喚したこと、正直に言えばとても怒っています。でも、過ぎたことはどうしようもないから。だから、帰してください。日本に。殿下ならできるはずでしょう？」

　けれど、ジュール王子は申し訳なさげに微笑んで首を横に振った。

「姉様、残念ですがそれはできません」

「どうして……？」

「だって、触媒《しょくばい》となる物が壊れてしまったから」

「壊れ……え？」

　何を言われたのかわからず、一瞬、頭の中が真っ白になる。

「姉様を呼び出した時に、姉様のつけていた首飾りに触れて僕が火傷《やけど》したでしょう？　あの時、反動で手に持っていたそれを――硝子《ガラス》の指輪を落として壊してしまったんです。それがないと、たぶん姉様を元居た場所に帰すことはできません」

「嘘でしょう？　だって、前に見た返還の儀の本にだって、ここに来るときに着ていた服や小物があればそれでいいって……！」

「ああ……あれは、ごく一部を切り取った本でしたから。実際には、それだけでは無理なんです。呼び出した時に、こちらで準備した物もないと」

　もう、日本に戻れない……？

　呆然《ぼうぜん》と立ち竦《すく》む私の前で、ジュール王子がいっそ無邪気に微笑んだ。

「あはは、姉様、絶望しちゃいました？　ごめんなさい、でももう壊れてしまったらどうにもなりませんよね」

——怒《いか》りと悔しさ、悲しさが心の中でぐちゃぐちゃに混ざり合う。

でもここで思い出したのは、お祖母ちゃんの言葉だった。

『生きていると、辛《つら》いことや怖いことがいっぱいあるもんだね。そういう時は、周りが灰色や真っ暗闇に見えたりする。……でもね、あかり。その中で何かひとつでいい、ささやかな楽しみを見出《みいだ》すことができれば、きっとあんたの周りはほのかに色づいて見えるだろうよ』

その声を思い出して私はぎゅっと拳《こぶし》を握る。

そして、つかつかとジュール王子に歩み寄ると、彼の頬を勢いよく張り飛ばした。

ぱん、と乾いた大きな音が響いて、王子が目を丸くする。

「え？」

そんな彼を真《ま》っ直《す》ぐに見据《みす》えて私は言った。

「もう日本に戻れない……それならそれで上等です。貴方が知る方法ではもう戻れないなら、私はそれ以外の方法で帰る方法を探すから。それに、私の先祖の誰かは、初めてこの世界に来た人だったのに、どうにかして日本に戻ったんでしょう？　それなら、私も同じことをやってみせます」

そして私ははっきりと口にする。

「だから——とりあえず殿下は、反省してください。私や、色々な人に迷惑をかけたことを」

王子はぽかんとした様子で私を見ていた。

やがて彼は、堪《こら》えきれなくなったように笑い出す。

「あはは……すごいや。それでも挫《くじ》けないんだ。姉様はどうしてそう、前を向けるんですか？　絶望しかないのに、楽しいことなんてこの先ないのに、どうして……」

そこで彼は目を伏せ、ぽつりと呟《つぶや》く。

「……どうしてそうやって、僕に光を見せるんですか」

「ジュール殿下？」

なんだか彼の声音《こわね》が変わった気がして、私は怪訝《けげん》に聞き返す。

「諦《あきら》めて、どうでもいいと思っていたのに、姉様はそうやっていつも、僕に光を見せる。もしかしたら、僕でも真っ直《ます》ぐに前を見据《みす》えて歩けるのかなって、そんな風に……」

それは、彼の本心からの呟《つぶや》きに思えた。

「——でも、もう無理なんです。僕は、姉様に会う前に心が穢《けが》れてしまった。貴女という無関係の人を召喚したし、その秘密を知られるのが怖くて、召喚の儀に携《たずさ》わった臣下も始末した。もう、元には戻れないんです」

「それも、殿下が……？」

驚きで言葉を失う私に、彼はどこか悲しげにぽつりと口にした。

「なんで、いつも兄上なのかなぁ。リュシアン兄上に大切にされるのも、伯母《おば》上に大切にされるのもオーベル兄上。僕には母しかいない。あんな母しか。でも姉様だけは、僕の……」

「殿下？」

そう聞き返した時には、もうすでにジュール王子が間近まで迫ってきていた。

彼は、迷わず私の首へと手をかける。

「あの時、首を絞めて殺してしまえば良かった。そうしたら、姉様はあの時からずっと僕のものだったのに。オーベル兄上にも取られずに、僕だけのものだったのに」

逃げ出そうにも、壁際に追い詰められて退路を断たれる。そして思いのほか彼の力は強く、振り解《ほど》けない恐怖で顔が青ざめていく。

「や……やめてください!!」

「大丈夫です、姉様。姉様が死んだら、ちゃんと綺麗な剥製《はくせい》にしますから。そうして、ずっ

と僕の部屋に飾っておくんです。だから、ずっと一緒です」

「いや……!!」

こんなところで死にたくなんてなかった。だが、彼の腕の力は強く、見る見る内に首が絞められていく。早く、ドアの外にいる護衛を呼ばないと……と震える手を伸ばすが、その希望も無残に打ち砕かれる。

「ああ、護衛を呼ぼうとしていますか？　でも、彼には姉様が入室した時点から、元いた所に戻ってもらいました。僕が責任を持って送り届けるから、持ち場に戻るようにと」

「そ、んな……」

無情な言葉に、心が絶望へと染まっていく。

「品行方正にしていると、そういう時に信じてもらえて良いですよね。こうして姉様も、僕の部屋に入ってきてくれたし……護衛がいれば、それ以上僕が手出しをしないと思われたんでしょう?」

そして彼は美しい微笑を浮かべて私の耳元に囁《ささや》く。

「姉様が、そういう人で良かった。だから、こうして僕のものにできる」

そんな、このままでは……

どんどん苦しくなっていく息の中、思い浮かんだのはただ一人の姿だった。

黒髪に褐色《かっしょく》の肌で、いつも私を守ってくれた――

――そうして意識を失いかけた時、突然外から扉が打ち破られた。

「姉上!!」

そこに現れたのは、思い浮かべたその人――オーベルだった。

黒い騎士服姿で、余程急いできたのだろう、息を弾《はず》ませている。ジュール王子に首を絞められている私の姿を見て取った彼は、迷わずに腰の剣を抜き、王子に斬りかかる。

ジュール王子が呆然《ぼうぜん》と目を見開く。

「っ!!　どうして、オーベル兄上がここに……？」

「その手を離せ、ジュール」

「……!!」

私の首を絞めていた手を斬られ、王子の右手から血が流れる。

そして、今の剣戟《けんげき》で切れた手袋から覗《のぞ》いた彼の手の甲には、やはり火傷《やけど》の赤い痕《あと》があった。今もなお、じくじくと痛んでいそうな赤い肌。

ようやく息ができるようになり、私は力なく床にへたりこむ。その前では、オーベルとジュール王子が鋭い眼差しを互いに向け、相対していた。

「ジュール……姉上に手を出した以上、お前を許しはしない」

「姉上？　兄上だって、アカリ姉様が本当の姉じゃないと知っているのに？」

手から流れる血もそのままに、嘲笑《あざわら》うように言ったジュール王子を見据《みす》え、オーベルが頷《うなず》く。

「確かに、彼女は俺の姉でもお前の姉でもない。だが俺の大切なただ一人の女性だ。その人を傷つけようとしたこと、許しはしない」

「大切な人？　ああ、そうなんだ……もう、姉様は……」

そして俯《うつむ》いたジュール王子は、ぽつりと口にする。

「もう僕のものにはならないなら、いっそ……」

そして彼は胸元から呼び鈴のようなものを取り出して鳴らす。

すると、奥の間から大きな音を立てて幾人《いくにん》もの男が現れた。布を巻いて顔を隠した怪しい風体《ふうてい》の男たちで、皆手に刃《やいば》を握っている。

私はへたりこんだまま、驚いて目を見開く。

「なに？　この人たち……!?」

「僕の本当の護衛です。いつも傍《そば》に適当に数人兵士を連れていたけれど、あれは形だけ。僕には影のように寄り添う彼らがいるんです。いつ、誰に命を狙われるかわからないから」

オーベルの目がさらに鋭く眇《すが》められる。

「――ジュール、正気か」

「ええ。だって兄上が消えれば、姉上は僕のものになるでしょう？」

「そうか……そう言われては腕が鳴る」

そうオーベルが答えた次の瞬間には、ジュール王子の護衛たちとの剣戟《けんげき》が始まっていた。

一人の男が振り上げた刃《やいば》を受け止め、オーベルがすかさず反撃する。絶え間なくぶつかり続ける剣の音。目にも留まらぬ速さで繰り出される技の数々に、私は視線を奪われて動けなくなる。

「殿下、御覚悟……!!」

「――遅い」

男たちの動きは速い。だが、オーベルの剣の猛禽《もうきん》のような速さと鋭さに敵《かな》うものではなかった。

「くっ……」

呻《うめ》き声を上げ、また一人と倒れていく。多勢に無勢《ぶぜい》であるのにその戦況は明らかだった。

「そんな、手練《てだ》れの者たちだけを集めたのに、どうして……」

信じられない様子で呟《つぶや》いたジュール王子に、私は離れた場所から口にする。

「ジュール殿下……貴方には、オーベルがただ運がいいだけで色々な物を手にしているように見えるのかもしれないけれど、それは違います。オーベルは、全て自分で動き、実力で掴《つか》み取ってきたんです。騎士団長という座も、人望も。それに相応《ふさわ》しい剣の腕も」

むしろオーベルは、初めは何も持たなかった人だ。

幼い頃に母という庇護《ひご》をなくし、その代わりに大切に愛を注ごうとしてくれた伯母《おば》も亡くした。父は新しい妻を娶《めと》ってのち意識をなくし、その新しい母となった人からは邪《じゃ》険《けん》にされ、命さえも狙われた。だがその中でオーベルは心を預けられる仲間を作り、着実に歩んできたのだ。

私という奇妙な人間に出会っても、彼は決して駒《こま》のように扱ったりはしなかった。

いつだって民や側《そば》にいる人のため、真《ま》っ直《す》ぐな眼差しで歩んできたのだ。

だからこそ彼を慕い、主《あるじ》にと仰《あお》ぐ仲間も増えていった。

――その結果を今、目の前の光景は如実《にょじつ》に示している。

オーベルの剣の腕に――いや、それだけでなく彼の気迫の籠《こ》もった眼差しに、男たちはどんどん圧《お》されていく。ここで見ている私にもわかる。オーベルの持つそれは、王者の気迫だった。

俺に触れるな、触れるならば相応の覚悟を持って向かってこいと、彼の眼差しが雄弁に物語っている。そして斬りかかってきた者を、容赦なく斬り捨てる確かな強さ。それが男たちの心を尻ごみさせている。この人は、刃《やいば》を向けてはならない――真の王なのだと。

男の一人が、戸惑ったように呟《つぶや》く。

「お、俺は……ジュール殿下を、王に……そうすれば、国が良くなるからと……」

「それがお前の信じる道ならば、最後まで貫《つらぬ》けばいい。その上で、俺は叩き斬ってやる。――一人の女性の人生を狂わせて王になる男の臣下に、俺は緩《ゆる》める手など持っていない」

そう言い、彼は圧倒的な力で男を斬り伏せる。

男が目を見開き、崩れ落ちていく。最後に口が「陛下……」と言っていたように見えた。

残る数人の男もオーベルに斬り伏せられ、やがてその場に立っているのは私たち三人だけになる。

オーベルが静かに歩み寄り、握った剣をジュール王子へと向ける。

「ジュール、そこに立て」

「…………」

ジュール王子が青い顔で立ち尽くす。足がかすかに震えているのが見えた。

だが恐怖に震えながらも、彼は命乞いのような真似はしない。

そんな二人のもとへ、私は急いで駆け寄る。

「オーベル……！」

ジュール王子のしたことは、確かに許せることじゃない。これはどう見ても謀反《むほん》だ。

けれどそれとは別に、オーベルが実の兄弟を殺すのは黙って見ていられることではなかった。それに、さっきジュール王子が覗《のぞ》かせた悔恨《かいこん》の表情が、私の頭から消えなかったのだ。

――このまま王子の命を絶って終わっては、きっとオーベルの心にも傷を残すことになる。

私は、すっと二人の間に割って入った。

「待って、オーベル」

「姉上、退《ど》いてください。今から遺恨《いこん》を断《た》ちます」

「ええ、王という立場から見たらきっとそれが一番いいんだと思う。でも、兄としてはどう思っているの？　本当に彼を斬りたい……？」

真剣に問いかけた私に、オーベルはふいと視線を逸《そ》らした。

「ジュールは……その男は、姉上の人生を狂わせた男です。生かしておいては後々の禍《か》根《こん》となる」

「そうね。私が元の世界に戻れる可能性は限りなく小さくなったもの。……でも、それはもういい。私が自分でなんとかするから。そうじゃなくて……オーベルに弟を殺してほしくはないの。それに、ここで思いを変えれば、まだジュール殿下の花は咲くと思ったから」

「花が咲く……？」

怪訝《けげん》そうに尋ねたオーベルに頷《うなず》く。

「悔やんでいれば、何でも許される訳じゃない。悪いことをすれば、それはやっぱり悪いもの。でも……斬ってしまったら、もう何も直せないし変われないわ」

そして私は、ジュール王子へと向き直る。

「ジュール殿下、貴方は色々な文字が読めますよね。……私は貴方の力の一部をもらったから、知っています。地方のあまり使われない言語も読めていた。それだけ、貴方は勉強を重ねてきたのではありませんか？　いつか広く民の声を聴くために」

「それは……」

ジュール王子が目を見開いて言葉を失う。

「貴方は、自分が何も持っていないという。でも、私には持っているように見えます。

育てていけば、きっと民を救えるような力をいくつも。貴方は、それを少しも使わないまま消えていくのですか？」

静かに問いかけた私に、彼は唇を震わせた。

「でも、僕は……」

「少しでもこれまでのことをやり直したいなら。——殿下、どうか変わってください」

「変わる……？」

「ええ。雨の日にも凛《りん》と咲く、水色の花に。泥の水を吸い、そうして綺麗に咲く花に——なってほしいんです。だって貴方は、自分が王になることで破綻《はたん》していく国を見るのが嫌だと言っていた。……そこに、かすかにでも民への思いはあるのではないですか？貴方が気づかないくらい小さなものだとしても、確かに民を思う気持ちがそこに」

「そんな綺麗な思い、僕には……」

そう言いながらも、彼の瞳は揺れていた。まるで、以前に見た迷子の子供の眼差しのように。

その様子をオーベルは黙って見据《みす》えていた。やがて彼は、すっとジュール王子に歩み寄る。

「——ジュール、目を閉じろ。すぐに終わる」

駄目だったのだろうか、王子に、そしてオーベルに気持ちは伝わらなかっただろうか。

だが、これ以上私が何か言えることではなかった。王になるのは、他でもないオーベルだ。国の今後に関わる以上、害悪となるかどうかを判断するのは彼自身だ。

ジュール王子もそれを理解しているのか、唇を引き結びぎゅっと目を閉じた。

そして、オーベルが剣を振り上げ――迷わずに斬った。

艶《つや》やかな黒髪が、ぱらぱらと床へと散らばっていく。

王子が失ったのは、命ではなく、肩まであった長い黒髪だけだった。

「え……？」

驚いて目を見開いた王子の前で、オーベルは剣を腰に収めた。

「お前のその髪では、作業に向かないだろう。短くまとめておけ」

「オーベル兄上……？」

「新たな王になる者として命じる。ジュール、お前は北にある領地を管理しろ」

「北にある……？」

「ああ。白の民の集落にほど近い地だ。お前はそこで、彼らの生活を間近に見て領地を管理していけ。それが命令であり、お前に与えた使命だ」

「僕の、使命……」

「お前に王族としての誇りがまだあるならば、立て。俺がお前に望むのは、それだけだ」

オーベルはそれ以上言わなかった。

瞳を揺らしていたジュール王子が次第に俯《うつむ》いていく。

やがて最後に彼は、小さな声で口にし、深くオーベルの前で跪《ひざまず》いた。

「わかりました。兄上。……いえ、陛下。ご温情に感謝致します」

それは、彼が初めて見せた王族としての矜持《きょうじ》の姿だった。そしてその横顔は、髪が短くなったことだけが理由でなく、以前よりもどこか男らしくなったように目に映った。


その後、ジュール王子はオーベルが呼んだ騎士たちに連れられて部屋を出ていった。

オーベルにより今回の彼の行動に対する処罰が下されたとはいえ、まだ聞かなければならないことはいくつもある。それを尋問するのだという。

床に倒れていた男たちも騎士たちに運ばれ、部屋には今、私とオーベルの二人きり。

男たちを圧倒的な力の差で斬り伏せたオーベルだけれど、当然ながら多勢に無勢《ぶぜい》の中全くの無傷という訳にはいかず、腕や脇腹の辺りに斬り傷が走り、そこから血が流れていた。

ジュール王子の部屋であるここにいるのも落ち着かず、それにオーベルを早く手当てしたいのもあって、私は彼を連れて自分の部屋に戻ることにした。

――戻った離れの自室。

薬箱を持ってくると、私はオーベルを長椅子に座らせて傷を治療しようとする。

「じっとしていて、オーベル。今、手当てするから」

「これくらいかすり傷です」

「全然かすり傷じゃないよ。だって、こんなに血が……」

もう止まりかけているとはいえ、それでも一歩間違えれば危うかった傷だ。

実際、少しでも油断すれば危ない所だったのだろう。

男たちは誰もが手練《てだ》れの雰囲気だったたし、オーベルが見事な剣の腕前や覇気《はき》で圧倒しなければ、一斉に襲いかかられやられていたはずだ。

そんな不利な状況にもかかわらず、彼は迷わず立ち向かってくれたのだ。私を守るために――

自然と胸がぎゅっと締めつけられながら、彼の傷に消毒液を塗り、包帯《ほうたい》を巻いていく。

「そういえばオーベル、さっきまでどこに行っていたの……？　執務室に行ったら、侍従から貴方が外に出ているって聞いたけど……」

「ああ……あれは王妃のもとへ行っていたのです」

「王妃様？」

なぜ彼女のもとに、と目を丸くする私に、さらに彼は驚くようなことを口にした。

何か思い出しているのか肩を竦《すく》め、どこか疲れた様子で彼は教えてくれる。

「あの女は、俺が王になることが決まったのが余程不服だったのか、貴族と連れ立って謀反《むほん》を起こす計画を企《くわだ》てていました。武器や兵を集めていたその現場を押さえ、なんとか未然に彼女の企《くわだ》てを食い止めることができました」

「そうだったの。王妃様が、そんなことを……」

確かに議会の場でも悔しげな様子を隠さなかった彼女だが、まさかそんな危ういことまで計画していたとは。思わずほうっと息が漏《も》れる。

「でも、よく気がつけたわね、そんな動きに」

「間者《かんじゃ》に王妃の周囲を見張らせていた甲斐《かい》もありましたが、それだけでなく密告もあったので」

「密告？」

「ええ、ジュールの遣《つか》いが俺のもとに手紙を持ってやってきました。すぐに読んでほしいと」

「ジュール殿下が……」

「傍《そば》にいるため、母が起こそうとしている行動を察したらしく、それとなくあの女の居場所を知らせる地図が入っていました。間者《かんじゃ》からの報告も合わせ、その手紙に信憑性《しんぴょうせい》があると判断し、急ぎ騎士を動かした次第です」

そして彼は静かな眼差しで続ける。

「流石《さすが》にジュールも、母が反逆者として打ち首になる様《さま》は見たくなかったのでしょう。実際に謀反《むほん》を起こしたのならともかく、計画した段階で捕まれば牢に入れられるだけで済みます。――それに、そうして此度《こたび》の情報を教えた事実がなければ、いくら貴女の取り成しがあったとしても俺はジュールを許すつもりはありませんでした」

「そう、そういうことだったの……」

そうした経緯から王妃を捕まえ、その後離れに戻ったオーベルだが、そこには私が連れていったはずの護衛だけが先に戻っていた。それに違和感を覚えてジュール王子の部屋まで来たという。

また、そうしてオーベルに手紙を送ったからこそ、ジュール王子はジュール王子で、彼がその場に現れたことに驚いたのだろう。自分の母を捕まえに行ったはずなのになぜここに、と。だからこそ邪魔者は入らないと思い、私を自分の物にするため、手にかけようとしたのかもしれない。

その行動からも、ジュール王子の歪《いびつ》な——迷いに揺れる姿が見て取れた。

悪に染まりながらも、染まりたくないと抗《あらが》う気持ち。そして大人のように思惑《おもわく》を巡《めぐ》らせながらも、誰か一人に傍《そば》にいてほしいと願う、幼い子供のような気持ち。

そしてオーベルはきっと、彼が善の方に傾くことに賭け、最後のチャンスを与えたのだ。

もしこれでジュール王子が変わらなかったら、その時こそオーベルは迷わず彼を斬るだろう。流石《さすが》にその時は、私ももうそれを止める気にはなれなかった。オーベルが与えた最後の温情と機会を生かすも殺すも、ジュール王子自身だ。

そこまで考えると私は、目の前のオーベルへと目を向ける。自分の思いを吐き出したジュール王子やオーベルのように、私自身も彼にちゃんと気持ちを伝えなければと思って。

さっき殺されるかもしれないと思った時、浮かんだのはオーベルの姿だけだった。

彼のことしかもう、考えられなかった。それくらい、彼はもう私の中で大きい存在になっている。

「ねえ、オーベル……ちょっとだけ、目を閉じてくれる？　瞼《まぶた》の上にも、傷があるみたいだから」

「瞼《まぶた》の上に？　そんな所にいつの間に……わかりました」

不思議そうに首を捻《ひね》りながら大人しく瞼《まぶた》を閉じた彼に、私は額《ひたい》に触れるでなく、代わりに顔を近づける。そして、そっと大切なものに触れるように彼の唇に唇を重ねた。

私からの初めてのキス。――そしてこれが、きっと最後のキスだ。

呆然《ぼうぜん》と驚いた様子で、すぐにオーベルが瞼《まぶた》を開く。

「姉上……？」

そんな彼に私は照れくさい気持ちを抑えながら自分の気持ちを告げる。

「オーベル……私ね、わかったの。やっぱり私、貴方の傍《そば》にいたいんだなって。どんな形でもいいから、貴方の傍《そば》にいたいって。どうしようもない自分の気持ちに気づいちゃった」

そこまで言うと勇気を振り絞って手を伸ばし、彼の首の後ろに手を回してぎゅっと抱きつく。

恥ずかしいけれど、温度と共に私の気持ちをわかってほしくて。

「だからね……オーベル。私、貴方の傍《そば》にいるよ。元の世界に戻らなくていい、旅にだって出なくていい。こうやっていつまでも貴方の姉として、貴方を支える。それで十分幸せだって気づいたの」

「姉として……」

「そう。本当は……もっと違う形で貴方の傍《そば》にいられたらって思ったこともあったけど、でもそれだけで十分だから。だって、どんな形でも貴方の傍《そば》にいればこうして傷を治せる。貴方の力になれる。それで私は……」

そして言葉を失った様子の彼を、私は真《ま》っ直《す》ぐに見つめて口にする。

「オーベル。……大好きだよ。私の弟で、誰より大切な人」

それはたぶん、私の最初で最後の告白。そしてそのまま、抱きついていた彼からそっと身を離そうとする。――が、途中でぐいっと引っ張られ、強い力で抱き締められた。

「えっ？　ちょっ、オーベル……!?」

「貴女という人はどうしてそう、俺を置いて飛び立っていこうとする……！」

彼の焦りと苛《いら》立《だ》ちが籠《こ》もった声に、気持ちが伝わらなかったのかと、私は慌てて答える。

「違うよ、オーベル。私はずっと貴方の傍《そば》に……」

「同じことでしょう。俺を愛していると言いながら、その愛を置き去って姉の顔でいようとする。それが俺のためなのだから、余計にどうしたらいいのかわからなくなる」

珍しく彼は、心底から困っている様子だった。苦渋《くじゅう》を滲《にじ》ませたような眼差しで、それ以上に愛しくてどうしたらいいかわからない様子で、私を抱き締め続けている。

まるで逃がさないと言われているかのように、幾度《いくど》も額《ひたい》や頬、唇に口づけられ、私は恥ずかしさとくすぐったさにみじろぎながら彼を見上げる。

「あの、オーベル……？」

「――姉上、これを」

そうして私を抱き締めたまま、彼が懐《ふところ》から差し出したのは、一つの指輪だった。

「これって、指輪……？」

真新しいものではなく、どうも年代物の指輪のようだ。彫《ほ》りが細かく丁寧で、大切に作られたものであることが伝わってくる。

「どうかこれを嵌《は》めていて頂きたい。貴女の憂《うれ》いは、全て俺が取り去ってみせます」

「あ、うん。ありがとう……」

妻にはできないけれど、せめて指輪だけでもと思い、用意してくれたのかもしれない。婚約指輪や結婚指輪なんて、一生手にできないと思っていたから、じんわりと嬉しくなる。

そっと指に嵌《は》めると、少しだけ大きいけれどなんとか身に着けることができた。嬉しくなってオーベルに見せる。

「ほら見て、オーベル。指輪、綺麗……」

「――ええ、綺麗です。何物にも代えがたく、いつも俺の目には眩《まぶ》しく映る」

指輪ではなく私を見つめる彼は、やがて私の手を強く握って言った。

「戴冠《たいかん》の儀では、どうかこの指輪を嵌《は》めて俺の隣に立っていてください」

「うん……わかった」

彼の決意を秘めた眼差しを不思議に思いながら、私はこくんと頷《うなず》いたのだった。


そうしてオーベルからもらった指輪を時折眺めながら、それからの日々は過ぎていった。

この世界で彼の姉としての人生を全《まっと》うすると決めてから、心はいくらか落ち着いていた。

それに私には、この指輪がある。これから先どんな未来が待ち受けていても、きっとこれがあれば大丈夫だと思えた。これは私が恋をした証《あかし》。そして一時でもオーベルもまた私に恋してくれた証《あかし》だ。最期の時まで、これを大切に生きていこう。

それから二ヶ月の日々は、慌ただしくも様々なことがあった。

前に仕こんだ石鹸《せっけん》が無事出来上がり、その使い心地の良さに、オーベルはじめ色んな人が目を丸くしたり。その後、さらに改良を重ねるべく、ミランダやサイラス、レジナルドと相談しつつ第二弾の石鹸《せっけん》を作ってみたり。

時には失敗することもあったけど、その過程もまたオーベルが王になる時に役立つ一歩になると思えば、不思議と楽しかった。

そうして日々を重ね……やがてその日がやってきた。

――オーベルが正式に王になる、戴冠《たいかん》の儀の日だ。

この日は王宮にある王の間で、オーベルが王冠を頭に被《かぶ》る儀式となる。

本来なら現国王から次の国王へと与えられるのだが、グラハド陛下は意識が戻らず、王代理である王妃は先日の謀反《むほん》により捕らえられている状況のため、代わりに兄であるリュシアン王子がオーベルの頭に被《かぶ》せることになった。

オーベルは黒鷹の縫《ぬ》い取りが施《ほどこ》された荘厳《そうごん》な衣装を纏《まと》い、皆の視線を一身に集めている。長身で逞《たくま》しい彼に、その黒地に金の飾りが施《ほどこ》された衣装はよく似合っていた。

何より王としての風格が、その場にいる人々の目を寄せつけて離さない。

そんな彼に深々と頭を垂れてから、厳《おごそ》かな声で元老院《げんろういん》の長老が口にした。

「では、リュシアン殿下、オーベル殿下に王冠を」

「――わかったよ。その役目、有難く引き受けさせて頂こう」

リュシアン王子もまた、今日は荘厳《そうごん》な衣装だ。オーベルの対《つい》になるかのような、白地に銀縁《ぎんぶち》の衣装だ。王族らしさもありながら神官のようにも見える服装は、神秘的な趣《おもむき》で目を惹く。

そんな姿のリュシアン王子が、布張りの台の上に乗った王冠を丁重に両手で持つ。

そして彼は、跪《ひざまず》くオーベルの頭に静かに冠を乗せた。

「新たな王、オーベル陛下。――これからの貴方の治世が、喜びに満ちたものであらんことを」

リュシアン王子は被《かぶ》せ終わると、胸に片手を当て、臣下の礼を取った。

それに合わせ、その場にいる全員が跪《ひざまず》き、オーベルに最上の礼を取る。

やがてオーベルが立ち上がり、その場に居並ぶ人たち――私や官僚たちを見渡して言った。

「……ああ。これより、皆の手を借りてこの国をより良く変えていきたいと思っている。どうか力になってくれ」

「はっ!!」

臣下たちの紅潮した顔に、隠せない喜びが滲《にじ》んでいるのが見える。

王即位のお触れがすぐに王宮の外へも出されたのか、窓の外から、わああと民たちの喝采《かっさい》も聞こえてくる。

その様子を、私はじんわりと嬉しい心地で見守っていた。本当に、オーベルが王になれたんだ。

　やっと——やっとだ。

　だが、そのまま玉座に着くかと思いきや、オーベルはなぜか私の方へ真っ直《ます》ぐに歩み寄ってくる。

「あ、あの、オーベル。行くのは向こうじゃ……？」

「いいえ、俺が歩む方向はこちらで間違っていません。まずは、皆に貴女を紹介せねば始まらない」

「紹介って……」

　私が彼の姉であることなんて、周知の事実のはずなのに、一体どうしたと言うのだろう。だが彼は戸惑う私を隣に引き寄せると、辺りを見渡してはっきりとこう宣言した。

「皆の者。——初めに伝えておく。彼女は……アカリは、俺の実の姉ではない」

「えっ……!?」

「な、なんですと……？」

　当然ながら、辺りにざわめきが起こる。王になった次の瞬間、自分の姉であるはずの人が実は姉でないと宣言するなど、前代未聞だ。それに、私が同意者でなかったと知れたら、オーベルの王位が取り消されてしまう。だから私は慌てて口にした。

「な、何言ってるの？　オーベル。私は貴方の姉でしょう？　だって黒髪黒目で、そんな人、王族にしかいないはずなんだから」

しかし、オーベルは慌てずに落ち着いた声で返す。

「ええ。俺もまた、そう信じていました。これほど見事な黒髪黒目。王族——それも最も高貴な立場である父上の、隠された御子《おこ》に違いないと。しかし、調べる内にようやくわかってきました。貴女の正しい身の上を」

「正しい身の上？　それは一体……」

戸惑った様子で言う官僚たちに、オーベルははっきりと答えた。

「ああ。彼女は——アカリは父グラハドではなく、今は亡きファダル伯母《おば》の子だとわかったのだ」

さらに官僚たちのざわめきが強くなる。

「ファダル殿下のお子、ですと……？」

オーベルを最後まで気にかけていたという、亡くなった伯母《おば》さんのことだ。どうして私が彼女の子供になるのかわからずに、私は混乱したままオーベルの言葉を聞き続ける。

彼は一身に受ける視線も物ともせず、堂々と口にした。

「俺は、彼女の屋敷や領など全てを預からせてもらっている。そうして調べていく内に、彼女が幼い頃に手放した娘の情報が出てきた。初めはまさかと思ったが、年齢に加え、伯母《おば》の形見の指輪を持っていたことから、彼女は伯母《おば》の娘であると状況が示していた」

私が嵌《は》めたあの銀の指輪に視線を向け、オーベルはさらに慎重に続ける。

「しかしながら、我が父グラハドの子である可能性も否定しきれず、これまでは姉上と呼ばせてもらっていたが、このほどはっきりと確信を得るに至り、ここで公表すべきと思ったまでだ」

「では、本当にアカリ様は、ファダル殿下の……？」

「ああ。俺にとっては、従姉弟《いとこ》ということになる。——故《ゆえ》に、彼女は俺の従姉上《あねうえ》。父グラハドから二親等以内の王族であるゆえ、同意者としての資格を失うものでもない」

私はもう、驚きの連続で呆然《ぼうぜん》と彼の言葉を聞いていた。

私が、姉上じゃなく、従姉上《あねうえ》？

予想外の展開に戸惑う私の方を向き、彼は続ける。

「さらにはこの人は、俺が愛するただ一人の女性でもある。もしかすれば、姉ではなく従姉弟《いとこ》なのかもしれない。そう思うほどに、抑えきれない想いが募《つの》っていった。そして今、それをようやく口にできるようになった」

「オーベル……」

「故《ゆえ》に、皆に伝えておく。――俺が妻とするのは、この人、アカリだけだ」

その場にいる官僚たちは皆、驚きのあまり度肝《どぎも》を抜かれていた。老齢の官僚に到っては、腰が抜けているような有《あ》り様《さま》だ。

それもそうだろう。王が決まった途端に、実質的に王妃決定も宣言されてしまったのだ。物凄《すご》い展開の速さであり、通常ではあり得ない展開だ。

だがそれはつまり、これから生まれるであろう様々な問題が一挙に片づいた瞬間でもあった。

王が決まれば、次は結婚、次は子と、思い巡《めぐ》らせなければならない様々な問題が出てくる。その結婚相手が決まり、さらにはそれが王に連《つら》なる貴《とうと》い身分の女性であれば、問題はないどころか喜ばしいことと思ったのだろう。

衝撃が落ち着いてくると、だんだんと官僚たちの顔に喜びが滲《にじ》み出てくる。

「そうですか、妻とされるのは、王妃となられるのは、アカリ様……」

「おお……そうですか。なんと、なんということでしょう……！」

「オーベル陛下、それにアカリ様！　おめでとうございます……!!」

まばらな呟《つぶや》きは、次第に力強く大きくなっていき、最後には部屋中に響き渡る歓声に変化していた。私はもう、その光景に呆然《ぼうぜん》とするばかりだ。

「オーベル、貴方って……」

全く、なんて人だろうと思う。口が立つとは常々思っていたけれど、この場であんな風に堂々と言えるなんて。

でも、それだけ彼が私を望んでくれたということでもあった。

驚かせた彼への小言は後で言うことに決めて、私はちょっと背伸びして、彼の頬に口づけを送ったのだった。


あれから私の正しい身分やオーベルとの結婚話は王宮中を駆け巡《めぐ》り、人々に驚きと喜びの声をもたらした。サイラスは感極まって泣いていたし、そんな彼の背を撫《な》でつつ、ミランダも喜びに目を潤《うる》ませていたっけ。

そんな衝撃の戴冠《たいかん》の儀が終わり、私はオーベルと王宮の離れに戻っていた。明日からは正式に本宮へ移るとはいえ、長く過ごしたここを離れるのはなんだか名残惜しい。

寝台に二人並んで座り、私は彼を見上げて口にする。

彼には、言いたいことが色々とあったのだ。

「オーベル……さっきはすごくびっくりした」

「それに関しては謝罪します。だが、貴女さえも事実を知らず、俺が一人で調べを進めていたのだと、あの場で皆に明らかにしておきたかった」

「確かに皆、信じてくれたけど……どうしてまた、ファダルさんの娘だなんてことにしたの？」

「貴女を妻とするにはどうすればいいか、ずっと考えていました。平民の女性として迎えることも考えた。だが、それでは貴女の身が危険に晒《さら》される。いかに俺が守りを固めても、きっと誰かが貴女をその立場から引きずり落とそうとするでしょう。悩んでいた時、伯母《おば》の言葉が浮かんだのです。――自分が遺《のこ》すものを、己《おのれ》の未来のため役立てろと言われた時のことを」

「そんな風に言ってくれてたんだ、ファダルさん……」

「本当ならば、彼女の遺産に手をつけるつもりはありませんでした。だが、貴女が姉の顔で俺から離れていこうとした時、使えるものは全て使うと決意した」

悩み抜いた結果、彼は決断したのだろう。そしてファダルさんの指輪を私に預けてくれたのだ。

その気持ちがじんわりと嬉しくなってくる。

「じゃあ……ファダルさんにお礼を言わないといけないね。オーベルのこと、想ってくれてありがとうって。それと、ふつつかな娘ですけどお願いしますって」

「大丈夫です。あの人が生きていれば、きっと貴女のような娘がほしいと言ったはずだ。明るく陽気な女性で、自分に似た子がほしいと常々言っていましたから」

「そっか……」

それなら良かったとほっとする。そんな私をオーベルがそっと抱き寄せた。

「ですから俺と共にいることも、俺の手を取ることも——もう何も心配する必要はありません。ただいつまでも、貴女らしく俺の傍《そば》にいてくだされぱいい」

「オーベル……うん、そうだね」

私の胸の中にも、じわじわと喜びが滲《にじ》んでくる。

そうして彼の広い胸に身を預けていると、オーベルが愛《いと》おしげに頬に口づけてくれた。

その唇がやがて首筋を辿《たど》り、胸元へと下がっていき……そこで私は、あ、あれ？　と慌てて彼の胸を手で押して見上げる。

「あの、オーベル？　なんか、キスがどんどん下に……」

それになんか今、首筋にちくっと痛みが走った気がする。

これってまさか……と動揺する私に、彼はさらりと言った。

「ええ。貴女の全てに口づけるつもりでいますから」

「す、全てって……」

「言葉の通りです。――ずっとこうしたかった。ようやく機会が来た今、貴女を離すつもりはありません。夜の帳《とばり》が落ちた後も」

それはつまり、一晩中共にいるということで。私はかぁぁっと真っ赤になって動揺する。

両思いになってすぐに夜を共にするなんて、流石《さすが》に色々と展開が早過ぎだ。

というか、結婚話が決まっただけで、まだ結婚もしていないのに。

「ま、待って、オーベル。物事には順序っていうものがあってね」

「見ず知らずの貴女を姉にした時点で、俺の辞書から順序という言葉は消えました」

「た、確かに……」

色々と手順を省き過ぎだ。じゃなくて。私は慌てて言い募《つの》る。

「その、オーベル。こういうのはね、お互い色々わかりあってからで……」

「貴女が愛らしく、風のように俺を翻弄《ほんろう》することも、度胸があってどんな問題にも立ち向かえることも、全てわかっています。それ以上に何を知る必要がありますか?」

「それはそうだけど……」

真っ直《まっす》ぐな口説《くど》き文句の連続に、私は真っ赤になって狼狽《うろた》える。

だがオーベルは言葉を止めなかった。真摯《しんし》な眼差しで口にする。

「アカリ。俺は貴女が欲しい。――ただそれだけです」

　そうして愛《いと》おしげに指先に口づけられ、ああもう……お手上げだ、と思う。好きな人にここまで望まれてつっぱねられる訳がなかった。

　だって、私だって彼が欲しい。彼の全てが。

　だから私は、勇気を出して言葉にする。

「オーベル……あの、それじゃあ、これからよろしく」

「アカリ？」

「私、こういうの初めてで、上手くできるかわからないけど……でも、私も貴方と一緒にいたいから。それに、これから恋人……じゃなくて、その、妻になる訳だし……」

　後半は流石《さすが》に恥ずかし過ぎて、もにょもにょとした口調になってしまう。

　何をとは言わないが、私の決意が伝わったのだろう。

「アカリ……！」

　オーベルが喜びを隠せない様子でぎゅっと抱き締めてくる。そのまま寝台に横たえられ、その上に彼がそっと覆《おお》い被《かぶ》さってきたのだが――

　その時、とたとたという軽やかな足音が廊下の方から聞こえてきた。

　そのまま元気よく扉が開けられる。

「オーベル！　アカリ！　やった、王さまと王妃さまだ。おれ、嬉しい！」

入ってきたのはなんと、顔を喜びに溢《あふ》れさせたシロ。

その後ろには、ぜいぜいと息を切らせたサイラスとミランダの姿もある。

「シロ、だから、入ってはならないと、あれほど言ったのに……！」

どうやら止める彼らの手を振りきって、シロはお祝いを告げに来たようだ。

オーベルと私は、先程の体勢のまま寝台の上でフリーズしている。

服を脱ぐ前で良かった……じゃなくて。今の状況も普通に恥ずかしい。

私ははっとして、慌ててオーベルを押し退《の》ける。

「ええと、シロ、お祝いに来てくれたのね。ありがとう。でも今は、少し立てこんでてね」

「うん、オーベルがアカリの上にのってた。そうやってお祝いするんだな」

「……!!」

無邪気に言われると、羞恥《しゅうち》が凄《すさ》まじい。

しかし、何もわかっていないシロはきょとんとしながらさらに言う。

「あれ？　でもアカリの首に、赤い痕《あと》ついてる。オーベル、アカリを噛んだらだめだ。

アカリ、食べ物じゃない」

「俺にとっては何にも勝る美酒《びしゅ》であり、馳走《ちそう》なんだがな。――お前が来たせいで、見事食いっぱぐれたが」

オーベルの声は今までにないほど低く、目も据《す》わっていた。

「――小僧。今日という今日は許さん。そこに座れ」

「やだ！　おれもアカリとお祝いする！」

そうして寝台の上に乗ってきたシロを捕まえ、オーベルが羽交《はが》い締《じ》めにする。

艶《つや》めいた空気が一瞬で消え去り、たちまち賑やかになった部屋にぽかんとしたものの、私はくすりと笑ってしまった。こういう雰囲気の方が、私たちらしいのかもしれないな、なんて思って。

それにオーベルとの時間は、これからもまだまだ続いていく。

その内に、またあんな雰囲気になることもあるかもしれないから。

「ああ、王に就任して早々、せっかくお世継ぎができるかもしれない機会でしたのに……」

「サイラス、そんなにすぐにおできにはならないわ。でも、お生まれになったらアカリ様に似て、それはお可愛らしいのでしょうね……」

嘆《なげ》くサイラスを窘《たしな》めながら、ミランダがうっとりと口にする。

……二人の先走り過ぎた言葉は聞こえない振りをしておこう。

気にすると、恥ずかしさのあまりどうにかなってしまいそうだから。

やがてシロを懲《こ》らしめ終わったのか、オーベルが私の所へ戻ってくる。

その黒い眼差しは、これまでになく愛《いと》おしげに私を見つめていた。

「──アカリ、貴女もこちらへ」

「うん……！」

そうして私は、愛しい人の傍《そば》へ歩み寄る。

今までは姉として、そしてこれからは従姉弟《いとこ》であり妻として。

これから彼に何をしてあげられるだろうと、わくわくと胸を弾《はず》ませながら、オーベルの胸へ飛びこんだのだった。

書き下ろし番外編

黒鷹公の旅路を照らす明かり

その日、俺とアカリは執務室で、机を間に挟んで真剣に話し合っていた。

俺が王位に就き、同時にアカリが俺の婚約者になってから、今日で二週間になる。

より重責の立場となり忙しくなったことで、以前のように共に過ごすことはなかなかできなくなったが、時間が取れた際はこうして執務室で報告書に目を通したり、それについて話し合ったりしながら過ごしていた。

今はアカリが机上に地図を広げながら、熱意をこめた眼差しで俺を見上げている。

「ねえ、オーベル。やっぱり今度の行き先は、港町のアデラにしようよ」

「そこも捨てがたいが、ここはやはり西のハシェ渓谷でしょう。崖崩れの恐れありと報告があったので、できるなら川の流れが活発化する夏が来る前に見ておきたい」

冷静に首を横に振って答えた俺に、うむと唸《うな》りながらアカリが言う。

「確かにそこも気になるわね……。でも、アデラでは今小競り合いが頻繁に起こっているらしいの。隣国《りんごく》との国境付近でもあるから、大事になる前に状況を把握しておきたいなと思って。もし本当に隣国《りんごく》が絡んでいるなら、王族が訪れれば牽制にもなるだろうし」

「ふむ……確かにそれは一理ある。ならば、両方を旅程に組み入れましょう。初日と最終日に当てれば、距離的にも不可能ではないはずです」

頭の中で即座に算段して答えれば、アカリが破顔《はがん》する。

「やった、ありがとう！　二人で一緒に国内を見回れる機会ってそうないから、今回の旅で是非行けたらと思ってたの。あとは、道中にある森なんだけど……」

目を輝かせたアカリが、さらに別の地図をがさがさと広げた所で、脇に控えていたサイラスが恐る恐る口を挟んだ。

「あの……オーベル様、アカリ様。お話し中に申し訳ございません」

「どうした」

「何？　サイラス」

不思議そうに振り返れば、サイラスがなんとも微妙そうな表情でこちらを見ていた。嬉しいような、それでいて歯痒《はがゆ》いような、言葉にしがたい表情だ。

「失礼ながら、お二人は今、次の視察先ではなく、新婚旅行の宿泊先を決めていらっしゃるのですよね……？」

そう――俺たちは先程から、来たる新婚旅行の行き先を話し合っていた。

ひと月後に王宮で盛大な結婚式を挙げ、式を挙げた翌日から国内の各地を十日かけて旅行する予定になっている。その旅先について、各自希望を出し合っていたのだ。

「ああ、そうだが」

「あっ、サイラスもどこか気になる町があった？　だったらそこも組み入れて……」

「い、いえ！　そうではなく」

頷《うなず》いた俺たちに慌てて答えてから、サイラスはこほんと咳をして続ける。

「その、そうして王族のお仕事に熱を入れてくださっていることは、一家臣として非常に頼もしく嬉しく感じております。ですが……」

「ですが？」

「今回の旅は、いつものような視察ではなく、お二人の門出を祝う晴れの日……そして、お二人が夫婦として甘いひと時を過ごす、それは大事な旅なのです」

話しながら、サイラスの声にだんだんと熱が籠《こ》もっていく。

「そうでなくとも、お二人は普段からお仕事に忙殺され、二人きりの時間も満足に取れない身。この機会に是非とも、仲を深めつつお体を休めて頂ければと……」

「あ、あの、サイラス。心配してもらえて嬉しいんだけど、私たちは……」

アカリが慌てて言えば、サイラスはさらにぐっと身を乗り出して言う。

もはや必死というか、懇願《こんがん》しているような表情だ。

「おわかりくださっているのでしたら、今回の旅の間だけでもオーベル様とどうかごゆるりとお過ごしくださいませ。このサイラス、たってのお願いでございます」

「う……わ、わかった」

「お前の気持ちはよくわかった。――善処する」

サイラスの気迫に圧倒され、アカリはたじたじになりながら頷《うなず》き、俺は嘆息《たんそく》して頷《うなず》いたのだった。


その後、サイラスが退室し、再び二人になった執務室内。

休憩するために長椅子に座ったアカリが、かすかに苦笑して言った。

「なんだかサイラスのこと、だいぶハラハラさせちゃったみたいだね……。確かに私たち、あんまり新婚旅行らしくない決め方してたのかも」

「あれは、俺たち以上に俺たちの仲にやきもきしているようですから。旅の間だけでも、穏やかに夫婦らしい時間を味わってほしいと思ったのでしょう」

肩を竦《すく》めて答えながら、俺も彼女の隣にすっと腰を下ろす。

まあ、それが正しい新婚旅行の在《あ》り方なのだが。

とはいえ、個々人の立場というものがある。俺たちが市井《しせい》の民や一貴族であれば、ただ旅を楽しむだけで良かっただろうが、これから先容易に遠出できない身であることを考えると、この機会を有意義に使いたいという思いがあった。

前国王代理エスメラルダが敷《し》いた悪政の影響で、今もまだ国のあらゆる場所に懸念事項が残っている。治水の問題や隣国《りんごく》との関係悪化などのそれらを早急に把握し、対処していく必要があるのだ。その意味でも、この旅は絶好の機会なのだ。

——ただ、アカリと甘い時間を過ごしたいという気持ちは無論、俺にだってある。

そもそもが、最近満足に彼女と触れ合えていない身。真剣に話していた先程も、彼女のくるくる変わる愛らしい表情を見ている内、頬や髪に触れたくなり、その衝動をぐっと堪《こら》えていた。

触れてしまえば、きっと今の俺ではそれだけで満足できなくなる。抱き寄せ、腕の中に閉じこめ、そのまま唇を奪い——

元老院の長老たちからは「ご結婚までは、アカリ様と節度ある距離を保ってくださいますよう」と諭《さと》されていたが、恐らく思いのままにアカリに触れれば、彼らの頭を抱えさせる事態になっていただろう。

それに、彼女に触れたいと思うと同時に、彼女を大切にしたいと思う気持ちも俺の中に強くあった。いくら彼女が愛しいとはいえ、俺の想いだけで焦って傷つけたくはない。さらに言えば、今回の旅で王妃として彼女の存在を周囲に印象づけることで、彼女の立場を盤石にしたい。――アカリを守りたいという考えもあった。つまりこの新婚旅行は、俺にとって民の様子を見て彼らの生活を守るための旅であり、同時にアカリを守るための旅なのだ。

そして、民を守りたいという思いはアカリも同じだったらしく、旅先を尋ねた所、目を輝かせて気になる場所を挙げてくれた。結果、サイラスに大いに嘆《なげ》かれた訳だが。

「しかし……最後まで仕事一辺倒では、さすがに新婚旅行とは言いがたいか」

ぽつりと呟《つぶや》いて唸《うな》る。

確かにサイラスの言った通り、これはアカリと結婚して初めて過ごす貴重なひと時だ。それに、たとえ彼女が乗ってくれたからと言って、今のままでは女性の好む華やかさが欠け過ぎた旅程だろう。再考が必要と感じ、俺は顔を上げて尋ねた。

「アカリは、他に行きたい所はありませんか？　仕事のことは一旦置いて、ただ純粋に貴女が行きたい場所があれば教えてください。そこもなんとしても組み入れましょう」

「私の行きたい場所？　うーん、そうだなぁ……」

暫《しばら》く考えこんでいたアカリが、やがてぱっと顔を輝かせた。

「そうだ！　なら、ファダルさんの領地はどう？　丁度旅路の途中にあることだし」

「伯母《おば》上の領地に？」

思いがけない答えに、俺は目を瞬く。

今は亡きファダル伯母《おば》は、俺がアカリと結婚するため、書類上アカリの母になってもらった女性だ。自分が亡き後は、遺産などを全て俺の好きに使えという遺言を残していった、明るく豪快な人でもあった。

「うん。私のお母さんになってくれた人だから、いずれ領地のお墓にきちんと挨拶に行くつもりだったけど、今回ならオーベルと一緒に行けて丁度いい機会かなと思って」

「それはそうですが……しかし、いいのですか？　他にも旅行らしい非日常を楽しめる行き先はいくらもあると思いますが」

俺にとっては、伯母《おば》が亡き後から領地や屋敷を管理していたこともあり、肩の力を抜いて過ごせる大切な場所だ。だが、だからこそ日常的な場所という認識でもあった。

建前上はアカリの実家にもなっており、あえて新婚旅行で選ぶ行き先ではない。

だが、アカリは迷いなく答えた。

「ううん、そこがいいの。それに、その領地はオーベルにとっても思い出の場所なんでしょう？　貴方の思い出が詰まった場所に、二人で一緒に行きたいと思ったんだ」

はにかんで微笑んだアカリに、俺は愛《いと》おしく胸が締めつけられる思いになる。

――彼女はそうしていつも、ふとした時に俺の心を明るく照らしてくれる。

気づけば俺は、ふっと目を細めて頷《うなず》いていた。

「では、そうしましょう。伯母《おば》上の屋敷では仕事のことは考えず、ただ穏やかに過ごすことにして。……ああ、そうだ。貴女に是非お見せしたい前庭があるんです。今は白いラジナの花が見頃で、きっと貴女も気に入られるはずです」

「へぇ……！　そうなんだ。すごく楽しみ」

瞳をきらきらと輝かせたアカリに、俺はふっと笑って言った。

「それにしても貴女は、国の未来を見据《みす》えて旅先でも仕事に向かうかと思えば、次の瞬間には、今のように幼子のように目を輝かせて……全く、いくら見ていても見飽きない」

すると、アカリが「う……」と口ごもり、わずかに目を泳がせた。

「アカリ？　どうしました」

不思議に思って尋ねると、焦ったように首を横に振られる。

「あ、違うの。貴方と一緒に国の様々な所を見て、良くしていきたいって気持ちはもちろんいっぱいある。でも、新婚旅行先でも仕事をしようと思ったのは、それだけが理由じゃなくて……」

「それだけじゃないとは？」

「その、そうやって仕事に集中していたら、照れくさいことから意識を逸《そ》らすことができるかなって思って……」

「すみませんが、仰《おっしゃ》りたいことがわかりかねる。つまり、どういうことです」

首を捻《ひね》って直截《ちょくせつ》に切り返した俺に、アカリが狼狽《うろた》えた様子で言った。

「だ、だから！　貴方と初めて過ごす晩を、今からあんまり意識しなくて済むから……」

見ればアカリは、恥ずかしげに目を伏せ、かぁっと頬を染めていた。

その愛らしくも艶《つや》のある表情に、俺はぴしっと固まってしまった。

そして、彼女の言った言葉を脳内で反芻《はんすう》する。

——つまり、初夜のことを意識しなくて済むからだったらしい。

固まったまま見つめる俺に気づかない様子で、目を伏せて頬を染めたアカリがぽつりぽつりと口にする。

「オーベルが国王になって、前より一緒にいられる時間が少なくなったじゃない？　それで、ふとした時に色々考えるようになって……あの日、シロが部屋に入ってこなかったらどうなってたんだろう、とか」

「あの日のことを……」

それは、俺がアカリを押し倒した晩のことだろう。

かなりの離れ技を使ってアカリを俺の従姉《いとこ》にし、同時に俺の婚約者にできたことで、俺は安堵《あんど》すると同時に、アカリを本当の意味で自分のものにしたくて仕方なかった。そして、思いのままに押し倒したのだ。

しかし、途中でシロの邪魔が入り、以後は元老院の長老たちからアカリとの節度ある距離を求められたこともあって、その後はそうした甘い状況から遠ざかっていた。

どうやら彼女も、あの日のことを時折思い出しては意識していたらしい。

「アカリ……」

掠《かす》れた声で名を呼べば、彼女はかすかな声でそっと続ける。

「それで気づいたんだ。私……たぶんあの時、貴方に触れてほしかったんだなって」

言いながら彼女はまた恥ずかしげに目を伏せる。

「でも、それに気づいたらすごく照れくさくなっちゃって。それで……ああして、仕事のことばかり考えるようにしていたの。この国を良くしようって考えるとやる気が湧いてくるし、ずっとそのことに集中できるから」

そして彼女は、こちらを真っ直《ます》ぐに見上げると、照れくさげに微笑んだ。

「でも……恥ずかしいし照れくさいけど、同じくらい嬉しいんだ。だって、貴方のお嫁さんになれるんだもの」

「アカリ……」

もはや、理性など制御できる訳がなかった。

愛しい女性にここまで言われてただ耐えるなど、それはもはや男ではない。

そこで、アカリがはっと気づいた様子で顔を上げた。

「あ、ごめん。なんか私ばかり話しちゃって……って、きゃっ！」

「――貴女は本当に、いつだって風のように俺の心を攫《さら》っていく」

思いのままに胸に抱き寄せた俺に、アカリが驚いた様子で見上げてくる。

その動揺した表情さえ、今はただ愛しい。

「あ、あの、オーベル？」

「そうやって真っ直《ます》ぐな言葉で愛を語られて、俺が平静でいられるとでも？」

「オ、オーベルは……いつも冷静に見えるよ。少なくとも私よりはずっと落ち着いてる」

「そう見えるのならば、俺の理性の賜物でしょう。しかし、今はそれも貴女に全て崩されましたが。……ほら、聞こえませんか？」

彼女の右手を取り、俺の左胸にそっと押し当てると、アカリが目を見開いた。

「あ……ドキドキしてる」

「ええ。貴女に出会ってから、いつもこうです。予想もしない言動で驚かされ、その真《ま》っ直《す》ぐな眼差しにふいに心臓を射《い》抜かれ、そして……こうして素直な言葉で、俺の胸を震えさせる」

「オーベル……」

「サイラスは俺たちに甘い旅を期待しているようでしたが、あえてそうした状況を作らないようにしていたのは俺も貴女と一緒です。——もしそうなった時、俺は貴女を離せる自信がない」

「離せる自信って……」

「夜通し貴方を腕から出さないと言っているのです」

「それって……ん……」

囁《ささや》きながらアカリの吐息を奪う。そしてそのまま、細い首筋に口づけを落としていく。

「オーベル……」

かすかに瞳を潤《うる》ませたアカリが、身をよじりながらもそっと俺に身を寄せた時——ふいに、扉がこんこんと叩かれた。俺の喉《のど》から思わず唸《うな》るような声が出る。

「……誰だ」

「は、はい！　今開けます。……オーベル、ちょっと私行ってくるね」

慌てた様子でアカリが俺の胸をそっと押し、腕から抜け出る。

アカリが扉を開くと、そこに立っていたのはリュシアン兄上だった。

先日の戴冠《たいかん》の儀から時折王宮を訪れるようになった兄だが、どうやら今日も俺たちの様子を見に来たらしい。笑顔でひらひらと片手を振っている。

「やぁ、オーベル、アカリ。君たちの麗《うるわ》しの兄上であり、従兄上《あにうえ》がやってきたよ」

「――兄上。なぜ今日この時にここへやってこられたのです」

俺の声は、もはや地を這《は》うほどに低くなっていた。

いくら敬愛する兄とはいえ、この時にやってきたことを多少呪いたくもなる。

案の定、そんなことを露知らない彼はきょとんと首を捻《ひね》った。

「うん？　なんでオーベルはこんなに怒ってるんだい」

「ええと、気にしないでください。ちょっとタイミングが悪かっただけというか」

「ふーん？　まあいいか。そうだ、今日は二人に渡したいものがあってね」

アカリに飄々《ひょうひょう》と返した兄は、相変わらず細かいことを気にせず、そのままごそごそと荷物を開けながら話し出していく。そうして俺たちは、甘い状況から一転、兄への対応を余儀なくされたのだった。

やがて語り終えた兄上が一旦離席すると、俺は深々と嘆息《たんそく》した。

「全く……いつもいい所で邪魔が入る。先日はシロで今回は兄上とは」

そんな俺に、アカリが思わずといった様子で、ふふっと笑う。

「びっくりしたけど、でももしかしたら、これが私たちらしいのかもしれないね」

「ええ。……悔しいが、二度も続けばこういう星のもとに生まれたのかといくらか悟《さと》りも開けてきます。それで諦《あきら》める俺ではありませんが」

不満げながらも堂々と言いきった俺が面白かったのか、アカリがくすくすと笑う。

やがて彼女は、「あっ」と何か思い出した様子でこう言った。

「そうだ……オーベル。貴方の想いの丈《たけ》、ちゃんと伝わったよ」

「俺の想いの丈《たけ》？」

「前に言ったじゃない。北の神殿で、私の手に魔力を注いでくれた時。俺の想いの丈《たけ》をこめました。いずれわかるでしょうって」

そして彼女は、俺を見上げて言葉を重ねる。

それは俺が最も心を奪われて止《や》まない、真《ま》っ直《す》ぐに澄んだ眼差しだった。

「わかったよ。だから……きっと大丈夫。これから先何度誰かが邪魔に入ったとしても、貴方の想いは私に届いているし、私もそれ以上の想いを貴方に届けるから」

「アカリ……」

目を見開いた俺は、次の瞬間、身を屈《かが》めて彼女の唇を奪っていた。

一瞬だけかすかに、しかし熱く触れ合った唇。

見ればアカリは、真っ赤になって口をぱくぱくさせていた。

「オ、オーベル……！　リュシアン殿下、戻ってくるかもしれないのに……！」

「仕方ないでしょう。貴女がどうしても愛しくて堪《たま》らなくなったのだから」

抜け抜けと言った俺に、アカリがなんと言っていいのかわからない、といった様子の赤い顔でかすかに頬を膨らませる。

「だからって……もう」

「それに、ひと月後の結婚式まで満足に貴女に触れられないことを思えば、今存分に補充しておく必要がある。——何せ俺の従姉上《あねうえ》は、いつだって風のようにどこかへ駆けていってしまう人ですから」

そういつかのように囁《ささや》いた俺に、さすがに自覚があったのか、愛しい人は目をぱちぱちと瞬いてから、大いに破顔《はがん》したのだった。

新＊感＊覚ファンタジー！

Regina レジーナブックス

想う心は
世界を超える!?

出戻り巫女は竜騎士様に恋をする。

青蔵千草
イラスト：RAHWIA
価格：本体 1200 円＋税

「光の巫女」として、異世界へ召喚された過去を持つ葵《あおい》。役目を果たして無事に戻ったはずが、7年後、再びトリップしてしまった!? 状況がわからず途方に暮れる葵は、ひょんなことから薬草師のおばあさんに拾われることに。日本へ戻るため、そして初恋の騎士に一目《ひとめ》会うため葵は彼女の仕事を手伝いながら、王都を目指す決意をするが——!?

詳しくは公式サイトにてご確認ください
https://www.regina-books.com/

携帯サイトはこちらから！

Regina COMICS
大好評発売中!!!!!!
原作：青蔵千草
漫画：秋野キサラ
Presented by Chigusa Aokura
Comic by Kisara Akino
シリーズ累計
20万部突破!
(電子含む)
異世界で失敗しない100の方法 1〜4
攻略マニュアル系ファンタジー
待望のコミカライズ!
アルファポリスWebサイトにて
好評連載中!
就職活動が上手くいかず、落ち込む毎日の女子大生・相馬智恵《そうまちえ》。いっそ大好きな異世界トリップ小説のように異世界に行ってしまいたい……と、現実逃避をしていたら、ある日、本当に異世界トリップしてしまった! この世界で生き抜くには、女の身だと危険かもしれない。智恵は本で得た知識を活用し、性別を偽って「学者ソーマ」になる決意をしたけど——!?
青蔵千草
秋野キサラ
異世界で失敗しない100の方法
男装女子大生、騎士様と共に
謎に包まれた
20万部突破!!
精霊の賢妃を追え!
B6判／各定価：本体680円＋税
アルファポリス 漫画
検索

本書は、2017年10月当社より単行本として刊行されたものに書き下ろしを加えて文庫化したものです。


この作品に対する皆様のご意見・ご感想をお待ちしております。

おハガキ・お手紙は以下の宛先にお送りください。

【宛先】

〒150-6008 東京都渋谷区恵比寿4-20-3 恵比寿ｶﾞｰﾃﾞﾝﾌﾟﾚｲｽﾀﾜｰ 8F
(株) アルファポリス　書籍感想係

メールフォームでのご意見・ご感想は右のＱＲコードから、
あるいは以下のワードで検索をかけてください。

アルファポリス　書籍の感想　検索

ご感想はこちらから

レジーナ文庫

黒鷹公《くろたかこう》の姉上《あねうえ》2

青蔵《あおくら》千草《ちぐさ》

2020年7月20日初版発行

文庫編集－斧木悠子・宮田可南子
編集長－太田鉄平
発行者－梶本雄介
発行所－株式会社アルファポリス
〒150-6008 東京都渋谷区恵比寿4-20-3 恵比寿ｶﾞｰﾃﾞﾝﾌﾟﾚｲｽﾀﾜｰ8階
TEL 03-6277-1601（営業）　03-6277-1602（編集）
URL https://www.alphapolis.co.jp/
発売元－株式会社星雲社（共同出版社・流通責任出版社）
〒112-0005 東京都文京区水道1-3-30
TEL 03-3868-3275
装丁・本文イラスト－漣ミサ
装丁デザイン－ansyyqdesign
印刷－株式会社暁印刷

価格はカバーに表示されてあります。

落丁乱丁の場合はアルファポリスまでご連絡ください。

送料は小社負担でお取り替えします。


ISBN978-4-434-27610-1 C0193